「十三五」国家重点图书出版规划项目
「中国近代日记文献叙录、整理与研究」
（项目编号：18ZDA259）阶段性研究成果

中国近现代稀见史料丛刊【第七辑】

张剑 徐雁平 彭国忠 主编

恩光日记

恩光 著

许庆江 董婧宸 整理

本辑执行主编 张剑

凤凰出版社

图书在版编目（CIP）数据

恩光日记 / 恩光著 ; 许庆江, 董婧宸整理. -- 南京 : 凤凰出版社, 2020.9
（中国近现代稀见史料丛刊. 第七辑）
ISBN 978-7-5506-3244-8

Ⅰ. ①恩… Ⅱ. ①恩… ②许… ③董… Ⅲ. ①日记—作品集—中国—近代 Ⅳ. ①I265

中国版本图书馆CIP数据核字(2020)第150879号

书　　名	恩光日记
著　　者	恩　光 著　许庆江　董婧宸 整理
责任编辑	樊　昕
装帧设计	姜　嵩
出版发行	凤凰出版社(原江苏古籍出版社) 发行部电话025-83223462
出版社地址	江苏省南京市中央路165号,邮编:210009
出版社网址	http://www.fhcbs.com
照　　排	南京凯建文化发展有限公司
印　　刷	苏州市越洋印刷有限公司 江苏省苏州市吴中区南官渡路20号,邮编:215104
开　　本	880毫米×1230毫米　1/32
印　　张	7
字　　数	182千字
版　　次	2020年9月第1版
印　　次	2020年9月第1次印刷
标准书号	ISBN 978-7-5506-3244-8
定　　价	78.00元

(本书凡印装错误可向承印厂调换,电话:0512-68180788)

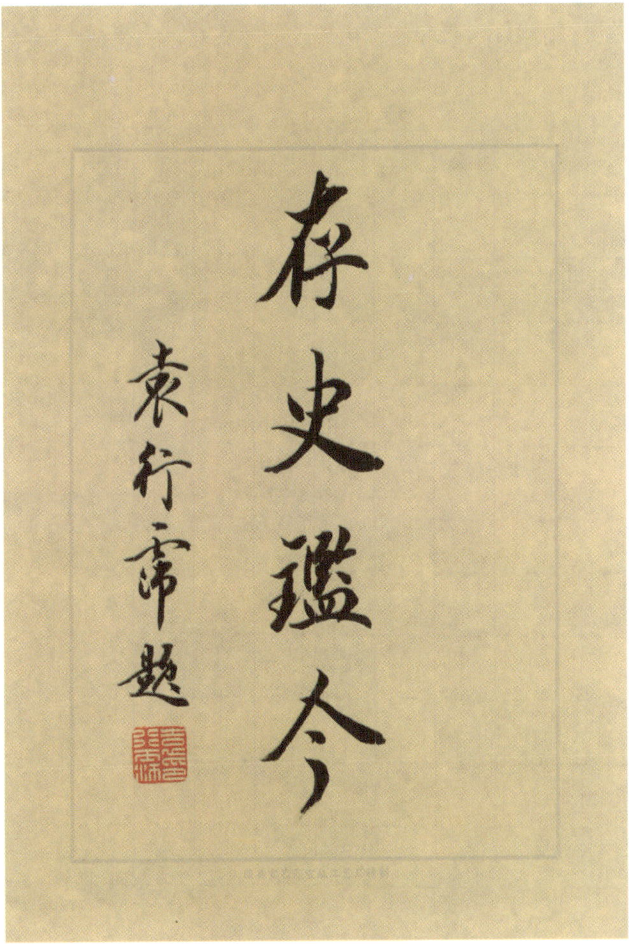

袁行霈先生题辞

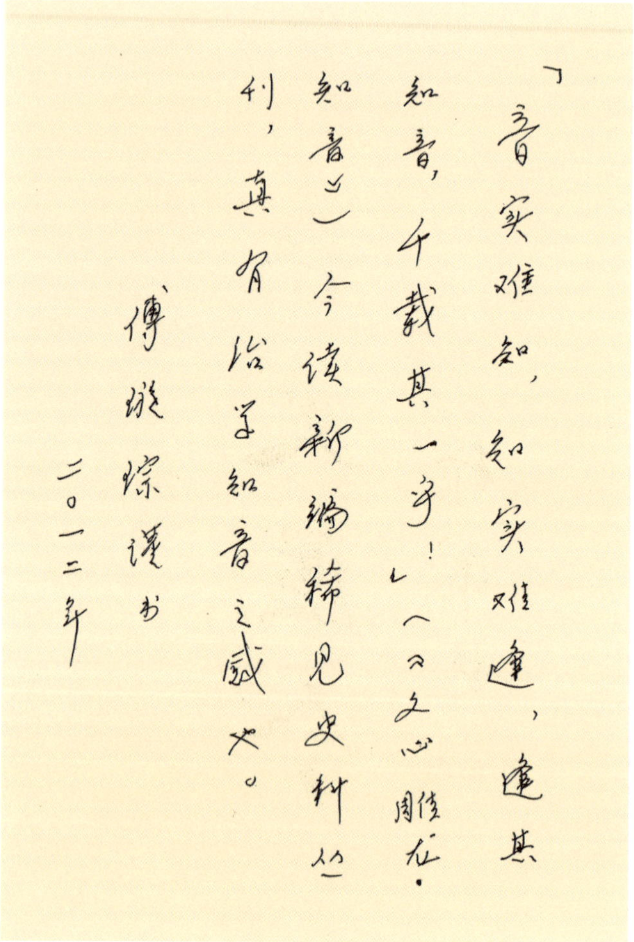
「音实难知，知实难逢，逢其知音，千载其一乎！」（《文心雕龙·知音》）今读新编稀见史料丛刊，真有治学知音之感也。

傅璇琮谨书

二〇一二年

傅璇琮先生题辞

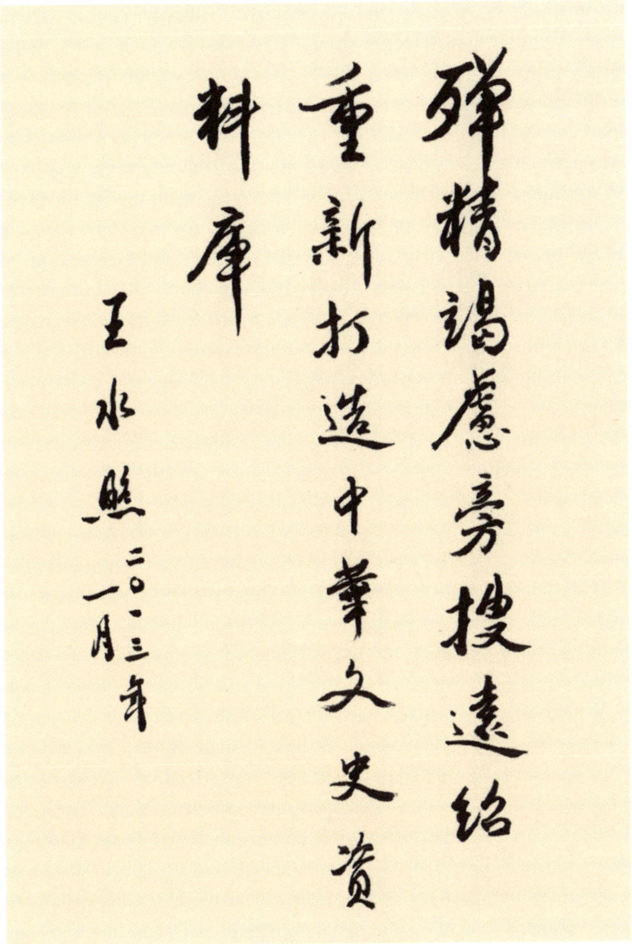

王水照先生题辞

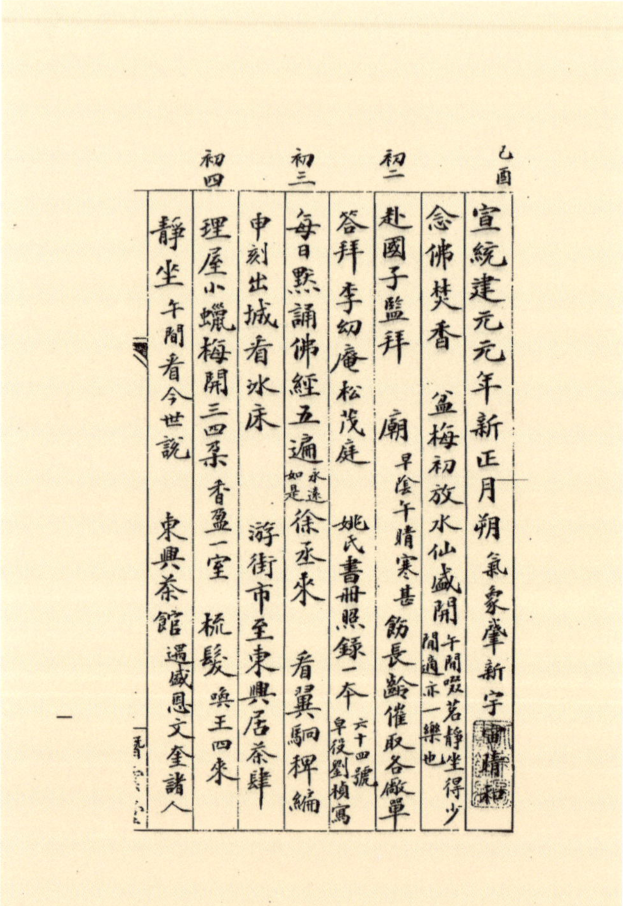

乙酉

宣統建元元年新正月朔 氣象肇新宇

念佛焚香 盆梅初放水仙盛開 午間啜茗靜坐得少間適亦一樂也

初二 赴國子監拜 廟 早飡午晴寒甚 飭長齡催取各廠單

答拜李幼庵松茂庭 姚氏書冊照錄一本 六十四號皂役劉楨寫

初三 每日默誦佛經五遍 永遠如是 徐丞來 看翼駉稗編

申刻出城看冰床 游街市至東興居茶肆

初四 理屋小蠟梅開三四朶 香盈一室 梳髮 喚王四來

靜坐 午間看今世說 東興茶館 遇盛恩文奎諸人

恩光《潜云堂日记》书影

《中国近现代稀见史料丛刊》总序

在世界所有的文明中，中华文明也许可说是“唯一从古代存留至今的文明”（罗素《中国问题》）。她绵延不绝、永葆生机的秘诀何在？袁行霈先生做过很好的总结：“和平、和谐、包容、开明、革新、开放，就是回顾中华文明史所得到的主要启示。凡是大体上处于这种状况的时候，文明就繁荣发展，而当与之背离的时候，文明就会减慢发展的速度甚至停滞不前。”（《中华文明的历史启示》，《北京大学学报》2007 年第 1 期）

但我们也要清醒看到，数千年的中华文明带给我们的并不全是积极遗产，其长时段积累而成的生活方式与价值观具有强大的稳定性，使她在应对挑战时所做的必要革新与转变，相比他者往往显得迟缓和沉重。即使是面对佛教这种柔性的文化进入，也是历经数百年之久才使之彻底完成中国化，成为中华文明的一部分；更不用说遭逢“数千年来未有之变局”、“数千年未有之强敌”（李鸿章《筹议海防折》），“数千年未有之巨劫奇变”（陈寅恪《王观堂先生挽词序》）的中国近现代。晚清至今虽历一百六十余年，但是，足以应对当今世界全方位挑战的新型中华文明还没能最终形成，变动和融合仍在进行。1998 年 6 月 17 日，美国三位前总统（布什、卡特、福特）和二十四位前国务卿、前财政部长、前国防部长、前国家安全顾问致信国会称：“中国注定要在 21 世纪中成为一个伟大的经济和政治强国。”（徐中约著《中国近代史》上册第六版英文版序，香港中文大学 2002 年版）即便如此，我们也不能盲目乐观，认为中华文明已经转型成功，相反，中华文明今天面对的挑战更为复杂和严峻。新型的中华文明到底会怎样呈现，又怎样具体表现或作用于政治、经济、文化等层面，人们还在不断探索。这个问题，我们这一代恐怕无法给出答案。但我们坚信，在历史上曾经灿烂辉煌的中华文明必将凤凰浴火，涅槃重生。这既是数千年已经存在的中华文明发展史告诉我们的经验事实，也是所有为中国文化所化之人应有的信念和责任。

不过，对于近现代这一涉及当代中国合法性的重要历史阶段，我们了解得还过于粗线条。她所遗存下来的史料范围广阔，内容复杂，且有数量庞大且富有价值的稀见史料未被发掘和利用，这不仅会影响到我们对这段历史的全面了解和规律性认识，也会影响到今天中国新型文明和现代化建设对它的科学借鉴。有一则印度谚语如是说："骑在树枝上锯树枝的时候，千万不要锯自己骑着的那一根。"那么，就让我们用自己的专业知识与能力，为承载和养育我们的中华文明做一点有益的事情——这是我们编纂这套《中国近现代稀见史料丛刊》的初衷。

书名中的"近现代"，主要指 1840—1949 年这一时段，但上限并非以一标志性的事件一刀切割，可以适当向前延展，然与所指较为宽泛的包含整个清朝的"近代中国"、"晚期中华帝国"又有所区分。将近现代连为一体，并有意淡化起始的界限，是想表达一种历史的整体观。我们观看社会发展变革的波澜，当然要回看波澜如何生，风从何处来；也要看波澜如何扩散，或为涟漪，或为浪涛。个人的生活记录，与大历史相比，更多地显现出生活的连续。变局中的个体，经历的可能是渐变。《丛刊》期望通过整合多种稀见史料，以个体陈述的方式，从生活、文化、风习、人情等多个层面，重现具有连续性的近现代中国社会。

书名中的"稀见"，只是相对而言。因为随着时代与科技的进步，越来越多的珍本秘籍经影印或数字化方式处理后，真身虽仍"稀见"，化身却成为"可见"。但是，高昂的定价、难辨的字迹、未经标点的文本，仍使其处于专业研究的小众阅读状态。况且尚有大量未被影印或数字化的文献，或流传较少，或未被整合，也造成阅读和利用的不便。因此，《丛刊》侧重选择未被纳入电子数据库的文献，尤欢迎整理那些辨识困难、断句费力、裒合不易或是其他具有难度和挑战性的文献，也欢迎整理那些确有价值但被人们习见思维与眼光所遮蔽的文献，在我们看来，这些文献都可属于“稀见”。

书名中的“史料”，不局限于严格意义上的历史学范畴，举凡日记、书信、奏牍、笔记、诗文集、诗话、词话乃至序跋汇编等，只要是某方面能够反映时代政治、经济、文化特色以及人物生平、思想、性情的文献，都在考虑之列。我们的目的，是想以切实的工作，促进处于秘藏、边缘、零散等状态的史料转化为新型的文献，通过一辑、二辑、三辑……这样的累积性整理，自然地呈现出一种规模与气象，与其他已经整理出版的文献相互关联，形成一个丰茂的文献群，从而揭示在宏大的中国近现代叙事背后，还有很多未被打量过的局部、日常与细节；在主流周边或更远处，还有富于变化的细小溪流；甚至在主流中，还有漩涡，在边缘，还有静止之水。近现代中国是大变革、大痛苦的时代，身处变局中的个体接物处事的伸屈、所思所想的起落，藉纸墨得以留存，这是一个时代的个人记录。此中有文学、文化、生活；也时有动乱、战争、革命。我们整理史料，是提供一种俯首细看的方式，或者一种贴近近现代社会和文化的文本。当然，对这些个人印记明显的史料，也要客观地看待其价值，需要与其他史料联系和比照阅读，减少因个人视角、立场或叙述体裁带来的偏差。

知识皆有其价值和魅力，知识分子也应具有价值关怀和理想追求。清人舒位诗云“名士十年无赖贼”（《金谷园故址》），我们警惕袖手空谈，傲慢指点江山；鲁迅先生诗云“我以我血荐轩辕”（《自题小像》），我们愿意埋头苦干，逐步趋近理想。我们没有奢望这套《丛刊》产生宏大的效果，只是盼望所做的一切，能融合于前贤时彦所做的贡献之中，共同为中华文明的成功转型，适当“缩短和减轻分娩的痛苦”（马克思《资本论》第一卷第一版序言）。

《丛刊》的编纂，得到了诸多前辈、时贤和出版社的大力扶植。袁行霈先生、傅璇琮先生、王水照先生题辞勖勉，周勋初先生来信鼓励，凤凰出版社姜小青总编辑赋予信任，刘跃进先生还慷慨同意将其列入“中华文学史史料学会”重大规划项目，学界其他友好也多有不同形式的帮助……这些，都增添了我们做好这套《丛刊》的信心。必须一提的是，《丛刊》原拟主编四人（张剑、张晖、徐雁平、彭国忠），每位主编负责一辑，周而复始，滚动发展，原计划由张晖负责第四辑，但他尚未正式投入工作即于 2013 年 3 月 15 日赍志而殁，令人抱恨终天，我们将以兢兢业业的工作表达对他的怀念。

《丛刊》的基本整理方式为简体横排和标点（鼓励必要的校释），以期更广泛地传播知识、更好地服务社会。希望我们的工作，得到更多朋友的理解和支持。

2013 年 4 月 15 日

目　录

前言…………………………………………………………………… 1

一九〇九年日记…………………………………………………… 1
一月…………………………………………………………… 1
二月…………………………………………………………… 3
闰二月………………………………………………………… 6
三月 ………………………………………………………… 10
四月 ………………………………………………………… 13
十月 ………………………………………………………… 14
十二月 ……………………………………………………… 16
一九一〇年日记 ………………………………………………… 18
一月 ………………………………………………………… 18
三月 ………………………………………………………… 18
四月 ………………………………………………………… 18
五月 ………………………………………………………… 19
六月 ………………………………………………………… 23
七月 ………………………………………………………… 27
八月 ………………………………………………………… 33
九月 ………………………………………………………… 37
十月 ………………………………………………………… 41

十一月 …………………………………………………… 45
十二月 …………………………………………………… 48
一九一一年日记 …………………………………………… 52
一月 ……………………………………………………… 52
二月 ……………………………………………………… 57
三月 ……………………………………………………… 61
四月 ……………………………………………………… 66
六月 ……………………………………………………… 69
闰六月 …………………………………………………… 72
七月 ……………………………………………………… 78
八月 ……………………………………………………… 83
九月 ……………………………………………………… 89
十月 ……………………………………………………… 95
十一月 …………………………………………………… 102
十二月 …………………………………………………… 107
一九一二年日记 …………………………………………… 112
一月 ……………………………………………………… 112
二月 ……………………………………………………… 115
三月 ……………………………………………………… 119
八月 ……………………………………………………… 121
九月 ……………………………………………………… 125
十月 ……………………………………………………… 128
十一月 …………………………………………………… 133
十二月 …………………………………………………… 140
一九一三年日记 …………………………………………… 152

一月………………………………………………………… 152
五月………………………………………………………… 156
六月………………………………………………………… 157
七月………………………………………………………… 165
八月………………………………………………………… 177
九月………………………………………………………… 185
十月………………………………………………………… 191
十一月……………………………………………………… 196

前　言

《恩光日记》，原名《潜云堂日记》，恩光撰。潜云堂系恩光的书斋号，日记用纸的版心亦署“潜云堂”三字，日记中亦多次提及潜云堂，如一九一〇年日记云：“除夕前三钟，携成僮乘冒雪归家，宿潜云堂。”一九一一年十一月日记云：“十二日，晚，鸿来言昨夜潜云堂书室被盗，失去大瓶瓷器、团扇数十柄、书帖铺陈零物等无算。”日记始于宣统元年正月，终于一九一三年十二月①，前后凡五年，中间有整月空缺者，即一九〇九年三月、五月至九月、十一月，一九一〇年二月，一九一一年五月，一九一二年四至七月，一九一三年二至四月。亦有个别月份仅略记一二日者，如一九一〇年三、四两月。其馀记录则大体完整，时间正处辛亥革命前后。

作者恩光（1851—?），当时任职于国子监，因光绪三十一年（1905）设立学部，国子监隶属学部，故恩光又经常上学部办公，后来又受学部委派筹建京师图书馆。今从日记略考恩光生平。宣统元年腊月初四日日记云：“诞辰。时年五十又九矣。”以此上推，则恩光当生于道光三十年（1850）腊月初四日，由于系阴历年底，已经进入公元1851年，即1851年1月5日。一九一二年十二月二十三日，当时赋闲在家的恩光回顾生平云：“奉职四十馀年，历事四朝，敬谨勤慎，廉俭自励，幸无过愆。”所谓四朝，即咸丰、同治、光绪与宣统。但终其咸丰一朝，恩光不过十二岁，难以称得上“历事四朝”了。不过，从恩光的自述来看，他十六岁就开始“滥膺微末”：

---

① 一九一三年十二月日记附于是年十一月天头处。

> 余幼即贫寒少赖，十六岁滥膺微末，委蛇数十年，苦艰辛难，饥寒辱迫，罔不备尝。辛卯得仓差，衣食少足，家业微润。庚子又复荡然。再莅国学，复整家业，竭力支持，撙节捡束，不敢疏懈。辛亥改外，为逃难也，留驻工程，为薪金，备一家辈坐食縻费也。

恩光十六岁时，即同治六年(1867)，开始了基层的吏职工作。至辛卯即光绪十七年(1891)才得到了“仓差”，即所谓“奉职通州西仓”。前后近三十年才谋得“仓差”一职，可见吏职升迁之艰难①。恩光在此仓差任职了十年之久。一九一二年十月十八日云：“回想光绪十七年至二十七年之间，奉职通州西仓，十月中即赴通常驻，每日开放王公大员等米石。”相对此前“微末”职事的艰苦，此“仓差”至少保证了他“衣食少足”，甚至“家业微润”。这段仓差的生活，是值得他日后怀念的。庚子之变，打乱了他的生活，他还在努力维系家业，又从仓差调往国子监。《潜云堂日记》所记录的就是他在国子监任职后的这段时间。

恩光身处清王朝末期，晚年又经历辛亥革命。其政治思想是守旧的，仇视革命党，痛恨阴奉阳违的袁世凯。辛亥革命后，恩光念念不忘旧王朝，虽然进入民国时期，依然在日记中奉清王朝的正朔。因此，即使是到了一九一三年，即民国二年，恩光依然郑重书写“宣统五年，岁在癸丑，新正月朔”。恩光的思想倾向，与其生平密切相关。他深受传统的儒家思想影响，对辛亥革命的仇视，主要是因为害怕革命党人受到国外思想影响而动摇了传统的三纲五常。虽然恩光也觉察到了时代正处在千古未有之变局，但他的思想是守旧的，对新的局势判断也是错误的。在日记中，他对当前局势非常焦虑，称革命党人

---

①　一九〇九年二月初十(3月1日)日记云：“赴学部。核对京察册，见年六十岁历俸四十三始升一阶，可慨。”

“妄引夷制，肆口狂吠，欲使数千年之中华纲常伦理、礼乐政治尽变为外夷之俗，此万古未有之事”。

恩光日记中，比较有史料价值的是京师图书馆早期创建历史。目前国家图书馆官方网站介绍首任馆长和副馆长分别是缪荃孙、徐坊，始于1910年。不过，据恩光日记，就在前一年，即1909年就开始筹建馆舍了。宣统元年正月初五(1909年1月26日)日记云：

> 赴学部。本司吃饭，巳刻。见荣、严、宝三堂及丞参各司局。晚致徐丞函，为定运旧举场砖块，备创建图书馆用。

此处荣指荣庆，时为学部尚书，严指严修，宝指宝熙，皆为学部侍郎。徐丞，即徐坊，字梧生，时任国子丞，恩光日记中频繁出现“徐丞”“梧生”。当时图书馆舍尚未创建，恩光接手了创建馆舍的具体任务，并经常向总监督徐坊汇报工作。此后恩光日记中频繁记录京师图书馆建设事宜，如1909年日记云：

> 正月初八(1月29日)　换银十两。函送徐丞堂。六处厂商工程做法清册、书册，原新，二本。
>
> 正月二十三(2月13日)　长龄午前来，总监督徐丞堂饬传森昌等六厂，详核做法清册，命长龄分示各商。
>
> 闰二月初十(3月31日)　昨晚接徐丞创立图书馆函。
>
> 闰二月二十四(4月14日)　酉刻，徐丞病痊，来谈图书馆事。

但此时图书馆舍地址尚未选定。直至1909年闰二月二十八日(4月18日)，才考虑购买净业寺庙基，恩光是日日记云：

> 赴净业寺。午后至净业湖访主持僧慧某，商议购致庙基事。

不过购致净业寺庙基之事并无下文，净业寺庙基作为图书馆馆舍只是当时的一个备选项。

至一九一〇年五月二十二日(6月28日)，馆舍地址则又考虑选在龙爪槐。恩光是日日记云：

诣徐，谈龙爪槐建筑图书馆事。

第二天，还在考虑选址龙爪槐：

五月二十三日(6月29日)，赴徐丞寓，覆龙爪槐庙基事。

但京师图书馆的创建速度已经超过了馆舍的建设速度了：

五月二十四日(6月30日)　午刻起。拟改经常表。晚徐丞函知廿六日赴部领取图书馆新印。

五月二十五日(7月1日)　午初起。修致监吏用印等文件。

五月二十六日(7月2日)　午初起。长龄送来图书馆木质关防及经常表册文件。赴学部。未刻，冠带领新铸学部图书馆之印印钥，并交表文。诣徐丞寓，面交印钥等件，少谈，归。

虽然图书馆印钥等都做好了，但馆舍尚未建成。而正在此时，尴尬的局面出现了，一批重大的文献——敦煌卷子——即将入藏京师图书馆，但由于馆舍并未选定、建成，只能是暂存学部了：

六月二十三日(7月29日)　九钟起。徐丞饬役知照到部查收甘肃送来敦煌山洞珍藏唐朝写本经卷十八箱，未启。少谈图书馆租庙事。

六月二十四日(7月30日)　五钟起。七点到学部,优级毕业生考试,照料三钟散。同图书馆监督徐丞等捡查唐藏经卷十八箱。

由于馆舍尚未选定,这些震惊世界的敦煌文献,肯定来不及细细检查。从恩光日记看,敦煌经卷的数量,已是劫馀残存,我们只知道一个大概的数字,即十八箱。大概是形势逼人,学部相关的官员不得不抓紧时间确定图书馆的地址。不过龙爪槐庙基的选项也被否决了,大概是选址新建馆舍会比较缓慢,主事者又开始考虑其他方案了,最终他们选定了广化寺,先租寺庙的房屋,同时在寺庙旁边选址新建馆舍:

七月初五日(8月9日)　九钟起,午后待徐丞来商酌图书馆事及租庙派员。

七月初六日(8月10日)　上监,十钟到,微雨。午后,同徐丞至广化寺东院相度地势,与僧清朗租定房舍四十馀间,给五十金为图书馆暂所。

七月初七日(8月11日)　午前起,赴部,支领图书馆用银一千两,即面呈徐丞,少议馆事。

七月初八日(8月12日)　遇徐丞,同行,遂言图书馆事,不揣自荐,只求玉成,以遂望愿也。

七月初十日(8月14日)　灯下撰写图书馆用人呈,苦心有为,愿即作成。

七月二十六日(8月30日)　携长龄乘至广化寺看度房舍,微雨归。

终于在1910年8月,京师图书馆初步确定了馆舍地址。确切地说,是先租赁广化寺的房屋四十馀间,临时作为图书馆馆舍。勘定馆舍地址，是徐坊与恩光亲自操办的。当时的广化寺住持是僧清朗，先期给定了五十金作为租金。这样，京师图书馆总算有了可以存放图书的房屋了，由于事出仓促，即使租下了广化寺的房屋，暂存学部的敦煌经卷也不是一时能入藏的，于是在学部就地核查。而当时相关的图书馆章程早已制定好了，图书馆所需“印片”也已经开出预算款了：

七月三十日(9月3日) 上学部。午初，取图书馆章程差送徐丞。

八月十一日日记天头文字：图书馆印片支领杂需款项银二千两，送交徐丞面收。

八月十四日(9月17日) 九钟上学部，同徐丞等查记敦煌唐人写经二百卷。

八月十六日(9月19日) 上学部，九钟到，查经编号。……查唐人写经。

八月十七日(9月20日) 八钟起，到学部查经。

八月十九日(9月22日) 上学部，十钟，乘车冒雨至署。本日不查经。

八月二十三日(9月26日) 午后，在署接待日本人查经。

至此，恩光的大量工作都是围绕京师图书馆展开。不过主要的办公地点却在学部，一些图书馆的核查工作以及接待读者(包括日本人)的工作，也在学部所属的监署。除了拨付的图书大量堆积学部需要挪移之外，另一件重要的事情便是缪荃孙作为第一任馆长即将上任。为了加快馆舍的建设，恩光频繁前往广化寺察看工程进度。在缪荃孙即将到任的前几天，恩光更是开始了驻地生活，即从家里搬往广化寺僧舍居住，以便监督馆舍的工程建设。这些与京师图书馆草创相关的历史资料，在恩光日记中都记录下来了：

十月朔(11 月 2 日)　上国子监，午初到署，画销月费簿，与徐丞堂商酌图书馆一切事宜。申刻，至广化寺，看租订庙舍，方丈中与住持僧少谈。归，寒冷。

十月初二日(11 月 3 日)　商酌移住馆庙等事。

十月初三日(11 月 4 日)　午刻起，心神支离，意绪黯淡。浇菊，聊以释烦。饬翔带匠到庙估整。金铭荐带募役来见。

十月初四日(11 月 5 日)　午后携长龄赴图书馆。广化寺庙内与徐丞等随喜各殿，并部署公事。点灯归，早卧。

十月初五日(11 月 6 日)　九钟起，浇菊，命翔带夫赴部，估运写经箱橱脚价事，金平来，面订荐役四名，并致秦嘏莽照料运函。长龄来，饬知各役到馆，并转交李吏函，命翔传知成僮事。晚电徐丞及高菊轩。源丰栈购箱。

我们可以看出，除了馆舍的建设，还涉及许多其他相关事宜，诸如招募杂役、购买橱柜和箱子等。从十月初忙碌到十月七日缪荃孙馆长到馆：

十月初七日(11 月 8 日)　立冬，七钟起，夜雨，泥淖。九钟赴图书馆运经，未果。部署新派各役，监督缪翰林荃孙到馆，晤谈，发给厨房置买家俱等银。

恩光日记所记，正好可与缪荃孙《艺风老人日记》相参证：

七日乙丑，雨，冷。……到广化寺看图书馆办事处。房屋尚宽。委员一王雨翁、一恩翁，写官二人，已经在内，惟路太遥耳。(缪荃孙《艺风老人日记》，北京大学出版社，1984 年，第 2325 页)

当时正值立冬，下着雨，天气寒冷。缪荃孙第一次来图书馆视察工作，见到了恩光。日记所云委员之一“恩翁”，即恩光。恩光时年六十，缪荃孙称之为“翁”亦无不妥。不过缪荃孙日记一开始是记为“英翁”，后又涂去“英”字，旁注恩字。这大概是缪荃孙初赴任，尚不熟悉下面的执事者，因而容易误记姓名。另外，缪荃孙对草创之图书馆比较满意，“房屋尚宽”，空间足够用。这大概是图书馆要入藏的图书尚未备齐，因而显得空间富裕。缪荃孙对图书馆不满意的地方仅仅是“路太遥耳”，这是就他个人的生活而言。缪荃孙当时应学部尚书荣庆之举荐，刚从南方来赴任京师图书馆馆长之职，租住的地方在太仆寺街。京师图书馆租赁的广化寺在城北，即后海北沿，而太仆寺街则在城南。现在看来不过四五公里的路程，但以当时的交通条件而言，应该是比较远了。

此后，恩光除了要经手一些图书馆建设的费用之外，还需要负责图书的运送，接待来馆的领导，至十月十四日即住进了广化寺僧舍了：

十月初八日(11月9日)　九钟起，赴图书馆，看运写经箱柜全齐。四钟，雇车回。天凉。

十月初九日(11月10日)　八钟起，午刻，赴学部，本司支领图书馆经费第三次银二千两。

十月十一日(11月12日)　八钟起，金平来，当交运脚书箱车费二百千，共大小一百八十只。携长龄赴馆，看收书及付茶烛等钱。晤徐丞等。

十月十二日(11月13日)　八钟起，午后赴图书馆，候徐丞，未到三钟回。

十月十三日(11月14日)　午初起，捡点随带应用一切物件及书籍等装箱，计算忙迫杂冗，一日布置，饬率翔儿装束，预备长龄来，预置庙舍等事。心乱。

十月十四日(11 月 15 日)　晨起,装束移寓随用一切物件,心绪凄乱。午后,候徐丞来商酌一切公事。申刻,赴学部领监款。冲寒赴广化寺庙舍初宿。

十二月十八日(1 月 18 日)　九钟起,申初到馆,运部存内阁书百二十八箱。

十二月十九日(1 月 19 日)　九钟起,心气郁闷。运部存书九十六箱,七车。

十二月二十日(1 月 20 日)　十钟起。辰刻封印。徐丞来商公事。到馆部署,与缪监督言。

十二月二十六日(1 月 26 日)　九钟起,午后到馆。缪来查书。

从十月至十二月,陆续将学部暂存之图书,运抵广化寺租赁的馆舍。从恩光记录来看,最大一批的图书来源当为内阁大库,当时皆暂存学部。这些书的运送工作,是由恩光负责的。作为图书馆"委员"之一,恩光在图书馆的工作,比起他的直接上司徐坊、缪荃孙,要更为忙碌。

另外,在恩光日记里,还记录了京师图书馆的一些财务数据,比如一九一一年日记:

京师图书馆月发各款约计:监督、提调、总办、科长、纂修、科员、写给官等共支九百七十两,官役七千两,匠二十六两,饭食一百五十两,茶烛煤火四十两,添置杂项四十两,右共约一千三百两,另酌提存三百两,每月总领折加京平银一千六百三十四两四钱二分,所馀三十几两,嗣后有增无减,时须量核。二月十三子时记。(见于一九一一年正月十五日日记的天头位置)

正月十六日(2 月 14 日)　午后,赴学部,本司领款,候总办来,殊费唇舌,始得勉允。图书馆每年经费二万两,自正月起,分领十三个月，每次京平一千五百三十八两，幸给库平加九十六两四钱二分，合领京平一千六百三十四两四钱二分，监款只领经费，馀尚待发。回庙，乏，早卧。

二月十六日（3 月 16 日） 九钟起。早雪，午后止。到馆，呈缪小山监督薪津二百四十两正。

非常准确地记录了图书馆当时运行所需总的经费数额，以及拨付的规则。缪小山，即缪筱珊，缪荃孙的字，日记所云“缪小山监督薪津二百四十两正”，在缪荃孙《艺风老人日记》中亦可得到佐证，一九一一年二月十六日缪氏日记云：

雪，到馆。……领薪水二百四十两。（缪荃孙《艺风老人日记》，第 2363 页）

缪氏在图书馆任上一直待到了一九一一年九月，恩光日记中记录了缪氏辞行的日期：

九月十二日（11 月 2 日） 九钟起。午饭后，到图书馆。监督缪荃孙辞行。

缪荃孙《艺风老人日记》是日亦记录云：

十二日丙戌，晴。赴学部，交书目，乞假。又到图书馆取书目，话别。收拾书箱。（缪荃孙《艺风老人日记》，第 2426 页）

缪荃孙此次以“乞假”的形式辞行，实际上是离任了。

恩光《潜云堂日记》，除了京师图书馆草创期的重要史料，还有一些很值得关注的地方。比如，日记中记录了他对一位昵称作“缘”的人疯狂思念，也记录了他心灵的苦苦挣扎。虽然他有一段时间公务繁忙，但一到夜深人静之时，总是在日记的末尾写上他思念“缘”。恩光还记录他家庭的不和睦，自己的财物经常被家人和奴仆盗卖，仆人纷纷出走与背叛，甚至他还受到了仆人的殴打等等。也记录他对“同光中兴”那段时光的怀念，以及对革命兴起的仇视与恐惧等等，还记录了他经常去的饭馆、街道，记录他家道中落，最后不得不出售祖上留下来的房产，而这些房产地契有的甚至是乾隆年间的。我们可以看到一个难以融入新时代的旧人物如何苦苦挣扎，最后又无可奈何。

本次整理，即以《历代日记丛钞》第160册所影印的《潜云堂日记》为底本。为了保留历史文献原貌，恩光原文一些带有政治偏见的表述，诸如对革命党人的仇视，辛亥革命后，民国建立，恩光依然奉宣统年号的正朔等等，此次一并保留，不作改动。恩光日记使用传统的农历，今逐一标识相应的公历日期。一些日记的天头处，恩光时有补写的文字，今一并录入，置于相应日记后，以“天头文字”四字领起。一些行间小字，亦录至相应的文字后面，并加括号以示区别。作者读书的摘录，或有重复，或与通行本有异，今皆不作改动。一些异体字、旧字形，则统一改为通行的规范字。个别人名、地名则保留异体字。底本偶有错页，今据日记内容予以调整，个别天头文字缺漏处，据国图所藏日记原件补录。

感谢张剑老师给我们这次机会整理《潜云堂日记》，并给我们提供宝贵的资料。感谢我们的妹妹董岑仕，她时时督促我们尽快完成。感谢责任编辑樊昕的认真编校。我们整理中有不当之处，期待读者的批评指正。

整理者

2019年10月27日

一九〇九年日记

一月

己酉宣统建元元年新正月朔(1月22日) 气象肇新,宇宙晴和,念佛焚香。盆梅初放,水仙盛开。午间啜茗静坐,得少闲适,亦一乐也。

初二(1月23日) 赴国子监拜庙。早阴,午晴,寒甚。饬长龄取各厂单。答拜李幼庵、松茂庭。姚氏书册照录一本,六十四号皂役刘桢写。

初三(1月24日) 每日默诵佛经五遍。(永远如是。)徐丞来。看《翼駉稗编》。申刻出城,看冰床,游街市,至东兴居茶肆。

初四(1月25日) 理屋。小腊梅开三四朵,香盈一室。梳发,唤王四来。静坐,午间看《今世说》。东兴茶馆遇盛恩、文奎诸人。

初五(1月26日) 赴学部。本司吃饭,巳刻。见荣、严、宝三堂及丞参各司局。晚致徐丞函,为定运旧举场砖块,备创建图书馆用。

初六(1月27日) 午后邂逅盛绩卿,城外来,回同坐冰床。小楼饮茶,无味。

初七(1月28日) 午后至剃头棚梳发。(王四、小张。)遇托芷堂。东兴居,与盛胡云。

初八(1月29日) 换银十两。函送徐丞堂。六处厂商工程做法清册、书册,原新,二本。

初九(1月30日) 午前赴学部会计司,无事。同张朗山酌棋,徒步归,乏甚。长龄于隆福寺购来兰蕙三十箭,甚佳,即时栽植。

初十(1 月 31 日) 赴学部,同徐丞堂、彭主事查书。两江总督端方赍来姚、徐二家共书一百八十箱。

十一(2 月 1 日) 赴学部,同前查书。午前,岁底已将咫进斋姚氏书六十六箱检讫。

十二(2 月 2 日) 赏兰,小草初开二朵,香盈一室。偷懒,未出门。命鸿赴禄米仓领米一石有奇,了廪。

十三(2 月 3 日) 赴学部查书。前后共查姚、徐二氏书籍一百八十箱全齐。灯下看《乡言解颐》,思觅孟来。阜成门大街步月,清寒皎洁,心神旷逸。访小张梳发。少坐,归。

十四(2 月 4 日) (今上万寿日,酉正,立春。)赴学部。本司支领经费二百两,官员津贴、书皂工食六百三十六两,丁祭二百两,国子丞月薪一百六十两,共一千二百九十六两,虚縻。赴琉璃厂一望。至正文斋交给查书工力一百五十七千。斌晏楼独酌,食鳜鱼,乘月归。

十五(2 月 5 日) 早赴国子监署。申正归。小院望月。三鼓看《呻吟语》数则。

十六(2 月 6 日) 早晨理盆花。晒兰,午后发香。换银二十两。

十七(2 月 7 日) 赴护国寺庙市。购兰花七十箭,水仙六箭,直条梅一棵,红白碧桃二株,木瓜五枚,预买蜡梅二盆。晚,东兴居食肉饼。胡云一阵。早接徐丞函。

十八(2 月 8 日) 午前理花整兰。命祥购致黄梅两盆,鸿栽碧桃陈置。申,东兴吃薄饼。晚,王四梳发。徐丞来,未面。换银十两。

十九(2 月 9 日) 早赴监。午初,开印丁祭公文咨行七处。晚,茶馆胡云。

二十(2 月 10 日) 申刻赴监。饬役预备夜间上祭礼宜。同徐丞、高、季、杨四君署中晚饭。亥刻睡。长龄、龚和伺候。

二十一(2 月 11 日) (恭上德宗景皇帝徽号,入庙告祭。恩诏。)辰初一刻,上祭。钊公行礼。同丞文公祠少谈,午初归。徐丞来谈,言工程事,二鼓回。

二十二(2月12日) 赴学部。午初，本司支领月薪五十两。同周景涛等谈。至司务厅少坐。申刻，徒步归。路遇徐丞，降舆立谈片刻，分行回家，甚乏。

二十三(2月13日) 长龄午前来，总监督徐丞堂饬传森昌等六厂，详核做法清册，命长龄分示各商。申刻，上街。王四梳发。东兴居闲坐。归时门外邂逅猛。

二十四(2月14日) 晒兰。午初，蜡梅盛开。看《月令辑要》。东兴居吃饼。

二十五(2月15日) 上学部。午前，到会计司，会商京察事宜。雇车回。申，大风。

二十六(2月16日) 午前赴监。内务府交到新造各件祭器，拟于二月朔验收。丞堂酉初进署。文公祠坐谈，宿西厢。晚食面，及长龄、龚和。亥刻睡。

二十七(2月17日) （大行太皇太后上谥。恩诏。）告祭。辰初，葵公行礼。午初，归家。早饭。夜内甚凉，疲乏。红碧桃盛开，水仙初放，绰约可爱。

二十八(2月18日) 早赴学部。九钟，督学局内核对京察官册六分，共五十篇。本司司务厅少坐。至总务司，步到单牌楼，雇车归。禁烟大臣来，文麟趾照第二条办理。早睡，服药。

二十九(2月19日) 雨水，早起。害病，支持开发二月家债百十二千五百文。宗员外(梓山)来。闭门枯坐，无聊。努力祛累，身心灰澹，所谓无精打采。早，强睡。

二月

二月初一(2月20日) 早上国子监，见内务府匠头，收祭器，见各厂商，部署各事。申刻归。晚，谒徐丞，谈公事，复至东兴居，少坐。大风，冷甚。二鼓回即睡。

初二(2月21日) （国服百日。）早起。午前，剃发。给王四蜜供。长龄送书册来。虾米居独酌,吃饼。申刻,夜梦。

初三(2月22日) 午前,浇兰。演礼,未入署。看《呻吟语》。晚,东兴居吃肉饼。

初四(2月23日) 午,赴学部。到琉璃厂。购"搢绅书笺"四楞镇纸。(懿文斋。)

初五(2月24日) (次日。)早到监,演祝版礼。晚,东兴居吃肉饼。

初六(2月25日) 办丁祭一切事宜。同学部官员演礼。九钟,宿文公祠。赏长龄等饭二桌及钱。夜三钟起。

初七(2月26日) (祭丁。)前殿庄亲王载功,后殿荣中堂庆行礼。卯初三刻,上祭。同徐丞谈。巳刻回家。梳发。(王四。)茶肆吃饼。晚,早睡。

初八(2月27日) 赴学部。总务司领主事俸银四十二两。初六品,四十三年,晋一阶,可笑。晚茶,食饼。

初九(2月28日) 闭门枯坐。星期,看木皮子词。晚,茶肆,找恩三。

初十(3月1日) 赴学部。核对京察册,见年六十岁历俸四十三始升一阶,可慨。给丁祭日厨役备办饭食等银三十二两。前门外信步,大栅栏游荡。徐丞来,谈二鼓许。大风。

十一(3月2日) 上国子监。早九钟,厂商森昌等核工,开发丁祭等款。申刻归。

十二(3月3日) 扫地,浇花,看陈眉公《长者言》数则。送徐丞俸,六十三两,命祥。

十三(3月4日) 徐丞昆仲来。早晨尚睡,现起,同至虾米居早食。午刻回。二格来订明恩三月归欠银二两,无奈之至。晚东兴居胡云。看《说郛》二十八卷"青言"。大风,尘沙。

十四(3月5日) 早赴学部。会计司领国子监月支经费银二百两,官员薪津等四百六十六两,书皂五十六名一百七十两,共八百六十六两，交吏。看各司新移铺陈。午后昼夜大风，黄沙四塞。申初回。换银十两。

十五(3月6日) 惊蛰。新部迁移。午前赴学部新署。申初，拜堂及各司厅互拜，贺大堂恭悬御赐敬教劝学匾。本会计司支二月分薪水五十金，代领国子丞堂月薪一百六十两，即送去。

十六(3月7日) 星期，午前浇兰。静坐，看《说郛》六十九册、宗懔《荆楚岁时记》。剃发。(王四。)东兴居吃饼。看林逋《省心录》、《说郛》七十一卷。

十七(3月8日) 早晨卸煤，三千五百斤，付毕旺脚银五两七钱，西山德义窑索来者。晚茶肆吃饼。看《经锄堂杂志》、《说郛》七十五卷。

十八(3月9日) 赴学部。午间至司务厅会计司少坐，胡谈无聊，步至署东雇车回。看词曲《狮吼记》，感慨。

十九(3月10日) 枯坐，连日抑郁无聊。还衣店二十两，换银三十两，合钱五百四十千。晚，虾米居吃饼。夜，看《说郛》第七十六卷。

二十(3月11日) 微雨雪，土润苔青。看《义山杂纂》：可惜驴吃牡丹，不得人怜；咬人犬偷食猫，不识疾迟；急如厕说葛藤话，不识好恶；失火处，说好看。

二十一(3月12日) 赴国子监。早，到徐丞寓，申刻回。九钟睡，心中郁闷，夜间迷瞢。看《说郛》数篇。

二十二(3月13日) 午初，睡起。无聊，看《字触》，“孕”先写了一撇，后写了一画；“秦”二画大，二画小。晚，早睡，心神不爽。鹰元名英布。

二十三(3月14日) 星期。早赴徐寓问候。午前，至沙窝居约茂亭便饭，后晌至茶肆。看《围炉新话》，廋词滑稽，《诗》“如酌孔取”。

二十四(3月15日) 赴学部。午前，专门司见彦明允等，说京察事。申刻回。至徐丞堂寓，时大雪，至夜未止，寒甚。二鼓，灯下看滂喜斋书，拥炉。

二十五(3月16日) 赴徐丞寓。午刻，问候，商酌京察一等事。回，至茶肆少坐，看《传家宝》《爱睡歌》《昭代丛书》、陈眉公《太平清话》。

二十六(3月17日) 赴国子监。申刻，至徐丞寓，送京察册。鵰头新派海军副使牌子。晚食大窝窝头。灯下看《传家宝》，疲困。童仆野率。

二十七(3月18日) 赴徐丞寓，议保一等。申刻，找王四剃头，时大雪，至夜三鼓未止。东兴居晚食面。问鵰头进内代递谭学衡膳牌事。

二十八(3月19日) 赴学部，核京察册、监员名册，送总务司。长龄早间送册单来，见廿七日奏参戒烟未净。麟瑞二员休致，即为送函。夜雪，盈尺，压折松稍，可惜。午后，少晴，徐丞饬役送禀帖来，着看监吏具知会公事来，写进讲名次单。早睡。

二十九(3月20日) 赴学部。京察过堂，国子监官员附。会计司早饭。申刻回家，乏困。晚，看《绅瑜三集》。

三十(3月21日) 星期，春分。赴学部。午刻，京察册拆封，大一等六员，叨列上二。国子监例保三员。诣徐丞寓。东兴居少坐。晚看《传家宝》。

闰二月

闰二月初一(3月22日) 上国子监。午前办公，携长龄乘着到徐丞寓取京察保送单交署。天阴，微雪。茶馆少坐。看《传家宝》。烦闷，早睡。

初二(3月23日) 上学部。总务司看写京察大册。本司少坐。司务厅遇纪云。申刻，大风。归，看《传家宝》四集四《还玉佩》。寒甚，早睡。

初三(3月24日) 午刻睡起。看陈眉公《太平清话》。王四梳发。茶肆闲坐，胡云。早寝，偷闲。风寒。续撰独享之趣数则。看语小。

初四(3月25日) 午前睡起。看《两般秋雨庵》廋词："一个大，一个小。一个跳，一个跑。一个吃人，一个吃草。骚打胎，既欲其生，又欲其死。"郁郁无聊，思想万千。

初五(3月26日) 上学部。堂派经理新建科场考棚工程。见六厂商。申刻雇车回。诣徐寓。早睡。

初六(3月27日) 上国子监。早至徐丞寓请钥，署中京察册十八本用印，及行部旗公件。文公祠内吃饭。长龄、龚和伺候。送钥。申刻归。

初七(3月28日) 星期，午刻睡起。看《痴说》。晚至东兴居吃肉饼。濯足。丑初始睡。此日虚度。"意玩于所易，情钟于所希。"(《意林》。)

初八(3月29日) 赴学部。午前至会计司吃饭。又到考棚工程处一看，无谓。雇车归。徐丞函示，派员十一日文华殿班诣摄政王礼。恩凯送月债二两。

初九(3月30日) 辰刻起。扫竹池。长龄来赐饭。午后上徐丞函。看《柳南随笔·咏雪诗》："苏子美云：'既以粉泽涂我面，又以珠玉缀我腮。'二句颇入恶道，不如'天医切茯苓'及'黑狗身上白，白狗身上肿'等语。有僧一绝云：'阵阵朔风寒，天公大吐痰。明朝红日出，便是化痰丸。'"均甚捧腹。

初十(3月31日) 午正起。困惫疲郁，饭后又睡，酉刻醒。看《柳南随笔》。晚，大风黄沙。昨晚接徐丞创立图书馆函。

十一(4月1日) (摄政王登文华殿。)午前起。寂寞无聊，谬撰一人之乐数十言。牡丹出土放芽。陈眉公《告衣巾》句："生序如流，功名何物？揣摩一世，真拈对镜之空花；收拾半生，肯作出山之小草。"李北海云："学我者拙，守我者死。然舍而弗由，则入魔境。守而不化，又成毒药。春花落瓣，秋花落蕊。"(《筠廊随笔》。)找王四剃头。

茶肆少坐。

十二(4月2日) 午初睡起。看《说铃》。童仆整理花池。《桐阴清话》:“红帽哼兮黑帽呵,风流太守看梅花。梅花忽地开言道,小的梅花接老爷,张盖游山者宜嘲。”

十三(4月3日) 上学部。午前本司少坐,吃饭,无谓。雇车归。《说郛》二十六卷《霞外杂俎》:“精气神,内三宝;耳目鼻,外三宝。常使内不逐物而流,外不诱中而扰。”(茶肆。)

十四(4月4日) 星期。午初起。理花,迎春初蓓蕾。申刻,诣荣中堂处问候。礼部知照验收祭器。徐丞寓问候,坐谈三刻许。茶肆少坐。三更,望月感慨。

十五(4月5日) 清明。上学部。会计司领监款八百二十两,本职五十两。吃饭。大风,徒步归。送徐丞月薪一百六十两。借虾米居三十两,预支丁祭退还款六十两奇。另暂借五十两。尘土扬沙,奔走下吏,可慨叹也。晚,茶肆吃肉饼。徐丞惠小柿树二株。踏月归,风息。

十六(4月6日) 午后睡起。看《水南翰记》王荆公诗:“愚浊生嗔怒,皆因理不通。休添心上焰,只作耳边风。长短家家有,炎凉处处同。是非无实相,究竟总成空。”《桐阴清话》:“俞溥臣诗《春游》:‘绿杨阴里系青骢,白板双扉夕照中。不是重来感崔护,桃花也自对人红。’”月午子正,仰瞻念惜分阴。

十七(4月7日) 午刻起。无聊。康节诗:“花见白头人莫笑,白头人见好花多。”东坡云:“人老簪花不自羞,花应羞上老人头。”邵壮苏怯。(《近峰闻略》,《郛》。)梳发,遇小张。东兴居吃面。晚归。看《传家宝》,录陈希夷《爱睡歌》一通,时交三鼓,月当正午,清皎静寂,独卧展转。

十八(4月8日) 上学部。本司少坐,无谓。到琉璃厂访老牛,代刻墨盒一个。申刻回家。困倦,稍憩。晚吃饼。无聊,思早睡。换银二十两。

十九(4 月 9 日) 上坟。午刻至八家村茔地祭扫。大风,黄沙涨天。回虾米居,始餐饭。清明曾着儿子诣柏翔庵姑母坟代祭,附识之。

二十(4 月 10 日) 午后睡起。无聊,看《委巷丛谈》:"村学云:'此老方扪虱,群雏争向火。想当(附)训诲间,都都平丈我。'""城外都是土馒头,城里尽是馒头馅。"

二十一(4 月 11 日) 星期,赴监,未果。亶茂(音陕)、王伯厚云:"处心不可著,处事不可尽。"(《桑榆漫志》,《郛续》十九。)"识破尘团知是土,从前自笑用机深。元来人事皆身事,只有天心是我心。"(同上。)

二十二(4 月 12 日) 上学部。午刻本司少坐,无味。雇车回。连日烦闷抑郁,自伤认命而已。赊青绸棉褂一件。此增彼损,永不留馀,自是贫贱之兆,奈何呼天!

二十三(4 月 13 日) 午刻睡起。烦闷之至。饭后又睡。恶妇偷当衣服数件,抽筋赎出,合银二十两二八,倾家荡产甚矣!冤孽可叹可恨!梳发。茶馆吃面。可怜。

二十四(4 月 14 日) 上学部。卯正二刻到,监考山东高等毕业生及译学馆等二十二名。看体操。三钟二刻散。酉刻,徐丞病痊,来谈图书馆事。

二十五(4 月 15 日) 午前起。疲倦烦闷。牡丹初生八头花,阶前手植梨树十年,初结蕊。王莘农来。整理盆种罗汉松小株,浇小铁树,海棠将吐蕊。买红橘六枚。看《见闻录》。看南亭《见形记》第二十二回。连日郁闷烦燥,十分忍耐太息。"叩辕门荡妇觅情郎,奉板舆慈亲勖孝子。"(工恰。)

二十六(4 月 16 日) 上国子监。早到徐丞寓,请钥,署中用印及办公事,申刻送回。徐丞惠治耳疮穿粉散方。晚,早睡,不宁。

二十七(4 月 17 日) 上学部。七钟监考山东高等毕业生二十名。晚五钟归,乏甚。耳疮不见轻减,焦急特甚。见宗员外、严宝二侍郎。偶忆《品花宝鉴》载谜语一条："降生在辰巳之年，《诗经》一句。——'不属于毛'。"又岳小琴侍郎琪云："总理通商事务，衙门行走。——管夷吾。"

二十八(4月18日)　星期，赴净业寺。午后至净业湖访主持僧慧某，商议购致庙基事。至护国寺买笤帚，大小十二把，小耳枕二个，碧桃花枝二捆。文美定做大卷酥等二匣十六斤，备送礼物等件。早接徐丞、宗梓山函。初鼓，至徐寓面谈公事。

二十九(4月19日)　午后睡起。耳疮及左鼻孔流水不止，片刻即干粘结块，敷穿粉散，不效。更敷槐条焙末调油，十分焦急，加以郁闷，凄甚。晚服普济汤剂。连日看王凝斋《槭秋灯丛话》。昼夜不宁，燥急无聊。晚食粥，早寝，展转瞢腾。手植梨花近十年矣，初开二蕊，牡丹日见繁长，藤萝含苞，榆叶梅满开茂盛。初长松针，浇菊秧。

三月

三月初一(4月20日)　上监未果。耳鼻流水粘染，敷药未效，焦急闷卧。

初二(4月21日)　谷雨，闭门养疴。耳疮延及颊项，流水粘痂，服药。长龄等来言公事。

初三(4月22日)　养疴。致学部宗双二函。雇人浇竹，初生笋尖。浇各种花。王四来梳发。默坐焦急，寝不得安，晚服汤剂。

初四(4月23日)　未出门。耳鼻粘疮，尚流水，服药。看云亭山人《桃花扇》传奇。

初五(4月24日)　未出门。服药，疮痍渐轻。看《桃花扇》《明史》，感慨。

初六(4月25日)　星期，未上监。服药，疮病觉减。致徐堂函。《桃花扇》看竣。霁儿生日，阖家吃面。海棠盛开，晚微雨。

初七(4月26日)　耳疮渐轻，心中悒郁无聊。长龄、李吏来言公事。命祥庙市购兰芝数箭，藏香十枝。看《见形记》。

初八(4月27日) 养疴。耳疮见痊,鼻尚粘结未愈。洗面,文黼堂来谭三刻。看《见形记》“刁迈彭”一节。食熏黄花鱼。

初九(4月28日) 养疴。午刻起,心绪病烦。浇竹。龚和来。看《见形记》“梅扬仁”事。告祭先师孔子。未进署。徐丞来,初鼓。品茶,看符幼鲁《春凫小稿》。

初十(4月29日) 养疴。烦闷,看《见形记》,送徐丞茶食。黄云等来。夜不睡。

十一(4月30日) 养疴。未刻起,心绪烦恼。晚,徐丞来。兰花三朵放香。

十二(5月1日) 养疴。午前起。周吏来,行民政部咨,催安匾,预备钩托。德宗景皇帝梓宫奉移梁格庄行宫暂安,午刻,由观德殿起銮出阜成门,至彰义村芦殿头跕二十八里,王公大小文武百官案段跪送。

十三(5月2日) 星期,养疴。广厅应升过班,自叹命蹇。藤花盛开。晚到聚增银号。

十四(5月3日) 上学部。午刻,本会计司领月薪五十两,国子监经费薪工八百二十两,徐丞一百六十两。晚送寓。申出南城安烟袋杆,二鼓到聚增银号。

十五(5月4日) 监期未去。申刻上街,到广泰祥、东兴居。长龄来。夜雨,竹生笋。

十六(5月5日) 养疴。申刻至虾米店吃黄花鱼。进城,步大街,踏月归。

十七(5月6日) 立夏,养疴。牙齿疼痛,午后闷睡。明月皎洁,爽人心目。徐丞遣役问候。

十八(5月7日) 养疴。牡丹初开六朵,极繁盛。王四梳发。晚,东兴居。

十九(5月8日) 养疴。午睡烦闷。赏花,风。东兴居少坐。夜,微雨。

二十(5月9日)　养疴，牡丹二丛盛开九朵，本年极繁茂，欣赏不已。濯足。浇竹，新笋茁壮，尺馀矣。晚，诣徐丞寓，谈许久。

二十一(5月10日)　上国子监。午前，署中办公。诣文黼堂家，谈至酉刻回。

二十二(5月11日)　养疴，浇花，牡丹烂熳盛开。定大理约，赴虾米店便酌。上等时回。

二十三(5月12日)　养疴。酉刻，东兴居少坐。大徒梳发。初鼓后，狂风非时。怄气意外。

二十四(5月13日)　养疴。夜雨数寸，花木如洗。当此久旱，实为润泽甘霖，农田欣幸。(德宗景皇帝御书“中和位育”匾悬安文庙大成殿内，内务府恭制。)牡丹当此风雨卸瓣，殊深惋惜。欲以清酒祭谢，尤望年年发生富贵秾艳也。加意培护，勿懈。纪云、长龄来。

二十五(5月14日)　上学部。午刻，会计司等处少坐，敷衍，无执事可为，无味可笑。赴宣武门外琉璃厂东南园徐丞新寓贺喜，便服递帖。牡丹谢瓣数十片，捡藏书页中。荣四说合小厮翔儿复工。

二十六(5月15日)　监期未去。天气清爽。申刻，微雨。找小张剃发。东兴居少坐，饮茶。广太祥借袍褂，聚增换银十两。夜，看《归田琐记》。

二十七(5月16日)　养疴。烦闷，看《浪迹丛谈》。东兴居与喇嘛话，白塔寺住居。刘公𠫤寄友人绝句：“西湖小阁多晴月，好友同舟半是僧。寄语江南老桑苎，秋山紫蕨忆行縢。”(《池北偶谈》卷十三之四。)

二十八(5月17日)　己酉京察，赴吏部。九钟到，待至四钟始过堂，序在礼部之次。归家昏沉，觉已有病矣，可叹！早寝，梦不安。

二十九(5月18日)　未刻始起。病牙，神思连日迷惘，饭后又睡。申正三刻醒。晚，早寝。昨在吏部，金平面呈春季米票四石零一纸，初次。

四月

四月初一日(5月19日)　上国子监。

初二日(5月20日)　上国子监,四钟多。

初三日(5月21日)　养疴。午睡。浇竹。领俸米四石零。茶肆晚饭。

初四日(5月22日)　养疴。

初五日(5月23日)　游万寿寺。午后,并到紫竹院。晚,虾米居遇定大理,同饭。

初六日(5月24日)　上国子监。大风。晚,东兴居吃肉饼。

初七日(5月25日)　上学部。

初八日(5月26日)　养疴。

初九日(5月27日)　进内。派充办考官。

初十日(5月28日)　宿内。廷试毕业生第一名黄德章。

十一日(5月29日)　未刻由内先回。乏甚。日昨恭诣文华殿内瞻仰高宗纯皇帝御书“缉熙明德”匾额。东殿本仁,西殿集义,中敬一殿,后文渊阁。

十二日(5月30日)　游万寿寺。

十三日(5月31日)　养疴。

十四日(6月1日)　上学部。本司会议财政报部。支领当月监中经费等款八百二十两。赴徐丞寓,送月薪。到集云楼喝茶,遇荣韫山。携祥斌升楼吃茶。

十五日(6月2日)　上国子监。

十六日(6月3日)　养疴。

十七日(6月4日)　养疴。

十八日(6月5日)　游农事试验场。卍字楼上茶座,庚戌四月七日,携成僮再登,并鸿。

十九日(6月6日)　养疴。

二十日(6月7日) 养疴。

庚戌二年七月廿四日夜四鼓，雨窗，展转不寐，忆录钟时帆方伯《自题画鱼一绝》:“得所金鳞戏晚晴，遥天一抹远霞明。此生端许清流住，不向江湖破浪行。”自四月二十日以至九月底，心绪悒郁，疾病纠缠，均未按事逐日登载。后由十月初一日，再行每日续记。

九月廿五日至月底，五日连赴内阁文华殿，会同督运旧书、大卷等，均送学部，以备图书馆藏，数百年不动之物，尚有变迁，时事慨可知也。四月间，廷试毕业生，充办考官，值宿文华殿傍三日，仕途为一大变换也。九月廿七日，由京恭轝孝钦显皇后奉安普陀峪定东陵，敬志之。

十月

十月朔(11月13日) 赴贡院，监看木厂拆运至公、聚奎两堂木料。单开两堂木料三千八十件。明远楼巍然独存，蓬蒿满目，不胜今昔兴衰之感。申刻，乘车携长龄归。同事文、高二公。

初二日(11月14日) 徐丞早晨来。午间晒菊。晚，东兴居吃面。

初三日(11月15日) 浇菊，盛开，惜老秧十无二三。晚，虾米居饭。托人购黄雀两头。

初四日(11月16日) 赴学部，商运红本事。晚，东兴居吃饼。

初五日(11月17日) 午睡，烦闷。虾米居代买白菜。刘俊由仓领俸来，取恩三债二圆。

初六日(11月18日) 午前赴贡院，看拆卸至公堂前抱厦木料，随运至太学门外存放。申刻，到学部，与暇庵商运红本。长龄来，自找周媒厨子散。

初七日(11月19日) 浇菊，寿仙楼盛开。杂役萧广新工。晚，东兴居吃饼。徐丞来，初鼓前，言运红本事。萧役次日去。

初八日(11月20日) 赴贡院，看拆至公堂抱厦讫。明远楼下徘徊感慨，可叹可惜。据大兴县役郑某云，贡院地基南北计长一百二十八丈，东西计宽六十八丈，缺东南角。鸿上护国寺庙市购金带渗金，魁菊花数株。浙江提学使袁嘉榖来拜，未见。

初九(11月21日) 星期，房。徐丞来，又言红本事，午前。晚东兴居吃肉饼，剃发未果。小厮广顺上工。厨役羊儿来工。

初十日(11月22日) 整菊。午后风。小董来梳发。看知不足斋《示儿编》，赞。

十一日(11月23日) 小雪，风。上国子监。携长龄，办公。回家掌灯，成儿伺候。

十二日(11月24日) 午刻起。小董来梳发。整藏菊花。成儿糊饰花洞，买送礼茶点。徐丞来函，给黄云赴东陵盘费银四两。当阶明月寒皎，三鼓。

十三日(11月25日) 午晴。渐寒，晒菊。鹔鹴裘盛开。鸿、成等培壅花木池土。

十四日(11月26日) 上学部。午后，本司支领国子监经费官役薪工银七百九十二两，代领国子丞月薪一百六十两。堂派廿二日诣东陵普陀峪行周年礼。再与秦柯楼议运置内阁大库红本事。连日狮吼，可叹。

十五日(11月27日) 月蚀，酉刻。上监办公。赴部。申刻，支领薪资未果，留致张朗山函。回家点灯时。徐丞处送月薪及馈茶点等，着祥、成同往购筐枕盆杯等事，着刘俊上仓领俸米一石一斗。

十六日(11月28日) 星期。午后睡起。命祥到监署取铺盖，并找复兴木厂代觅下处。未后大风特甚。小董来梳发。鸿、成、羊顺培壅竹池黄土。龚和来送木厂找下处事。面定上陵车辆。

十七日(11月29日) 打点一切行李，及随往成、祥二僮衣装、应带各物件。徐丞约订同往，并送路程单。鸿代装置吃食各物盛篋。

十八日(11月30日) 九钟早饭后，带成、祥二僮单套车二辆，出齐化门，顺石路，四十里至通州南关内踮宿，时四钟馀。回忆旧游，沧桑变迁，万分感悼。晚，携成、祥二僮围炉饮食，颇觉境新意畅。二鼓睡。

十九日(12月1日) 清晨出店，赴南关外火车站，候九钟，官役黄云等及车马待徐丞至同渡过河，微风，草屋少避，邂逅荣公、启岳二都统，少话，二十里至燕郊。尖跕吃饭，店中车马填溢，几无驻足处，十分污秽，强食，行二十里，至夏店，未驻行。二十五里，至枣林。宿民房，天不甚寒，极幸。黎明即行，五里至(三河县)。(栅栏店、白涧、桃花寺、隆福寺等处，皆御路尖跕也。)

二十日(12月2日) 三河县。天方曙，行二十里，至段家岭。行二十里至邦均。红轮初起，旷远无涯，一目千里，洵成大观，平生初遇也。午尖饭，北望盘山，苍翠嵸巃，如在目睫，怅未临游。行三十里至蓟州。行二十五里至豪门。有独乐寺，闻系明严介溪书。宿民舍，逼仄难过，五鼓起行。五十五里进喜峰口，至(裕陵大圈)。

二十一日(12月3日) 裕陵大圈。先与徐丞分道至马兰镇尖，饭后趋和仲平总管家借宿。五鼓诣(普陀峪)。

二十二日(12月4日) 普陀峪。孝钦显皇后陵宫门前阶级上，文武百官行礼毕，归寓，束装回，东方将亮。

天头文字：二十二日礼毕即回，当日住宿蓟州豪门，二十三日宿枣林。二十四日宿通州。是日，徐丞乘火车进京矣，予则偕成、祥二僮仍于南关店中歇宿一夜。围炉饮酒，自酬劳乏。成为铺陈，伺候周致，甚适慰也。夜微雪。廿五日，早饭毕，仍顺石路进齐化门回家。往返计八日，费资百馀金，自京至东陵约程二百六十里。

十二月

腊月初一日(1910年1月11日) 郁闷无聊。梳发。买《滑稽诗话》一本。

天头文字：自十月廿五日祭陵回家后，逐日嘈杂纷扰，无一时之安静，神昏气嗐，隐忍抑郁，故未得按日登记。

年复一年，日复一日，荏苒数十年来，天生苦命，毫无乐境。屡经厄运，卒未捐弃，殆此晚年，反常加厉，谁曰非宿孽与？二年八月十八，雨夜。

初二日(1月12日) 高菊轩来。天微雪。晚，致部监电。徐丞来，商署员补缺事。成诞（丁亥）。命祥买煤球三千斤，银十两。

初三日(1月13日) 大雪。高贻大佛手果四枚。致秦、徐二函，使长龄送各处信封。夜雪寒窗，看书。

初四日(1月14日) 诞辰。时年五十又九矣，虚度浮生，毫无建树，风尘奔走，曷胜叹哉。雪霁，盈尺。小窗静坐，晴明自赏。室内水仙盛开，盆梅初绽。

初五日(1月15日) 又雪。东升厂商王克斋来。成捡点盆梅。自初五以后，直至本年除夕，多事至极，无日无时，罔不呕气。家人等辈，朋比偷窃，典质各物，日见销减，无可稽察，万分隐忍，付之命蹇，长叹而已。所馀衣服，无奈外寄铺户，代为收存，而众人耻过之心毫无一二，仍复加厉，此真不可以情喻理遣也。并服役勤慎不同作弊、最近得力之一人，反为泯不知耻众辈过事排挤，妄造蜚言，辱詈搜剔，日夜媒蘖，总使不令一朝居所遇，合家如此，而天良何在？尤须东挪西补，以了年事，以尽万分苦心。流涕太息，孽债何日偿清耶？泣识。

天头文字：此宣统元年腊月经过之情事，二年七月廿四日夜半，雨窗孤凄，幽郁不寐，想及常遇如此，人何以堪？多病支离，何日始释？灯下子正三刻，回思识之。

一九一〇年日记

一月

庚戌宣统二年新正月初一日(2 月 10 日)　焚香谢天，三鼓。天气晴明，无事静坐，自觉世路淡泊。

初二日(2 月 11 日)　上国子监，拜庙，见诸同寅。徐丞来，谈许久。

初三日(2 月 12 日)　整顿盆梅。水仙初放数朵，大盆腊梅将开，满树繁盛，香盈一室。静坐，领略花果色相，净几明窗，午煦沉寂，亦一乐也。长龄昨来。

初四日(2 月 13 日)　晴明，小斋静坐。领受花香，连日看《隔帘花影》，捡《春泥花》小说。

初五日(2 月 14 日)　晴暖。午后，自顺城墙根，步出西直门外，南关茶馆少坐。踏石路，进阜成门，东兴居少坐。晚，心气疼，自知命苦，每思一家人无一有天理人心者，可叹。

三月

三月望日(4 月 10 日)　得保送截取直隶州，验放，记名。实出家孽所迫，万难忍受，惟愿早离苦海，逃生远飏，永感佛天怜佑，无极痛心。泣识。五月六日二鼓，雨窗，灯下。

四月

四月七日(5 月 15 日)　欲携成游万寿寺，少纾积郁，忽构谗诬，令人愤懑。昏瞀之间不辞，泣泪而去。服事六个月，并未一日离，一旦为阖家众人攻去，实属可恨可伤。至廿一日，婉小斯长龄于次日说和归来，而隔日变生多梗，事又不遂。长龄小子模棱可恶，而家孽更生别计，真令人痛恨终身也。廿六日，见缘方悉。是晚大风雷雨，徒步四碑楼，冒雨涉大水，几坠沟渠灭顶，否缘挟持，恐难保也。则死生之共信然，遭此家众之孽，早早得以逃往他方，以免悒郁而毙，幸甚祷甚。痛心泣识。

天头文字：四月十四、五、六三日廷试游学毕业生，保和、文华、传心三殿奉差，备办一切。同事五人未宿，元年同宿内三日。

五月

端阳朔(6月7日) 赴学部。带领游学毕业生第二排演礼二日，共二百三十八名。

天头文字：人当困苦无告之时，自须忍心动性，坚持定守，生死以之，毫不变更，历时自能运转，不期而然，此经过不爽者。所患少得融馀，即侈然肆意，顿忘前艰，是福薄器小，终恐不能成事久安也。有器量者，须思之。八月二十日三鼓。

初二日(6月8日) 诣大内养心殿，带领毕业生引见，正七点钟。

初三日(6月9日) 同上进内。附记：谚云："人皆有情，天下太平。"分给家中劫债及零账，约一千二百千，可叹。访源，持烛送回，可慨。

初四日(6月10日) 在家郁极，触想伤感。早寝迷懵。

初五日(6月11日) 晚，白塔寺殿台同源坐，少叙，可哭。彻夜不得寐，十五圆。

初六日(6月12日) 昏闷终日。晚，风雨阻约缘喜。心想懊恼，家事灰极。予近数月食不饱，寝不安，惟日夜默祝逃生，谁怜苦衷？

初七日(6月13日) 午后起。每日念经六遍。昨夜淋雨连朝，午初晴，缘心遇，遂步大街，乘月少叙，各归。凄楚，展转，今日整一月矣，如梦。(侧注：若度一年，何苦如是？殆前生孽与？)

初八日(6月14日) 午初刻赴西直门外茶楼约，待至六刻，忙迫未候，甚觉自悔。步进阜成门，到缘寓久坐。值归来，再叙，贻蜜糕一包，订期。回家，感伤。

初九日(6月15日) 雷雨，申初。小窗寂寞幽凄，想念触著感怀，无时或释。算命(甲申、丙寅)。三鼓灯下，记傻孩子月规，可怜。

初十日(6月16日) 徐丞来，早函订略商图书馆事。酉刻，雷雨。郁闷凄楚，感触怀想，风窗雨夕，灯前月下，幽寂何言。

十一日(6月17日) 上监。午刻回，昏睡大半日。晚，风雨。深宵枯寂凄楚，可叹可恨。

十二日(6月18日) 困卧无聊，如蚕自茧。晚，东兴居勉坐，食饼少许。访缘，久候，面交养生百馀及单一纸。子初归。丑刻灯下识，心气痛。寅卧。

十三日(6月19日) 午刻起，烦闷无聊。虾米居晚餐，食不知味。始月给缘廪谷，四十，裕赍。晚剃发，王三。子初回，丑正睡。

十四日(6月20日) 赴学部。午刻，领经费、月薪等款，七百九十八两正，本薪五十两正。赴徐丞寓，送月薪及谈公事。买王石谷山水、《金刚经》等印册。访缘，斟茶叙谈，少舒怀念，持贻小蒲扇。步月归，少宽时想。

十五日(6月21日) 上监。无奈，命长龄估板价。东兴居强坐。小王馈枣。五鼓稍寐。

十六日(6月22日) 辰初起。九钟馀至四庆园约缘，久候，同饮食，未畅叙，即步马路往万生园，至东边，忽遇鸿由西边飞来，此诚寻隙搜剔，过于刻薄。乍见意外，懊恼万状，百分屈忍，勉维解释，苦心劝告，谁能见怜寸衷？万字楼支离对坐，六刻出园。成雇人力车自回，余携鸿乘车归家。是日情形，实堪悲愤，与成尚多倾话，均未果，恨极。晚思访，阴云未去。明月当午，满院清阴，独对青灯，伶仃孤苦，寂无人声。凉风瑟瑟，幽凄黯淡，触怀思想，能不感伤乎？子正初刻，不寐泣识。

十七日(6月23日) 诣缘家。辰刻入室，尚睡未醒。把臂唤起斟茶话，待更衣盥洗毕，随同步至东街，乘车至隆福寺照相馆，同照二相。回至后载门外福和楼早饭，少叙昨事，复同车回至沟沿，分路各归，订期会面。归申正，即僵卧昏沉。晚大风雷雨，勉食饭，即上灯时矣。雨后明月照窗，绿阴满院，夜深沉静，岑寂凉凄，一灯萦然，枯坐如醉。当此境相，思怀倍切，觉身心恍惚，直如在梦寐间也。子正，黯然识。

十八日(6月24日) 午初起。食饭半饱，懊闷复睡。晚，强到虾米居。云阴，归。恶妇何日始得报应耶？佛天垂鉴怜孤苦，早得逃生奔他方。意外怄气，千忍万耐，尚逼迫非常，直催速死耳！天理人心，灭绝如此，冤孽之深，今世万难解矣。子正泣识。

十九日(6月25日) 午初起。强饭下咽，昏沉复睡。人生若此，罪孽极矣。数月以来，忍气吞声，已若死人，畜辈尚不相饶，孽债何日方偿清耶？佛天鉴怜，早得逃生，则终身顶礼不尽。子正泣识。

二十日(6月26日) 访缘。戌初刻，诉委曲，不见则念念不释，见面又似有千言万语，一时难罄。怀想若此，情何以堪？惟祷佛天默佑，早得相聚，望切感切。展转不寐，月照窗纱，独对双灯，丑正太息识。

二十一日(6月27日) 上监。核校岁出入经常表。午后，到和记取照片未得。访缘。晚间闻早出城，尚未回。持给纱布，心苦情痴。抹黑归。子刻。

二十二日(6月28日) 上学部。会计司酌核监署经常表。诣徐，谈龙爪槐建筑图书馆事。购石谷《浉江山色图》印册。想缘，一日三秋，刻念不释，悒悒早寝。

二十三日(6月29日) 赴徐丞寓，覆龙爪槐庙基事，少谈，回四点钟。晚雷雨。念缘。雨窗灯下，寂寞凄其，孑然孤苦，惟元悉知，宁不感怀忘情耶？

二十四日（6月30日） 午刻起。拟改经常表。晚徐丞函知廿六日赴部领取图书馆新印。赴缘约。看新取照片。天欲雨，未得絮谈，匆匆勉归，订次日见叙。晚间不豫。近日头目眩晕，胸膈噎气，度日如年，寝食半废，病矣。

二十五日（7月1日） 午初起。修致监吏用印等文件。马某托情来，无味。访缘，申刻极叙苦衷，竭力挽留吃饭，未肯。订月初见，忍泪太息。

二十六日（7月2日） 午初起。长龄送来图书馆木质关防及经常表册文件。赴学部。未刻，冠带领新铸学部图书馆之印印钥，并交表文。诣徐丞寓，面交印钥等件，少谈，归。想，念佛而已。子刻卧。

二十七日（7月3日） 午初起。写刘伯绅折扇。剃发，申刻得山王三。怀缘，心神不定五十日矣，可叹。家事懊恼，难堪万状。亥时强卧。

二十八日（7月4日） 午后起，为妇置馔，忍心。赙蒋某。振安徽四圆，无谓。念缘，胸膈闷塞，心气郁闷，日夜幽凄，毫无生趣，待死可叹。

二十九日（7月5日） 午前起。大雨。逐日闷卧枯坐，无一人可言，无聊至极矣。念缘，时想朝夕相从，不离左右，一旦为众畜攻去，能不懊恨。早卧。

三十日（7月6日） 午初起。胸膈滞塞，眩晕盗汗，食不下咽，目昏日加，恹恹成病。购粮。申刻，市桥，为承糊口，月计升斗，可怜亦复自怜。子初卧。自四月初七日，匆匆恍惚，日夜怀想，直在梦寐之间，至今心神迷惘，寝食皆废。缘耶？孽耶？无时或释。佛天怜佑，早得即日完聚，终身感诵无已。

六月

六月初一日(7月7日) 上监,支持办公事。徐丞来。亥初,谈许久,子初去。念佛,望元,痴情若是,殆有前因,望即归来相聚,终身不离。(侧注:早备家中月需,上下工食零用等费,牢不可破,不知何日偿清孽债耶?亲属家人,无一稍具天理人心者,奈何!衣食百费,均须筹备,可叹!)

天头文字:温公《解禅偈六篇》云:"忿怒如烈火,利欲如铦锋。终朝长戚戚,是名阿鼻狱。颜渊甘陋巷,孟某安自然。富贵如浮云,是名极乐国。孝弟通神明,忠信行蛮貊。积善来百祥,是名作因果。仁人之安宅,义人之正路。行之诚且久,是名不坏身。道德修一身,功德被万物。为圣为大贤,是名菩萨佛。言为百世师,行为天下法。久久不可掩,是名光明藏。"(宋王闢之《渑水燕谈录》,《茶香室丛钞》八卷)十月初二日二鼓后灯下录于潜云堂,有毛僧识。

初二日(7月8日) 午前起。昨彻夜未寐。长龄来回板事。晚,延至茶肆。到缘寓,叙阔,交租及月需,持同照片。归值雷雨。昏暮目力,恍惚步履,泥淖高低。回来晚餐,干饼数牙,自叹痴情,心须怜感。细思畜辈之心,实未有丝毫之义理,安心作对,可恨!可恨!

初三日(7月9日) 午前起。饭后又睡。雇匠拔草挪盆。晚,东兴居强食,待时奔缘寓,送付衣带,会需谈数刻,同送至大街。购花小扇、双灯,话别各归。丑正,叹息记。

初四日(7月10日) 午后起,匆仑食后又困卧。雨后六钟,虾米居晚饭,无聊,步大街归。思缘,雨后新凉,夜深阒寂,独对孤檠,幽凄欲绝。值此情境,能不感触伤怀乎?子初识。

初五日(7月11日) 午初起。早餐勉食,心中闷塞郁郁。晚赴虾米居强食。怀缘,进城步大街,欲访未果,无聊归家,尤觉孤寂,可叹,子初。

初六日(7月12日) 上监。抖晾陈设书籍,办公事毕,午正回。

晚茶肆，雨，归。念缘。雨后斜月照阶，树阴满院，寂无人声，孤凄幽阒。思想服侍，黯然长叹。

初七日(7月13日) 午初起。早餐不饱。欲上庙市，天阴，未去。东兴居吃水饭，无奈。太学建亭，开工。怀缘。镇日抑郁，孤凄无言，动止触物，时刻感想。寅初刻，起就砚池，黯然太息识之。

初八日(7月14日) 初伏，午前起。欲上庙市，天热，未去。东兴居少坐，心神不定，片刻回。想缘，无聊之至，胸臆烦懑，焦急万分，望早归来，自叹而已。

初九日(7月15日) 午前起。支病不出门。李吏来核看转部咨度支部监署经常表册。想缘。初鼓，小院徘徊，凉风吹襟，斜月挂松，微云流丽。值此境静风清，更觉幽凄孤伶，寂寞无语，触著思想，能不感怀太息乎？子初。

初十日(7月16日) 午前起。恹恹不出门。酷热。晚大风雷雨。想缘。每当幽寂，郁悒怀念，尤加倍切。无一人可言，昼夜触思，心神支离，自叹何孤苦如是耶？亥正。

十一日(7月17日) 上监。辰刻核行加闰统计表。申归，疲困卧睡二时。想缘。动静辄思，郁悒无聊，坚忍默念，情苦何堪。晚风雨，子初寝。

十二日(7月18日) 午刻起。早晚餐均强咽。濯足，剃发。晚，大风雷雨，十钟止。想缘。寂寞孤凄，度日如年，忍之又忍，苦况何堪？只有叹息而已！子初。

十三日(7月19日) 午前起。勉饭。看《聪训斋格言》，晚茶馆，值风雨，即归。想缘。十日未面矣，在家逐日无一言，孤寂何堪！荆棘尤复悖逆，令人气结。子初。

十四日(7月20日) 上学部。领监署月款九百七十八两，丞堂月薪百六十两，本五十两。赴徐丞寓，交薪金，面商核经常表，查覆本监役户口册。访缘，未面，赐蔬，闻想念，有同情也，尤觉感怀，不胜叹息。无聊，步月归。换银，馀无几。是日，成顺斋揭裱安怡斋横披。

子初记。（侧注：妇索月费，噎气。此生万不能逃，死而后已，冤哉！）

十五日(7月21日) 寅刻起。彻夜未得安眠。辰初，法政学堂监考。午后回。想缘。闻小恙，欲看视，直晚疲惫甚，未果去，念念。早困卧。（侧注：鸿月费定例，无偿满之日，此或前生所负耶？）

天头文字：新立会议政务处宪政编查馆，近则资政院，外则各省咨议局也。内之海陆军军咨处，学部督学调查等局，天下之各色学堂也，各省巡警劝业等道，各省各镇之练兵也，邮政农工民政，其馀尚多，未列各项新政，陆续已经数年矣，费公家无算之金钱，试问曾有毫末之效乎？请愿国会，更复加厉要求，肆言无忌，狂悖万状，彼心中尚有君父乎？

十六日(7月22日) 午前起。覆丞堂购木板函。李吏来核报第三次经常表册。想缘。晚虾米居餐，直大风雷雨，奔回。访阻未果，默念不已。子初。

十七日(7月23日) 午前起。郁闷心疼，命顺卖亚支乃书谱、肉角鼻烟等物。见缘，在家少叙，未得畅言。同步至马市桥，立述片刻，即到聚处倾囊，假宁温爱新，为赎还借当，奔交着即了之。各归。午间贻瓜六枚，细思糊涂处，倍觉可怜。明月初晴。子初。明月正午，满院清阴，沉静无声，孤孑凄寂，怀人万分感想也。子正再记。

十八日(7月24日) 午前起。精神颓败，心气痛塞，饮食无味，动作疲惫，何可疗也。访缘。上灯时，在家对话二刻，少慰渴怀，订日见，归。食粥，子刻睡。心气疼。

十九日(7月25日) 午前起。会计司知照开具监署官员薪津册。念缘。焦急万状，郁愤填胸，冤孽苦衷，谁复知怜？可叹！命祥致包润生函。夜，命顺赴监，次早着文廷来舍。热甚，灯下赶写津贴核算单。丑正卧，腹痛，有暑。

二十日(7月26日) 八钟起。同李吏三次核对统计表册，并注写数目款项。午刻，赴学部，投递不符，再四分晰，始可挖补。李吏上监用印去。想缘，度日如年，一日三秋，信不诬也。精神支离，胸膈横塞，病矣。疾痛在心，荆棘满目，孤孑凄楚，日坐愁城，精神渐消，心气日减，有无穷之烦恼，无片时之欢忻，饮食递少，困郁加多。耳顺之年，尤须奔波，强颜酬世谋生。知己慰怀，隔阂咫尺，能不万分怀想乎？痴孽力疾识。子正。

天头文字：一水盈盈，重门深闭，玉人夜从何路来吾梦境？计剪烛细话，当在近届黄花烂熳时也。翰海孔愿之作。六月十八日二鼓偶录。习伏众，神巧者不过习者之门。慈俭为宝。(《老子》、梁退庵《随笔》)同时忆及偶录。

正文侧注：中伏酷热特甚，挥汗如雨。日日默颂《大慈大悲救苦救难广大灵感观世音菩萨摩诃萨真经》，阿弥陀佛，仰求垂怜保佑，早得相聚同处，终身不离，世世同生，如愿如愿，念念不忘，南无阿弥陀佛。

二十一日(7 月 27 日)　午初起。眩晕恶心，热甚，不出门。饭后昏沉困卧，苦情谁知。想缘。晚，阴雨洒窗，孤檠独对，焦灼愁烦，生不如死，恨极。日夜动止，左右无人，孤苦伶仃，切倍怀想，幽凄欲绝，岂不伤感！家事可恨难释。

二十二日(7 月 28 日)　午刻起。梦魂支离，昨夜大雨。午晴，晚复大雷雨，酷热太甚。想缘，思访未果，念念，闷极。写作讼樊、田二呈底。剃发，子正寝。

二十三日(7 月 29 日)　九钟起。徐丞饬役知照到部查收甘肃送来敦煌山洞珍藏唐朝写本经卷十八箱，未启。少谈图书馆租庙事。想缘。由部二钟回，值雨，欲访未果。晚复大雷雨，懊闷，念极，凄凉强卧。

二十四日(7 月 30 日)　五钟起。七点到学部，优级毕业生考试，照料三钟散。同图书馆监督徐丞等捡查唐藏经卷十八箱。念缘，想甚。在部热极，万分支持。六钟归，乏甚，早卧。此日考起，共八日，至月初四日毕。办考一差，热不可当。罪孽至极，百分支持，奈何！

天头文字：阶前千竿万竿竹，特辟南轩对晴渌。风泉能为琴筑声，声声和出鸾凤曲。一丘一壑恣卧游，凉痕四壁云为留。园扉未许俗客过，几席顿扫骚人忧。主人善书兼善画，日日临摹晴窗下。廊槛屈曲窈复深，花木清苍秀而野。东坡亦爱修篁枝，宴坐那肯须臾离。细雨茶香笋正熟，玉版往往参禅师。苍苔径入维摩路，明月窥人得幽趣。夜深启户延秋声，山鬼吹灯复何惧。——周天麟石君水流云在馆竹香斋七言古诗一首，偶捡录之。九月十三日午后晴窗识。

二十五日(7月31日) 午前起。无聊焦闷。晚，虾米居遇定大理，同饮谈，进城，聚增借银二十两。看缘，持灯奔往相见，少叙渴慰，交租元，订期面。心觉自苦。子正。

二十六日(8月1日) 五钟起，七钟到部点名。巳食，午憩，三点二散，四点馀归。金铭执役。念缘。昨晤言，更生怜惜，事有机原，愿早速回来也。乏甚，亥初。

二十七日(8月2日) 五钟起，七钟到部，更衣，巳食，午憩，三点三净场，四点馀回。胡永执役。念缘。初鼓，大街徘徊，购拨勒乌发苏塞月送，少定则念之。耐时，亥刻。

二十八日(8月3日) 五钟起，七钟到部，少迟，巳食，三点初交卷。晤徐丞。四点归。甚乏。念缘。即日相聚，焦灼幽郁，万分忍耐，呼天诵佛，何若是之苦心耶？借备家中月债数十千。长龄来言署中事。恶妇无意间呕气，此孽何日了？十钟。

二十九日(8月4日) 五钟起，七钟到部，少迟，巳食，三点初散场，四钟馀归。胡永伺候。晤徐丞，丞参堂少坐谈，商询朱芷卿奏调事。晚电高。念缘，行住坐卧，罔不怀想，每日虔诚默诵《灵感真经》，早得聚首。近僦图书馆成，谋一差守藏，倖邀如愿也。祷识，十钟。

七月

七月初一日(8月5日) 五钟起，七钟到部，迟，巳食，午小憩，一点馀回。高来议朱事。想缘。前定月廪量送往馆事近成，即少从祈愿也。热甚，亥刻卧。

天头文字：近于箧中捡得赵文敏公书《和咏梅花诗》十首，梁芗林临墨妙轩米札数段，梁山舟书《温氏家训》《孝经》《四十二章经》等石刻法帖，于诚顺斋从新装裱，颇见精雅。暇时展玩，虽未能临橅于万一，亦闲适中一快事也，特识之。合装三册。九月十七日夜三鼓。

初二日(8月6日) 五钟起，七钟到部，迟，已食。晤徐丞，赏金铭四人。午后归，困睡。想缘。晚餐后，欲访，少叙怀念，值阴雨未果，怏怅无奈。早卧凄然。子初。（办考照料第七日。）

初三日(8月7日) 七钟起。昨夜大雨倾盆。午前，强饭一盂。午后阴，至聚增贷。晤缘，二钟过寓，少待，出城，回斟茶话叙，姑慰数日离怀之渴想。坐有六刻，订日会面。遗购衫裤等布二套，付轻重月规二分，躬自交给。四钟归，自苦长吁。晚恹恹，子初。（星期免考，未赴部。）

初四日(8月8日) 立秋，五钟起，七钟到部，迟，儿点半散场，十一点三刻到家。八日考毕，差竣。怀缘，念念，早邀怜佑，同聚处也。动止常怀，真一日三秋也。是日立秋。午后，看拟山园法帖。晚，玉簪初放一朵，清凉香幽。

天头文字：忍、默、平、直，养生四印。山谷翁诗中语也。其诗曰："百战百胜，不如一忍。万言万当，不如一默。无可简择眼界平，不藏秋毫心地直。"以此谓之四印，而提之以为养生之用。《默庵铭》镕意铸词，颇有巧致(《隐居通议》十七)。九月十二日夜四鼓捡录。

初五日(8月9日) 九钟起，午后待徐丞来商酌图书馆事及租庙派员。怀缘，甚有机缘，即日早愿成也，维神佑之。晚，刁梳发。腹痛。子初。（玉簪第二朵。）

初六日(8月10日) 上监，十钟到，微雨。午后，同徐丞至广化寺东院相度地势，与僧清朗租定房舍四十馀间，月给五十金为图书馆暂所。怀缘，念念倍切，早得如愿相聚也。晚，虾米居饭，步街归。亥时睡。

初七日(8 月 11 日) 午前起,赴部,支领图书馆用银一千两,即面呈徐丞,少议馆事。早看勤娘子,晚剃发,又值刁某,可憎。七夕,玉簪二朵。访缘,面谈一刻,少慰渴怀,订日见。为进内,早归,十钟卧。

天头文字:儒曰存心养性,道曰修心炼性,释曰明心见性,要皆所以求全乎天命之初,复见其本然而已(《庸行编・对越类》)。九月十三日初鼓后就砚案头捡录。

初八日(8 月 12 日) 寅刻起,六钟进内。学部郎中陈增寿等十员,国子监署典簿哈卜齐显等十二员,正陪四班,诣养心殿,带领引见。七钟馀,礼毕。遇徐丞,同行,遂言图书馆事,不揣自荐,只求玉成,以遂望愿也。到家九点钟,少食即困睡数刻,至茶肆食饼。怀缘,念念在抱,默祷成全,则相聚在迩矣,时须运动。子初。

初九日(8 月 13 日) 十钟起。小董沐发。午睡。晚,虾米居酒饭,步大街马路归。怀缘,思访未果,甚念念,虔祷即日如愿相聚。长龄来。子初。

天头文字:斋室净洁,俗迹罕至,炉香不断者,必有灵气栖集其中。千万年来,无时非感应,无人不在感应之中。感者至庸,应者至神(析津牟允中辑《庸行编・警醒类》)。九月十二日夜三鼓,明月满窗,捡阅随录。

初十日(8 月 14 日) 午刻起。早饭强食。晚,东兴居强茶,闷闷无聊,心有所注盼也。怀缘,念念难释。灯下撰写图书馆用人呈,苦心有为,愿即作成。子正。

十一日(8 月 15 日) 上监,八钟起,巳刻到署,呈递拟用官役帖,酌派各署缺,并备月支印领,察看工成之钟鼓亭二座,交吏报销工单五百七十八两零,酌核津贴,暂旧龄和伺候,六钟归,乏甚。想缘,新月霁清,凉阴照阶,寂寞无聊,触怀倍念,愿早相聚也。子初。

十二日(8 月 16 日) 午前起,强餐。小董来梳发。茶肆晚食。聚增又借十金。访缘,值出未见,怅怏步月归。凉影满阶,无聊凄楚。

子初。

天头文字：庚戌九月初六日，时报载请愿国会事，人民聚众千百，揭旗要挟，等同叛逆，此亘古至今未经闻见者也。若辈心目中尚有君父乎？报云“不开国会，恐致亡国”“政府醉生梦死”等语，肆行诋诟，尚复成何人理？朝廷曲法宽宥，政体全失，纪纲堕紊，亦万分不得已也，所谓外侮内讧，将恐为兆乱之先机也。报言论列，肆言无忌，蓄奸党乱，早应锄绝，以免鼓惑人心，为他人作报告之耳目。愤恚疾恶之至，于是日三鼓后识之，尤拭目再阅于后来。资政院事，不敏费解。

十三日(8月17日)　午前起，早餐强食。五钟，赴定大理约，虾米居同盛某酒饭，七点回。怀缘，欲访未果，耿耿念切，馆事速成，即日如愿相聚也。子初。

十四日(8月18日)　上学部。巳刻起，勉食，拜柯主事。会计司支领经费等项九百九十八两，提存工程银四百两，本薪五十两，还聚增及前假讼差二十二圆，尚欠二十两。诣徐丞，交月薪，拟补缺。本晚即交妒规野费，冤债何日偿完？逆心。午前命顺赴仓领米一石一斗，脚七千。访缘，晚叙阔别数刻，斟茶吸烟，交半月零费，订期会。子正。

十五日(8月19日)　午刻起，强餐，无聊。酉刻，赴东兴居吃肉饼，同俗谈，行补缺文。念缘，每触则想，淡月朦胧，凄凉幽寂，感怀不已，早成为幸。子初。

十六日(8月20日)　午后起，强餐。阴雨，雇车赴虾米居定大理约，并观弈。饭后，同乘回。念缘，阴雨连绵，孤檠独坐，寂寞难堪，触怀特甚，祷愿早成。

十七日(8月21日)　午后起，早餐强食。两日阴雨淋漓，孤寂烦闷无比，沉疴难除，可叹。连日玉簪盛开，香洁特甚。念缘，前订次日会面，直阴雨，未果，烦燥怅怏，终日无言，受罪。子初。

十八日(8月22日)　辰刻起，早食，梳发，付官工史匠二百两。申赴定大理城外约。赴缘，三钟奔赴，未见，留鞋费，订期，再到城外，怅怏难过。子初。(闻剃发铺去,欲往觅,未果留,转致廿三四日,候过访。监中钟鼓亭油饰开工。)

十九日(8月23日) 二钟起,困顿烦郁,幽凄愤闷。申正二刻,雷雨意阻,枯卧终日。念缘,次日香山有事,未知直雨否?惟愿早归,相聚同处。子初。

天头文字:彭祖八字:(年)壬子,壬子(日),(月)辛亥,辛亥(时)。今世之为天吏者有三:庸医、低风水、盲考官也云云(《柳南随笔》续三)。凤翥鸾翔,载出河图之画;金声玉振,复得洛诵之文(《谢华启秀》)。九月十六日夜三鼓许,雨声滴阶,幽凄不寐,随手瞪目录之。

二十日(8月24日) 午初起,强餐。四钟,上街剃发,欲雨,匆促回。六钟,雷雨大作,看报。双层玉簪初放一朵,供之案头,香盈一室。“有情来下种,因地果还生”(雍正御撰《辩魔却邪录》)。念缘,四王府海甸酬应,适恐值雨,殊惦念,愿早归同处也。子初。连夜大雨,深念未归,殊注想盼。补记去岁诣陵事。子正又识。

二十一日(8月25日) 上监,巳刻到署。徐丞未去,文公祠息庐憩坐,吏呈簿画押。午刻,餐馀即赐长龄、龚和二僮食,交办公事即归。念缘,昨夜倾盆雨,未知今日回来否?欲过看问未果,极想。乏,早睡。(箧中偶捡出鸿童二十四岁小照,长龄二十一岁像片,殊精神充足。)

二十二日(8月26日) 巳刻起,胃气痛。命顺到宛平县付油作五十金,给祥七金。东兴饭。(阶前促织鸣,玉簪盛开。)想缘,前赴香山,量已还家矣。愿早得成就,同心相处,盼望之至。

天头文字:野店篱疏双鹤立,山家门掩一琴鸣。(《粟香三笔》)惟我与尔,人其舍诸?舍己从人,我所欲也。(《六经蒙求》)九月十六日夜三鼓,微雨凄凉。惣督即总督,子侄即子孙。(《滂喜斋丛书》)

二十三日(8月27日) 九钟起,勉食馒头一个。四钟,得山为梳发剃须。遇长龄来,付银三两,购印色。访缘,稍叙,同至同和居酒饭,少慰数日未面之怀想。出肆,执灯笼,四牌楼下买桃十枚,分给各半。至靴铺，试买缎布鞋二双，二金三千。同步马路，至市桥微话，订期见，各归。街锣交二鼓，看报，子初睡。

二十四日(8月28日)　午后起。二钟馀，疲惫烦闷，无聊太甚，强到东兴居坐片时回。(案头盎中玉簪极香。)念缘，日夜盼望，即速归来，以遂宿愿也。九钟，夜雨孤檠，枯坐怅甚。

二十五日(8月29日)　十钟起，强食窝窝头一个。五钟，虾米居酒饭。聚增借银二十两(四圆)。(双层玉簪开放五朵。)访缘，掌灯，值出，未面。交家八月分房会，敦音圆零费。苏塞(尼音珠内，本月加渥霖)扎坤明安告诫转示，物力维艰，节俭忍耐为要。持灯奔归，自觉心力劳瘁，可叹可怜。默祷如愿，庶得生机。烦闷，子正睡。

天头文字：九月初一日，为资政院开创大典礼也。监国训辞云"各议员等，皆朝廷所信任，民庶所推崇，必能殚竭志诚，共襄大计"等语，在院诸贤何等荣褒，遇事必多，闳议谠论，见诸实行了，将拭目倾听，敬以俟焉。闻初政议员全体开会，欢迎美商团，此即资政应办之事耶？噫！九月二日夜三鼓识之。

二十六日(8月30日)　上监，十钟到署。庙中吃饭，馀赐长龄、龚和二小厮。画公事，交造四亭工程单一千一百十二两七钱，钟鼓亭油饰百四十五两，携长龄乘至广化寺看度房舍，微雨归，晚买式布作袜。念缘，晚赴桥店，购遗备八月分口粮，尽心愿速得相安同处也。子初。

二十七日(8月31日)　午后起，强饭一盂，上庙市未果。晚东兴囫囵饼。宛平役送原字。念缘，天气清朗，暑热渐退，思欲郊外携同一游，殊念念。子初。

天头文字：胡越一家，数十年屡踬屡仆，备历艰辛，支持忍受，迨今精神颓敝，意趣懒散，廪禄供奉，家属衣食，尚须自谋，人生如此，罪何以堪。虽曰前因，而无良不至如是。自叹命苦运蹇，能得逃避闲方，此生不为虚度幸矣。

二十八日(9月1日)　午刻起，强饭，沉闷无聊。晚，东兴居吃薄饼，无奈小厮顺儿散。念缘，值此天气阴暗，左右无人，寒檠独对，倍觉感怀。子正睡。学部总务司知会，同双履安郎中，堂派考试游学毕业生，为外场庶务官。

二十九日(9月2日) 上监，十钟。午后丁祭，演礼，预办一切公事，饬长龄传十处厂商。(今年此际玉簪双层开放，极盛。)访缘，晚在家叙话四刻，少慰时想。午后，曾到广化寺祷愿早成。子正。

三十日(9月3日) 上学部。午初，取图书馆章程差送徐丞，考试庶务员改派，欣幸。长龄送单来。想缘，每欲挈带郊外一游，少畅情怀，未果。虾米居晚餐，尤耿耿，愿速相处。子初。

八月

八月朔(9月4日) 二钟起，强饭一盂，看《读书镜》。晚东兴居食面，还账二金。(赍粮半百。)念念念经、书缘，每日朝夕存想者也，速得如愿，慰幸幸。子正。

天头文字：明不烛物，世质则官少，时文则吏多。入粟补吏，是卖官也。罪人以赎，是纵恶也(《意林》)。赎他人典质裤衫、蓝晶记念朝珠，本利二十两六钱，用官项挪移，不近情理，可叹。

初二日(9月5日) 九钟起，早餐煮饽饽。小董来梳发。到茶肆，聚增借二十金。看《韩日报》，令人愤惋，天鉴不远，往无不复。李吏送来俸银四十二两，提公款存银一百五十两，附单。念佛书缘，踌躇欲往，心神凄凉，时刻默愿早得相聚也。看《同书》。

初三日(9月6日) 午刻起，早饭未餐。聚增换俸银六十两合钱一千零五十千供妇。定大理约，赴虾米居酒饭。我账赊就，还前欠七两四千。戌刻回。念佛、缘，思欲访，未果，连日寂寞遐想，祷佑如愿速成也。子正。

初四日(9月7日) 午前起，早饭强食窝窝头一个。晚东兴居吃饼，鸿购毒土一枚，无奈。念佛、缘，晚头痛目眩，心气堵塞，速遂私愿，感祷幸甚，觉病，早卧。

天头文字：古韩国千数百年衣冠礼乐，历奉正朔，代承藩服，一旦为岛夷强吞，固因内政不修，谋行变法而任奸宄施其阴谋毒算，以致失亡，殊堪愤恻。然非堂堂正正之旂，天道循环，未必得享久安长治也，当拭目以待，见狂吠反噬报，感记。

初五日（9 月 8 日） 上监。九钟馀，进署办公。未刻，演落版礼，同侍御松纪云谈。（此后念佛、缘，默志之，日有遇则随书记。）晚鸿、翔去，思之无味，尤念缘不已。夜间寅初起，会凤部郎肃亲王善耆恭祭天明礼成，少歇。长龄服侍，并赏。十钟，雇车回。

初六日（9 月 9 日） 丁祭，十钟由监回，午后食面，晚吃窝窝头。昏沉困卧，幽寂无人，兼以阴雨缠绵，凄凉尤甚，近又心躁气迫，愤懑塞郁，节务丛逼，谁怜孤苦！（灯前案边枕头见小红喜蛛五个，颉颃联络，有趣。）翔述午间遇成，代致触念无已。夜半雨声灯影，凄楚状识。

初七日（9 月 10 日） 午正起，气食早饭少许，分算孽债，勉强剃头。东兴居吃面。念缘，未遑往访。聚增又借二十金，了家中零债，不敷，可叹。子正。

天头文字：自去岁十月初至今，阅十月矣，昏瞀迷惘，如在梦寐之中，心气疲惫，精神支离，抑郁坚忍，自苦谁知，曷胜感叹。天下事求之欲速则愈远，信哉！然不求何得？其中机括，或有数存，心诚求之，尚须索焉。

初八日（9 月 11 日） 午正起。申初强早餐，心昏意懒，忍耐支持，愁烦郁闷，万状难堪。念缘，欲访，意绪瞀杂，未果。晚茶肆勉餐。阴雨凄凉，早睡。

初九日（9 月 12 日） 午前起，强饭。二钟，上柏翔庵姑太太家坟烧纸。晚，茶肆强吃饭。访缘，少候晤言，姑慰怀念。贻月节规。二鼓回，心绪杂乱至甚。子正。

初十日（9 月 13 日） 十钟起，强饭。天气阴晴凄楚。晚东兴吃杂面。聚增借银十两。念缘，耿耿难释，自苦谁怜。晚接徐丞函，知电覆了，回话。丑正。

十一日(9月14日) 九钟起。上学部,会计司支款,赏金铭等四十八千。厅上坐至申正。念缘不释。赴徐丞寓,面交领项,少谈,诚顺取装裱法帖二册,归。子初。

天头文字:图书馆印片支领杂需款项银二千两,送交徐丞面收。主事俸四十二两,笔帖式二十三两,一换六十两,合钱一千五十千。老少二室,各分给五百千,予则自谋衣食,奔波支持,四十馀年。值此遭际,能不长叹自痛耶?自领月薪五十金,移借五十金,不敷补偿各债,可叹。合算前后,共存欠公款一百二十五两,尝思补清。

十二日(9月15日) 申刻起。心中难过极矣,强食窝窝头个半。晚东兴居无聊闷坐。访缘,叙话刻许,补给节金二星,订日,归。街头吃烤肉,买月饼,回。子初。

十三日(9月16日) 一钟起。昏迷懊恼,精神瞀乱。早餐窝窝头一枚。晚茶肆强咽饼少许。(明月当空,凄凉感叹。)望月,想缘耿耿,节债囊空,无法偿还,家孽尚不饶,可哭。子正。

十四日(9月17日) 九钟上学部,同徐丞等查记敦煌唐人写经二百卷。五钟,雇车归,乏甚。会计司领月支监署经费等银八百六两。晚,三阳馆吃饭,看果摊。(明月满天,思缘殊甚。缘取大肘,可疑。代领国子丞月薪一百六十两,即交刘升班。)

中秋节(9月18日) 十钟起。早餐强食馒头,炖羊肉少许。午后阴雨,凄凉特甚。(月薪五十金尽还聚增,尚不及半,可为太息。)二鼓晴,疏云凉月,怀缘不已。东兴居馅饼,家中复喝粥,无味。亥。

天头文字:数十年历节,未经此日之冷落寂寞,自是衰颓之景象,可哭。僮仆三人,无一少具天良者,尚须忍气畜养。此日为分爨矣,米面柴薪,均须自备,僮仆三人,尚须另筹两餐。有家若此,亦觉世上人心太奇矣。可为愤惋痛哭。

十六日(9月19日) 上学部,九钟到,查经编号。午后强饭,三钟散。徒步归,极乏困,怨命。念缘,欲访未果,阴寒凄凉,小室枯卧,寂寞焦急,何日始释。早寝。(查唐人写经,第二日,明月满阶,岑寂独幽。）

十七日(9月20日) 八钟起，到学部查经。午后早饭。四钟散，徒步归，乏困特甚。（家居无聊之至，僮尚购桂花二盆，殊无意趣。）怀缘耿耿，赏金平节规二两。晚自办饭蔬，曷胜伤忾。早睡。

十八日(9月21日) 上学部。十钟，阴雨直倾，雇车行至中途，旋回，愤懑幽凄，罪孽难堪。（童仆诞慢，眷属胡越，自行捡点衣服，取藏市肆。）自晨至夜，连阴淋漓，枯寂无人。念缘尤殷，无奈早寝，苦孽。

十九日(9月22日) 上学部。十钟，乘车冒雨至署。本日不查经。会计司倩写禁烟结。司务厅酌棋一局。金屏为雇车回。申刻，晴。晚，致静山保结函。（怀缘耿耿，觉病矣。电国子监。）

天头文字：禁烟处二次咨取，仍求张朗山本司出结，外结载静山出具，谨识之。官款挪移五十金，零星久债，补偿不敷，可叹，奈何。廿七日到监命长龄购置纸箱二只，价二金，备盛书画靴鞋之用，家中旧有皮箧数十只，荡然无存，可叹。

二十日(9月23日) 十钟起，隐晦凄凉。嗣后自备柴米，筹雇僮仆，一切琐屑均须操持。（午间得山来剃发。补节，晚三阳馆饮食。）有缘，量不致此，怀盼更甚。晚，聚增换挪移款五十金，还账。

二十一日(9月24日) 上国子监。九钟，美陆军狄某瞻仰，办公吃饭，长龄、龚和伺候。三钟回。访缘，在家少坐，同至三阳馆酒饭，少适，暂慰怀想，订期见，归。子初。

二十二日(9月25日) 一钟起，岫静山送押结来，少谈。部司公贺荣相娶儿媳送礼，彭知照。怀缘，盼望不释。晚茶肆与俗辈胡云，回家吃菜包，凄凉，早卧。

二十三日(9月26日) 上学部。十钟，徒步来回，乏困之至，亦数十年未经之遇也。（徒步之苦，为节省也。忍心靡费尚多，自恨自怜而已。）怀缘不释。午后，在署接待日本人查经。四钟馀归，早卧。

天头文字：天心厌乱，理极数穷，譬集霰之先雪，启明之导日。智巧之士，其机械权术工于倾人，拙于律己，此愚直之反也(《读史漫录》)。

二十四日(9月27日) 十钟起。沉闷无聊，早食窝头，晚虾米居饭。买秦椒煤球。早卧。(念缘不释。)

二十五日(9月28日) 上学部，十钟，坐人力车，平生初次。查经。四钟馀，雇车归。乏，早卧。(念缘不释，幽凄无聊。)

二十六日(9月29日) 午正起，幽闷凄凉，无聊之至。晚上街买鞋，借钱购食。早卧。感伤。(怀缘耿耿，愿求良殷。)

二十七日(9月30日) 上监，九钟到。堂阶下行礼，办公，吃面。未刻回。晚茶肆。早卧。(念缘。)

天头文字：孔子圣诞。半生备历孤苦艰辛，自后处澹而已，何必太息。

二十八日(10月1日) 十钟起，饭后又困卧。晚访缘，携食烤肉，送专拙花糕，定期面。子初。(附元及外服，似无知不豫。烦苦自怜。)

二十九日(10月2日) 八钟起，步至沙窝居早饭，归。午倦睡，候徐丞来言公事。晚茶肆。得山剃发捡须。给三仆月工菜费。电监。烦闷无聊，早卧。(念缘，星期，小建。)

九月

九月朔日(10月3日) 午后起，梦魂沉滞，心气迷惘，触事念缘，忍耐万端，未出门，早卧。(资政院创开。)

天头文字：余生孤寒，十馀岁即为家务所迫，历数十年异常艰苦，倾仆屡数，罄竭心力，幸未陨灭者，然亦惫极矣。家人少具天良，似应知感，现反种种加厉，诸物遗失，家业屈指立败，处此能不叹息痛恨乎？

初二日(10月4日) 午后起，连日心绪烦极。晚茶肆饭。徐丞学部知会县讼知照。早卧。(怀缘。)

初三日(10月5日) 上学部,七钟多接待倭人影照图经。看书,无奈。六钟回。乏甚,早卧。(怀缘。)

初四日(10月6日) 午前起,隐晦微雨,心绪烦闷至极,着顺二次赴县。看书,无聊,早卧。(怀缘。)

初五日(10月7日) 上坟,九钟至十二钟到,行礼,焚镪,看新栽稚松,茂蔚菁翠。微雨后,望西北诸山,晴暗如画,山色明净,近在眉睫间。少坐,归,至虾米居,挈长龄饭,回家,给车值,并赏。乏,早睡。

初六(10月8日) 十钟起,风寒幽闷,画《北望祖茔图》。晚茶肆吃饭,无聊愤懑,早卧。(怀缘。)

初七日(10月9日) 十钟起,致宛平县茔地图,毕旺来。晚东兴居见玉某等。访缘,由彼至沙窝居,未食,至同和居酒饭,慰叙,同归市桥,订期会。

初八日(10月10日) 午刻起,幽凄无聊。宗员外饬送工程文稿簿。晚茶肆,闷急,早卧。(怀缘。)

初九日(10月11日) 十钟起,烦闷,胃气痛。四钟到虾米居强饭,无精打采,归,早卧。(想缘。)

天头文字:杜牧之《九日登齐山》诗云:"尘世难逢开口笑,菊花须插满头归。"杜荀鹤诗云:"客路如天远,侯门似海深。""举世尽从愁里老,谁人肯向死前休。""络岸柳丝悬细雨,绣田花朵弄残春。"(《云谷杂记》)九日二鼓录。

初十日(10月12日) 午正起,幽郁凄凉,命翔赴监,送工程簿。晚,同盛某平安居饭,早卧。(怀缘。)

十一日(10月13日) 午刻起,支离扶病。酉刻,找得山剃发。晚茶肆与英杰臣话,早卧。(思缘。)

十二日(10月14日) 午正起,意绪昏黯。李吏来供鸥波。晚东兴居吃面,步月,凄楚,早卧。(思缘。)

十三日(10月15日) 九钟起,秋景澄清。日晡,茶肆。晚,泰山居遇鸿、翔，吃饭，乘月归，早卧。（想缘。）

十四日（10月16日） 七钟起，阴，微雨，赴徐丞寓，面商公事。诚顺取装裱《四十二章经帖》。胡开文购墨。十一钟，赴福隆堂，富高约天成定鞋二双。四钟归。晚，阴雨，早卧。（思访缘，未果。当朝珠十金。）

天头文字：奏疏中有足发噱者，康熙时左都御史王熙疏禁女子缠足，首云"为臣妻先放大脚事"。又江淮间某御史疏陈水患，内云"臣乡居下流之下流"，人皆传以为笑。（倪云癯《桐阴清话》）廿九日三鼓后，寒雨淋漓，小窗灯下看菊，案置是卷，遂漫录之。

十五日（10月17日） 上学部，午后领监署经费、官役等薪津银八百六两，本分五十两，饬役送国子丞月薪。四钟回，东兴遇恩载。三阳馆酒饭，换银十两。归，早卧。（思访缘，未果。）

十六日（10月18日） 二钟起，烦闷无聊之极。长龄送监署官员俸册，致彭同九册函。访缘，同至四牌楼，回泰山居吃饭，买苹梨，给依兰烟，赎衣，定期。归，早卧。

十七日（10月19日） 午前起，阴雾，日赤，心神凄楚，日居荆棘。五钟，东兴居与盛续卿胡云。德山伺候梳发，甚适。晚约老李，未果。铡刀居饱餐。钟某絮聒。早归，卧睡。（每日时忆及缘，辄念念。后有遇登计，徐总识之。）

十八日（10月20日） 二钟起，支病恹恹，幽凄无聊，勉整盆菊四株。未出门，无奈，早卧。

天头文字：唐朱湾有《咏（三）[玉]》诗云："献玉屡招疑，终朝省复思。既哀黄鸟兴，还复白圭诗。请益先求友，将行必择师。谁知不鸣者，独下仲舒帷。"（《茶香室丛钞》）九月卅日午后录。

十九日（10月21日） 十钟起，心神支离，胸膈郁塞。晚茶肆勉坐，虚度一日，焦急，早卧。

二十日（10月22日） 十钟起，心神迷惘。徐丞来谈。晚茶肆饭。买棉布衣，换银票，早卧。

二十一日(10 月 23 日) 上监，十一钟到署办公。未刻，徐丞到，商拟补署各官缺。酉归。访缘，未晤面，交伊亲十月分备月会杂专克烟。耳朵眼独食。

二十二日(10 月 24 日) 霜降，十钟起，凄楚。鸿购小菊三十株。四钟，虾米居遇静山，酒饭，晚归。

二十三日(10 月 25 日) 午初起，无聊，整菊。鸿、翔芟藤，扫落叶。晚铡刀居吃饭。早卧。

二十四日(10 月 26 日) 十钟起，整菊，扫落叶。三钟，赴万生园看菊花。卍字楼坐看西山秋柳。访缘，初鼓，未面。晚携鸿耳朵眼吃薄饼，踏街归，早卧。

二十五日(10 月 27 日) 午刻起，天气晴明，浇菊，扫落叶。晚约老李铡刀居便饭。申，得山为剃发剔须。归看《池北草堂笔记》及法帖，早卧。

天头文字：廿聂，卅撒，卌锡。国朝乔松年《萝藦亭札记》云："《三字经》有王相者注之，谓是王伯厚所作。凌扬藻《蠡勺编》云乃南海区适子所撰，适子字正敔，宋末人，入元不仕，见《广州人物传》。"卅日夜三鼓再录《丛钞》于潜云堂灯下。

二十六日(10 月 28 日) 上国子监，午刻办公，吃饭，交龚和俸票，提借库藏《茶香室丛钞》。三钟，赴前门外取定鞋二双，至琉璃厂取眼镜二个，买小瓦盆。访缘，话近数日况，给试新鞋，合式，定期。回，晚饥吃饼，早卧。

二十七日(10 月 29 日) 午刻起，抑郁幽凄，愤懑隐忍，居处强耐，何时脱释。扫叶，浇花。翔购菊，新栽盆。龚和取米袋，晚耳朵眼饭，梳发，匆促一日，早睡。

二十八日(10 月 30 日) 九钟起，长龄来送信。昨电即赴徐丞寓，值出，见少圣，与谭。宣武门瓮洞买小瓦盆八。鸿购菊六株。晚，铡刀居吃饭。阴凉。早睡。

天头文字：《墨庄漫录》云："晁文元公深明理性，尝作'七审'以代曾子'三省'之义：一、一切妄念能息否？二、一切外缘稍简省否？三、一切触境能不动否？四、一切语言能慎密否？五、一切黑白减分别否？六、梦想之间不颠倒否？七、方寸之间得恬愉否？”按此七审，当书座右，以自捡束。（《茶香室丛钞》第八卷）十月朔二鼓灯下录。

二十九日（10月31日） 九钟起，阴寒微雨，胸膈嘈杂，眩晕畏冷，身心不爽，久病支持。午后沉昏少睡，室中升炉火，饮茶，赏新开粗菊数种，寿仙楼、墨牡丹花报，瑶台泥金报喜初放。晚餐。七钟，徐丞来谈图书馆将即开办，商酌派用官役一切等事，自料。

三十日（11月1日） 午初起，晴晒菊花，浇水。张喜来打扫阶前落叶。少憩闷怀，濯足轻快。晚，耳朵眼吃包子，遇黑英。归看报，无聊，早卧。

十月

十月朔（11月2日） 上国子监，午初到署，画销月费簿，与徐丞堂商酌图书馆一切事宜。申刻，至广化寺，看租订庙舍，方丈中与住持僧少谈。归，寒冷。

天头文字：《金刚经》云：“一切有为法，如梦幻泡影，如露亦如电，应作如是观。”佛书《大般若经》《金刚经》《维摩诘经》《楞伽经》《圆觉经》《楞严经》，号禅家六籍。精苦忍辱为宗言。人有三等：贤、愚、中庸。信乎，大患在有身也。（《茶香室丛钞》十七）冬至月廿一日午前录于僧舍。

初二日（11月3日） 午刻起，整理初开各色菊花，供新鲜小佛手果四枚，饬翔找金屏。晚，访缘，少叙，商酌移住馆庙等事。独在耳朵眼酒饭。早卧。

初三日（11月4日） 午刻起，心神支离，意绪黯淡。浇菊，聊以释烦。饬翔带匠到庙估整。金铭荐带募役来见。晚，茶肆胡云。耳朵眼吃饭。早卧。

初四日（11月5日） 上国子监，八钟到署，备唐尚书看工。饭毕，午后携长龄赴图书馆。广化寺庙内与徐丞等随喜各殿，并部署公事。点灯归，早卧。

初五日(11月6日) 九钟起，浇菊，命翔带夫赴部，估运写经箱橱脚价事。金平来，面订荐役四名，并致秦蝦莽照料运函。长龄来，饬知各役到馆，并转交李吏函，命翔传知成僮事。晚电徐丞及高菊轩。源丰栈购箱。吉益公送大佛手果四枚。黄云来。晚茶肆，耳朵眼吃饭。早卧。

天头文字：雅音岳，棋心中一子也。围棋两无胜败曰节，《广韵》瞒、緜、眄三音。同上。夜三鼓再录。

奇石向人自斌媚，幽花顾影相新鲜，静夜帘栊清似水，月华飞上十三弦。(《吟林缀语》桃源尹耕云廉访题画句)冬月晦夜三鼓识于僧舍。

初六日(11月7日) 十钟起，晒菊。翔荐官役包某来见。庙房糊饰窗顶，买木箱。长龄来送公事，并备移银百两，言成赴馆得遇，次日见。得山为剃发剔须。晚，铡刀居吃饭。归看报，早卧，风雨。

初七日(11月8日) 立冬，七钟起，夜雨，泥淖。九钟，赴图书馆运经，未果。部署新派各役，监督缪翰林荃孙到馆，晤谈，发给厨房置买家俱等银。缘侍，乘车归。晚，携成三阳馆食火锅，订日。回，阴寒，早卧。

天头文字：盖闻凄思一入，则万态助悲；华心既扬，则百族尽煦。是以朱户累累，明月至而益辉；蓬关萧萧，寒风来而若怒。盖闻理无所宜，必求实效；用各有适，无贵虚名。是以琴瑟虽雅，非能引之论心；鸾雀甚驯，不可委之守藏。腊月朔申刻录。洪亮吉《连珠》二。

初八日(11月9日) 七钟起，赴图书馆，看运写经箱柜全齐。四钟，雇车回。天凉。

初九日(11月10日) 八钟起，午刻，赴学部，本司支领图书馆经费第三次银二千两。晤徐丞，少谈，复至寓，送交领银，命金平雇备运脚车及电知各项。晚归，换银钱，铡刀居吃饭，送交得山处，借银十五。

初十日(11月11日) 八钟起，早餐包子，赴馆，未去接金平信。帝王庙前定买木器。午后访缘，订期。同翔照料，东兴居勉坐，与盛荣胡云。长龄来，送公事信，极力筹算，恶妇无故非常取闹，天乎！直是逼迫速死以了宿孽耶？何若是之苦命！痛哉！

十一日(11月12日) 八钟起，金平来，当交运脚书箱车费二百千，共大小一百八十只。携长龄赴馆，看收书及付茶烛等钱。晤徐丞等。点灯归。

天头文字:《茶香室丛钞》第一载:"国朝缪艮涂说有《拈字占晴雨歌》，其法信手拈一字，起笔为验，歌云:'点(丶)晴竖(丨)雨盖(冖)滂沱，撇(丿)雾横(一)风雨不多。惟有绞丝(纟)连夜雨，勾(𠃍)环(㇄)午后唱晴歌。'"国朝恽敬《大云山房杂记》云:"雴，敕立切；霫，息入切，大雨也，今吴以秋雨为雴霫。"

十二日(11月13日) 八钟起，午后赴图书馆，候徐丞，未到三钟回。瞻望山色，湖水清寒，凄凉无聊，当此境际，寂寞难堪，晚，三阳馆吃饭。乘月归。连日家人辈异常悍逆，万分强忍，自叹命苦无怜而已。

十三日(11月14日) 午初起，捡点随带应用一切物件及书籍等装箱，计算忙迫杂冗，一日布置，饬率翔儿装束，预备长龄来，预置庙舍等事。心乱。

天头文字:《广韵》二十八盍:㩧搕，破坏也，又和杂也。秋雨细碎，有和杂之义，疑当作此二字。㩧，卢合切，搕，私合切。《抱朴子·黄白篇》云:"云雨霜雪，皆天地之气，而以药作之，与真无异。"案，此言因人不信黄金之可作，故以此晓之。腊月初六二鼓后录。

十四日(11月15日) 晨起，装束移寓随用一切物件，心绪凄乱。午后，候徐丞来商酌一切公事。申刻，赴学部领监款。冲寒赴广化寺庙舍初宿。

十五日(11月16日) 晨起，恭诣寺内大殿大悲坛，焚香，拜方丈，交纳月规房金。午后，至东隔壁院图书馆履新部署。晚，徐过谈。五鼓睡。

十六日（11月17日） 巳刻起，在庙。成、翔等布陈屋内，洒扫拂拭。午后，到馆部署一切。是日，即为开关。正副监督拜印。昨发写官各役等月费。

十七日（11月18日） 巳刻起，在庙，到馆，自移寓后，馆事殊繁冗，头绪丛扰。

十八日（11月19日） 巳刻起，在庙，到馆。

十九日（11月20日） 巳刻起，在庙，到馆。

二十日（11月21日） 晨起，在庙，到馆。始酌派差役十六名、写官等住宿，可厌。

二十一日（11月22日） 晨起，大雪，在庙，到馆。

二十二日（11月23日） 九钟起，在庙，到馆。

二十三日（11月24日） 九钟起，在庙，到馆。

二十四日（11月25日） 晨起，在庙，到馆。

二十五日（11月26日） 十钟起，在庙，到馆。

二十六日（11月27日） 九钟起，上监，画九月分销册，呈准周、季二吏，月加津贴，徒步来回。

二十七日（11月28日） 十钟起，大雪四寸，到馆。本庙方丈送粥，覆贻大佛手果二枚。

二十八日（11月29日） 十钟起，雪厚五六寸，时瑞一日，卧看《茶香室丛钞》。申刻，徐丞踏雪来，小窗对坐，啜茗闲谈，写馆中核算官薪经费二单。夜与成僮围炉叙话，听钟楼点声。五鼓睡。

二十九日（11月30日） 九钟起，雪，阴，甚寒，未出门。剃头，看报，给长龄父赙。晚，携僮食火锅。

三十日（12月1日） 十钟起，风寒，门外湖水尽冻。到馆。晚看报，枕上听钟楼声点。夜睡。

十一月

冬至月朔(12 月 2 日) 午初起，大悲坛内焚香。午睡。李文廷来，挪公款二十五两，前后二百两，何日补清？本日赊米面。晚，鸿来，又事不爽，早卧。

初二日(12 月 3 日) 九钟起。午后，诣崇文门内麻线胡同，同贺徐丞新寓。又至太仆寺街衍圣公府西拜缪监督。冲寒回寺，路境初经，殊觉凄楚。

初三日(12 月 4 日) 九钟起。早饭后到馆。天气寒黯，闻家事，胸膈滮塞，长叹冤孽。

初四日(12 月 5 日) 九钟起。沐发，命翔取衣服，到馆，与徐丞商经费事。三钟归庙。与僮购布置褂。缘侍，晚同塌抵足叙话。五鼓，朦胧睡。

初五日(12 月 6 日) 九钟起。翔取物回，成暂回家。午睡，鸿送食物来。成夜归。展转五更睡。

初六日(12 月 7 日) 九钟起。徐丞来商公事，命翔借款。三钟，李吏送来监存五十金，暂垫图书馆杂费。晚，缘侍，同塌抵足叙话。展转，晨钟，少睡。

初七日(12 月 8 日) 九钟起，与成同食面。聚增送来借银五十两，合钱八百八十三千，即亲到馆垫交。鸿来报昨晚翔有事，十分懊恼，焦急待音。初鼓，翔来，述昨晚事，束手待罚。支病沉昏，早卧。长夜瞢腾。

初八日(12 月 9 日) 九钟起，支病，寒甚，未早餐。二钟，鸿来，翔回言费苏塞圆，晚寄函聚增筹措如数，可恨！徐丞来言工程事。一日心力极支持。早卧。

初九日(12 月 10 日) 九钟起，与缘同早餐，到馆。徐丞同王侍御过谈，周吏持吏部询补缺文来，及酌缮工程会奏稿。鸿送药。与缘抵足眠。

初十日(12月11日) 十钟起,拥炉食肉,心气不豫。捡升炉火。缘侍抵足,五鼓睡。(十钟起),申刻,徐丞来,交开办置物单。复到馆,证述初领七月七日部支一千金待清,殊闷闷。剃发。缘侍抵足眠。

十一日(12月12日) 十钟起,早餐。午后到馆,即交桂月亭徐单。夜望凉月。缘侍睡。

十二日(12月13日) 十钟起,午后到馆。与秦瑕莽谈江南书,捡清上架。晚,缘回侍夜睡。

十三日(12月14日) 十钟起,午刻到馆,与徐丞言明初领千金三次,共领过五千金正。与缪监督谈画工程会奏稿,备草支经费片。晚,缘侍卧。

十四日(12月15日) 上学部。午后,至会计司领监署经费等款七百八十四两,挪垫图书馆租工一百二十两,领徐丞薪水一百六十两,本职五十两。申到宫门口聚增一路,回庙,月满前湖,十分凄楚,倦极。缘夜侍。

十五日(12月16日) 十钟起,到馆,放役工食五十六两,送庙租五十两,本房四两。晚,电约徐丞来商筹馆中经费及工程。鸿来送奏稿,即付例。五鼓睡。

十六日(12月17日) 十钟起,未出门。早与成食薄饼,开发各种零碎縻费,十分烦琐。荣宝送白折五十个,买柴炭。翔来,又往。成购套壶椰子,甚细。连日烦闷,浮费流水,奈何!二鼓,院中徘徊,望寒月浩叹。缘侍。

十七日(12月18日) 九钟起,未出门。心绪抑塞无聊。晚,鸿送药。成侍早寝。

十八日(12月19日) 十钟起。午刻,到馆,松纪云访。晚,庆云楼自饭,心不快。缘侍早卧。

十九日(12月20日) 十钟起。翔回,成假半日筹给赎皮坎及无知费六两,还吉益公四两,实际抽筋浪费。申刻,徐丞同介弟过访坐谈，并商经费事。心事匆匆，抑郁无聊，虚生沉滞，毫无趣味，亦认命而已。昨长龄送来借监《茶香室丛书续集》九本，并前八本，共十七本。成晚未回，倩弟转告一日假。原早料及，近于世味颇淡，尚于俗务竭曲心力，诸方维持，何自苦太甚？何日超脱束缚？三鼓睡。

二十日(12 月 21 日) 九钟起，未出门。胸中闷塞。晚自操作，吃煮饽饽。诸凡忍气。早卧。

二十一日(12 月 22 日) 十钟起，未出门，理屋。午，成归。晚，翔私去。烦闷展转，五鼓，缘侍睡。

二十二日(12 月 23 日) 冬至，午刻起，未出门。心神不爽，看《茶香室丛钞》。夜，展转，缘侍，五鼓睡。

二十三日(12 月 24 日) 九钟起。午后出德胜门，裕丰茶馆少坐，进城，步果子市，由鼓楼斜街蹒跚回庙。足痛难禁，十分疲惫。翔购物回。晚，缘侍早睡。

二十四日(12 月 25 日) 八钟起，未出门。成假回家一日。翔购梅花、水仙。鸿送报来，无聊，早睡。

二十五日(12 月 26 日) 九钟起。午后到馆，心中悒郁，恹恹欲病。辰格、老史来，勉强应接。成四钟回庙，给餐所留肉包。徐丞交转写工程单。缘侍睡。

二十六日(12 月 27 日) 九钟起，徒步上监办公，拟支馆费文，回庙乏甚，昏迷早睡。缘侍。

二十七日(12 月 28 日) 十钟起，心绪杂乱。致彭同九函及代画荣中堂文稿，行礼部片。申刻，徐丞来，商拟支领事。晚，着写官备写文件。病，早卧，缘侍。

二十八日(12 月 29 日) 十钟起，午后到馆。徐丞两次过谈公事，写领经费印片，腹泻，早卧。

二十九日(12 月 30 日) 十钟起，徐丞早来，言工程会奏留中候旨。晚，具送荣、寿二大臣，禀上学部，未得领款，索然。晚携成庆云楼吃饭。甚乏，早睡。

三十日(12月31日) 九钟起,电海军部。心中烦闷。申刻,徐丞来商工程事。晚,同到馆。杨兰坡来,代倩盛举人写凭,留饭。缘侍,闲话,早卧。

十二月

腊月朔日(1911年1月1日) 大悲坛焚香,命翔赴海军部,送凭试狼毫笔。心气闷塞不快。申刻,录《皇清骈文类苑》、洪亮吉《连珠》二首。晚,缘侍早卧。

初二日(1月2日) 九钟起。缘诞,食煮白肉,行礼。午后,到馆,预算看查燉煌经。鸿晚携榼来,送家寄包子、菜蔬。缘侍早睡,极倦。

初三日(1月3日) 八钟起,挈成、翔食卤面。午后,赴学部领款,又未果。回庙食,睡。

初四日(1月4日) 贱降,六十岁。(成弟早来。)午后开霁,与小厮鸿儿来庙寓叩头,言海军部事,并剃发。留晚食白肉火锅,均馆厨备。辰格来叩头,挈送茶果。晚,同去。长龄、老史并昨张喜来。值此殊感叹。早卧。听楼头钟点,望天边月钩,萧寺寂静,寒窗影幽,此境此时,老年人能不感系之耶?匆匆花甲,值此运步,惟太息而已。二鼓又识。

初五日(1月5日) 上学部,第三次领款又未果。署外鸿候,言李三借还,彼已使吁失丢。成言今日回,又未归,支吾荒唐,诚无信实人也,奈何!无聊,早卧。

初六日(1月6日) 十钟起,申刻到馆晤徐丞,催赴部。午后成归服伺,家事不快。早卧。

初七日(1月7日) 九钟起,昨夜雪,天明止,三寸馀。翔送来《说郛》十六函、《六十种曲》十二函。晚,同缘食自制水角子过,阴天赏雪,亦一适也。卧谈,早睡。

初八日(1月8日) 午刻起,翔送腊八粥来,交带家买新布四金，接会计司知照函。午后，困卧，心气迷惘隐痛。成棣送粥来，悔恨，早卧寝。

初九日(1月9日) 上学部。申刻，到会计司印领图书馆第四次开办经费银四千两，即点交本科收存。徐丞来商拟工程处办法。稍倦，夜寝。

天头文字：三年辛亥正月十三日二鼓后，支病未寐，偶捡《茶香室续钞》十七卷，内载宋郑思肖《中兴集·醉乡诗》："效取龙猛大士药，尽点大地变黄金。"漫录之以当少舒穷气，一粲。

初十日(1月10日) 午前起。朱某荫子来，絮俗腻烦。晚到馆，寒甚，饬翔借钱买物。早卧。

十一日(1月11日) 午前起，到馆办公，分车马费。鸿送部派信，来换钱备购洋钱银票，支还国学垫款及备月租等银五百四十二两。犒史匠。心烦，早卧。

十二日(1月12日) 十钟起。未刻，步至德胜桥，雇车到聚增，提血本银票四十二两二钱还债，公项换银五十两，还欠五十两，备存三百两。铡刀居吃饭，神不定。马市桥雇人力车回庙，沿街电灯星列，月光清皎，一路行至摄政王府前，湖雪月光莹彻皎然，洵奇观也，心觉凄凉。缘侍卧。

十三日(1月13日) 上学部。午初，到监，考法律毕业生四百馀名。五钟，雇车回庙。六点钟，大街电灯照耀，月光清皎，与昨晚有同情境，心凄楚。成假。早睡。

十四日(1月14日) 上学部，午初到，监考。领署经费及徐自用月薪。皓月满街，乘车回。缘侍。

天头文字：又提支公项存款百五十金，连前共七百四十一两有奇，见实备存四百两，还零星年债及内外节赏共九十八两。浮费可叹可畏！

望(1月15日) 上国子监，徒步来回，自苦，可叹。成假，饬还两处账，特抽得禧延。累苦，早睡。

十六日(1月16日) 上学部,五钟起,八钟到监考。午后,托温代回庙,微雪止,极乏,早睡。

十七日(1月17日) 九钟起,午后到馆,运部存内阁书八十箱。晚徐丞来。鸿送药来。缘侍睡。

十八日(1月18日) 九钟起,申初到馆,运部存内阁书百二十八箱。徐少谈。缘侍便话,早睡。

天头文字:廿一日面交舒厂商运至公堂木料银四百两正,由国子监馀存项下垫发。

十九日(1月19日) 九钟起,心气郁闷。运部存书九十六箱,七车。午后,困卧。一日无聊,早睡。

二十日(1月20日) 十钟起。(辰刻封印。)徐丞来商公事。到馆部署,与缪监督言。晚,发役赏。缘侍早睡。

二十一日(1月21日) 九钟起。早饬成送还各处赊账四十馀两。舒商来兑付运木脚四百两。早卧。

二十二日(1月22日) 十钟起,心气痛塞。算计三处役赏。翔回家,还账苦累,冤债何日偿清? 早卧。

二十三日(1月23日) 十钟起,雪。鸿送香药来,即赏十金,送庙僧笋供等。回贻洋桃。缘侍早睡。

二十四日(1月24日) 十钟起。午后到馆,连日筹偿冤债,苦累万分,自叹苦命,谁怜心痛? 早卧。

二十五日(1月25日) 十钟起,身心寒禁。命成补还账,夜回。晚,鸿送部函来饬监役。心迷,早卧。

二十六日(1月26日) 九钟起,午后到馆。缪来查书。成洒扫屋室。借款二十金。支病,早睡。

天头文字:除夕前三钟,携成僮乘冒雪归家,宿潜云堂。鸿童备供酒食。与霁儿闲话。请香供佛。晚大雪浩漫,几深三尺。拥炉夜坐,观《臣鉴录》。五鼓,展转始就寝。浮生虚度,又一年矣。苦累无涯,何时已之? 次日元旦识之。

二十七日(1 月 27 日) 十钟起,张罗年食,殊无奈,亏累过甚。晚,徐丞来核存馀款。早睡。

二十八日(1 月 28 日) 九钟起,午间到馆。晚,缴徐丞票号存折,再理家累,可叹! 烦闷,早卧。

二十九日(1 月 29 日) 八钟起,微雪。挈缘食白煮肉,饮佛手酒,甚饱味也。苦累气愤,历劫一年,尚得在庙受此片时口腹之适,亦属奇遇,可怜可恨! 庙主贻年造素馅,与僧有多缘夜。翔来言余书室现打扫,买煤球升火。家事可笑。申刻,携成各自回家,万分无奈。一年经历景况,聊尔识之。

一九一一年日记

一月

宣统三年，岁在辛亥，新正元旦(1月30日)　念佛。雪兆丰年。在家未出门，家人辈供饮食，围炉看雪。捡点书籍，看《臣鉴录》，与霁儿话。夜灯下看书，五鼓就寝。

天头文字：每日虔诚默诵《观世音菩萨经咒》六遍，祷祈一家安康，内外和顺，公私吉利，财用丰亨，适心如意，永无疾病。诸凡祇求，尽皆如愿，不胜感受之至。南无大慈大悲救苦救难广大灵感观世音菩萨，摩诃萨大悲坛菩萨，摩诃萨千手千眼普照灵应佛菩萨，摩诃萨南无阿弥陀佛。五显财神信士恩光敬识。

初二日(1月31日)　十钟起，赴监未果。饭后二钟，雇车，踏雪赴广化寺，焚香，拜僧众。晚，灯后方丈清朗等回拜。李文廷、长龄回工程事。晚挈成饭。三鼓后睡。

初三日(2月1日)　九钟起，晴风，寒甚。与成童包煮饽饽，早饭。洒扫房室，看《秘书》。夜三鼓睡。

初四日(2月2日)　十钟起。早饭，素馅水角。翔来。食毕又去。看《述记》数则。水仙骨朵出苞。理屋，静卧。年当耳顺，尤复浮沉奔波，奈何！太息，早寝。

初五日(2月3日)　十钟起，郁闷无聊，洗水仙，望檐头冰柱。晚，看《怀香记》，见月钩。

天头文字：监署各员实折俸银：四品京堂每季俸银六十三两；七品京官三十一两五钱；八品京官二十八两；九品京官二十二两六钱四

分；七品笔政二十三两一钱；八品笔政十九两六钱。各官俸米每年应支数目：四品，十四石三斗五升；七品，六石一斗九升五合；八品，五石四斗六升；九品，四石三斗七升五合。以上堂司二十五员，及裁缺笔帖式二员，共俸银一千五百五十二两四分，米一百四十五石八斗四升五合。

初六日(2月4日) 上国子监。近午到工程处，监督、监修等均齐集，与森昌、复兴等厂商饬详估价。三钟，文公祠换衣回。来往徒步，甚乏。

初七日(2月5日) 立春，十钟起，寂寞无聊。申刻，徐丞来观《泛槎图》，看冰柱成(假)[段]。早睡。时近三鼓，斜月照窗，室中明暖，水仙初放数朵，绰约清香。啜新茗，看《茶香室丛钞》。僧院阒静，尘俗中闲适也，特识之。

初八日(2月6日) 十钟起。午后徐丞来言厂商事。到馆，与众谈。命翔回换钱，并催成即来庙寓。厨役刘上工。心觉不爽无聊，早卧。

初九日(2月7日) 十钟起，勉食。成未面，翔又假。实忍闷。鸿来，即令回。看书，无聊。寓居僧舍，孤凄幽寂，夜半钟声，辗转未寐，境况黯然。

天头文字：国子监月支经费等款：国子丞月支薪水一百六十两，额设典簿等官二十四员，另兼行一员，共支本职津薪火食等四百五十八两，书记五名，庙户等五十一名，合支一百七十两，经费二百两，右均遇闰加。春秋丁祭四百两，以上一年应支一万三百三十六两，加国子丞月薪，年支一千九百二十两，总核一万二千二百五十六两，加闰一万三千二百四十四两。右皆京平。三月十七日晨并记。

初十日(2月8日) 十钟起，强食午饭。年六旬，避居僧舍，自谋衣食，僮仆偷惰，极力厚抚，殆无人心。此刻独居，殊觉凄然，耐闷支病，奈何！

十一日(2月9日) 七钟起，阴晦。昨梦不祥，勉餐。支病理屋，孤栖郁闷，左右无人，直此老境将近，当此寂寞，能不感慨耶？目昏心懵，于世味久淡矣。午后，心神疲倦，观《庸行编》及捡点书籍，勉强支持也。上后门街汇兴茶楼，少坐聒扰，遇庆某。隔壁一条龙小饭铺小饮，食面片，饱甚，踏雪回庙。成归购药，鸿来送药。早卧。

十二日(2月10日) 八钟起，天晴暖。申刻，到馆，惟李慎如一人，馀外出，随谈东陵宝山形势及盘山云罩万松等景。晚，成服药。早卧。

天头文字：三月既望于学部本司查得岁出各学堂、局、所等处应支数目，内载图书馆常年经费，奏定库平银四万两，经资政院议准，条注未减，是实年领斯数也。又询报部表册，加折平数，每库折京百两为九十四两一钱零零五毫八丝，京加库为一百零六两二钱六分九厘三毫，均准此。次日十七晨起随记之，备忘也。

十三日(2月11日) 万寿。八钟起。午前，徐丞来言定领款。申刻，到馆，著写印领。晚归，支病。午后，成童购药去，力疾往晚餐，尚未面，卧盼不已，时至九钟。庙院望月，清寒皎洁，碧天无翳，爽豁胸襟，奈老之将至何。

十四日(2月12日) 八钟起，心气支离，不快者累年矣。精神境遇，强忍难堪，何以自遣？午后独坐，观纪荫田《痴说》。晚，厚门外酒饭。过桥，独步柳堤归。

十五日(2月13日) 九钟起，午后到学部领款未果，致总办彭同九函，张朗山代核库平加京平，每万两加六百二十六两九钱三分，与双郎中等乱谈。四钟，诣徐丞寓，面交月薪，回庙，沿路寒甚，厚门一带铺户间有挂灯者。到庙时，已交初鼓。鸿送药来，食卤面。乏，早卧。

天头文字：京师图书馆月发各款约计：监督、提调、总办、科长、纂修、科员、写给官等共支九百七十两，官役七千两，匠二十六两，饭食一百五十两，茶烛煤火四十两，添置杂项四十两，右共约一千三百两，另酌提存三百两，每月总领折加京平银一千六百三十四两四钱二分，所馀三十几两，嗣后有增无减，时须量核。二月十三子时记。

十六日(2月14日) 释国服。十钟起。午后，赴学部，本司领款，候总办来，殊费唇舌，始得勉允。图书馆每年经费二万两，自正月起，分领十三个月，每次京平一千五百三十八两，幸给库平加九十六两四钱二分，合领京平一千六百三十四两四钱二分，监款只领经费，馀尚待发。回庙，乏，早卧。

十七日(2月15日) 九钟起。午饭。命常海上户部银行换票八百两，往返甚速。成上庙市买花及到聚增着送钱八百馀千来，合五十两。晚，到馆面交经费一千六百三十四两四钱二分，此系京平加数，给正月分庙租五十两，付换钱五十两，由内扣留。烦闷无聊，早卧。

天头文字：《列子》："语有之曰：'人不婚宦，情欲失半。人不衣食，君臣道息。'"《吕氏春秋》："天下太平，万物安宁。皆化其上，乐乃可成。"《右台仙馆记》四载安胎之法甚效：过期不赎之当票，一二纸烧灰，和开水服之，则胎即安。二月初八日初鼓看《春在堂丛书》随录。

十八日(2月16日) 十钟起，午间徐丞来商公事，同到馆。晚间看《册府元龟》，迷闷，早卧。

十九日(2月17日) 上监，开印。八钟起，十钟到办公。饭后，文公祠寓少坐，回庙。来往徒步，乏。晚到馆，归。清去腊浮支二十金，系由本月车马费十六两，并自添四两以补其数，此月又白效劳矣。可笑。同云伯馆饭。

二十日(2月18日) 十钟起。午后到馆，致秦暇庵函。晚，挈成一条龙吃薄饼。归，早卧。

天头文字：《焦氏易林》："教羊牧兔，使鱼捕鼠，任非其人，费日无功。"王符《潜夫论》："谚曰：'一犬吠形，百犬吠声。'世之疾此固久矣哉！"《抱朴子》："蜉蝣校巨鳌，白芨料大椿。"初二日午后再录《子史精华》比喻。

二十一日(2月19日) 十钟起。二钟，早饭，无味烦闷，强耐到馆。暇庵覆函。鸿、翔来。早卧。

二十二日(2月20日)　雨水。十一钟起。午后到馆,催办报销册。闻减经费薪金,进退维谷。早卧。

二十三日(2月21日)　十钟起。午后,徐丞来谈公事,并续派监督到馆。同云伯饭。早卧。

二十四日(2月22日)　十钟起。午后,看《人生必读书》。到馆,心绪烦闷无聊。翔送报来。早卧。

二十五日(2月23日)　十钟起。午后到馆,看核报销,饬役交监署备送工程处各知会。晚,徐丞来言维持薪津,部中减少亦属常事。时遇可慨,内外之不顺心,公私之不合理,忍耐无法,听天由命而已。烦闷,早卧。

二十六日(2月24日)　九钟起。昨夜未能少睡。午后,李吏来。到馆催写销册,并拟文。晚,看《庸行编·安命类》云:"达人当顺逆一视,而欣戚两忘。"辄欲勉为之,深恐未能,然亦无可如何,聊自解耳。病,早卧。

天头文字:廿九日回家,小斋少坐,偶成一联,漫识之:"草木有情知我念,琴书无恙待余归。"《鹖冠子》:"无道之世,任用幺麽,动即烦浊;有道之世,任用俊雄,动即明白。""国将亡,必多制。"初二日录于僧舍。

二十七日(2月25日)　午刻起,勉食。三钟到馆。龚和送知会。看《随园诗话》。心身似病,早卧。

二十八日(2月26日)　生孙,九点三刻。十钟起。翔来报喜,欣慰之至。午后到馆,办齐开创报销文册。

二十九日(2月27日)　上学部。午后,领监署官员二十五分薪津四百五十八两,自费三十,减二十,可笑。申刻回家,看视生孙,极雄壮,起乳名保寿。晚归庙,乏甚,早睡。

三十日(2月28日)　午刻起,到馆。回庙,甚烦闷。晚,看时报,无味。翔讨家用来。无聊,早卧。

二月

二月朔日(3月1日) 八钟起,大悲坛顶礼默祷。午前,到监部署公务,勉强耐烦而已。往来徒步,艰涩甚顿。值此俭蹇,颇自忾也。晚,情绪不爽,早卧。

天头文字:“茫茫沧海几生尘,世事何劳苦认真。仙佛终须随(浩)劫尽,蚊虻也得逐年新。”“万人如海浩无边,身作飘飖不系船。相守百年都是梦,偶同一饭莫非缘。”“覆雨翻云幻蜃楼,人生何处说恩仇。戏场亦有真歌泣,骨肉非无假应酬。”《春在堂·齐物诗》录三首,二月十七日午正识于僧舍。

初二日(3月2日) 九钟起。昨夜与缘胡谈,天亮方少睡。午前,看《子史精华》言语部。到馆,写官均外出。翔来送朝服。心绪不快,无聊烦闷,早卧。

初三日(3月3日) 上监,九钟起,徐丞来谈。午前进署,看演礼,到西厢工程处,文公祠更衣。五钟回庙,往返徒步,为省俭。长龄送衣来,乏,早卧。

初四日(3月4日) 十钟起。午后,着翔回家奉妻,月浪费八十千。昨关俸四十二两备用,可慨。到馆,刘桂送来借监《春在堂集》七十三本。徐丞来谈。愁,早卧。

初五日(3月5日) 十钟起。徐丞早晚来谈公事。午后到馆,本科斟酌事件,派充本馆总办月支车马费三十两,补苴部减。翔回。早卧。

天头文字:国朝缪艮涂说:“有《拈字占晴雨歌》,其法信手拈一字,以起笔为验,歌曰:‘点(丶)晴竖(丨)雨盖(宀)滂沱,撇(丿)雾横(一)风雨不多,惟有绞丝(纟)连夜雨,勾(亅)环(𠃊)午后唱晴歌。’”(《茶香室续钞》一)二月廿一日未刻录于广化僧舍雪窗下。

初六日(3月6日) 十钟起。徐丞早来,拟答恩咏春函。长龄来,送交朝衣冠存监,到馆。宗梓山来函,即答复。看《右台仙馆笔记》。成上街。早卧。

初七日(3月7日) 惊蛰。上监。九钟,徒步到署,部署一切。午后,演落版礼,分派各役。唐尚书勉勖图书馆总办事宜。晚宿庙室。夜三钟起。

初八日(3月8日) 丁祭,夜大风。寅正三刻,豫亲王、懋林等遣祭礼成。徐丞到庙少谭。携成、翔衣冠回广化寺寓少睡。申到馆,寥寥。翔送朝服。看书,早卧。

初九日(3月9日) 午初起,到馆,闲谈。看俞氏丛书。日渐长,倦闷无聊,耐烦,早睡。

天头文字:小人专望人恩,恩过不感;君子不轻受人恩,受则难忘。人定胜天,志一动气,则命与数为无权。心逐物曰迷,法从心曰悟。读书随处净土,闭门即是深山。(《说郛》二十八卷,陈眉公《长者言》)三月十日初鼓雨窗摘录。

初十日(3月10日) 十钟起。饭后,倦卧。午至晚雪。看《春在堂书》。胸膈不快,幽闷。早卧。

十一日(3月11日) 十钟起。天阴,小雪,甚凉。到馆,给部庖丁祭饭食银三十两。烦闷。早卧。

十二日(3月12日) 九钟起。阴雨。到馆,备印领,荐张役,饬役送国子丞俸六十三两,附送《皇朝太学志》,购价四十两。心烦闷。成假,当日未归,谎。初鼓后,徐丞来坐谈良久。晚,看时报,殊愤懑无聊。早睡。

十三日(3月13日) 八钟起。早餐强食。昨夜未寐。到馆,备印领。饬翔前门买吃食。成三钟回。徐丞来谭工程事。晚,挈成、翔吃饼。看书,早卧。

十四日(3月14日) 八钟起。午后到学部支国子监经费二百两,官薪四百五十八两。(前后共假四百三十一。)饬差送国子丞月薪。回庙,接电示借监款五十。饭,早卧。

天头文字:净几明窗,好香苦茗,有时与高衲谈禅;豆棚菜圃,暖日和风，无事听闲人说鬼。老去[自觉]万缘都尽，哪管人是人非；春来尚有一事关心，只在花开花谢。苦恼世上，意气须温；嗜欲场中，肝肠欲冷。（同前，屠隆《清言》）同时灯下再录。

十五日(3月15日) 上学部。午后，行至西街，值纪大臣家发引，士女阗塞，车不得行，无谓。会计司领月款，库平一千五百三十八两。赴大清总银行换零票回，交庶务科。晚，提送徐监督，另存三百两，交庙租四十八两，本月房租四两。回庙，甚乏，食团子，看书，早卧。

十六日(3月16日) 九钟起。早雪，午后止。到馆，呈缪小山监督薪津二百四十两正。翔购药，换钱。鸿送报来。家事仍不可问，心烦塞。早卧。

十七日(3月17日) 八钟起。晴明澄净，料峭尚寒。昨彻夜未寐。看逆报悖理，无谓。午憩。成晚外游。史匠来。翔西直门买煤。不快，濯足，自早寝。

天头文字：茶熟香清，有客到门可喜；鸟啼花落，无人亦是悠然。翠微僧至，衲衣全染松云；斗室经残，石磬半沉蕉雨。曲径烟深，路接杏花酒舍；澄江日落，门通杨柳渔家。家坐无聊，不念食力担夫，红尘赤日；汝官不达，尚有高才秀士，白首青襟。三月十一日雨晴，清晨再录《清言》。

十八日(3月18日) 午初起。晨微雪，阴暗。午后，倦卧。到馆核月报簿。饬翔回家，预备弥月各事。连日心神恍惚，烦躁耐烦，看书辄忘。早卧。

十九日(3月19日) 十钟起。阴寒。午倦，看书。到馆，交长龄领款。心烦闷。晚食饼。早卧。

二十日(3月20日) 十钟起。阴寒。牙疼。午倦，神疲。翔来，着备待客肴馔，及支搭布棚，安设桌凳，并一切零星事件，殊烦琐縻费，十分勉强。到馆，三钟回。禅室窗前观雨。晚，暖室看书啜茗，幽寂，早卧。

二十一日(3 月 21 日) 九钟起。昨夜至午前大雪数寸。牙痛，食不能饱，幽闷强忍，无奈。晚，阴雨不止，看《醒世姻缘》小说，听百八钟声，昏郁支病。早卧。

天头文字：口中不设雌黄，眉端不挂烦恼，可称烟火神仙；随宜而栽花竹，适性以养禽鱼，此是山林经济。风晨月夕，客去后蒲团可以双跏。烟岛云林，兴来时竹杖何妨独往。修净土者自净其心，方寸居然莲界；学坐禅者达禅之理，大地尽作蒲团。《清言》，同前，十一日夜三鼓又录。

二十二日(3 月 22 日) 春分，十钟起。微晴，风寒，头目眩晕。给长龄饭。午后，倦卧，心烦绪，看书。回家，看视保寿孙，部署弥月事。晚，带翔三阳馆中棚吃炒饼。初鼓雇马车回庙，锁门不开。成外出浪荡，不可信任，自恨。早卧。

二十三日(3 月 23 日) 九钟起。晴暖。昨夜子正成归，闲话，彻晓未寐，心神颇委顿。申刻，僮仆均外出，独闷卧倦困。到馆，见徐监督，少谈。接学部咨，造送预算表。晚，头晕心烦，渐知加病，早眠一夜。

二十四日(3 月 24 日) 八钟起。未早餐，即昏卧数睡整日。晚，食粥，心神烦绪极矣。子初睡。

天头文字：梦神曰趾离，呼之而寝。梦清而吉，有咒曰："元州牂管娶竺米题临卧。"诵七遍吉。笔神曰佩阿，研神曰淬妃，墨神曰回氏，纸神曰尚卿，笔神又曰昌化，司书鬼曰长恩。除夕呼其名而祭之，鼠不敢啮，蠹鱼不生。(《说郛》三十一卷《致虚杂俎》)三月十三日二鼓录。

二十五日(3 月 25 日) 十钟起。午后，到馆，典藏科看查书，监署明日免期。烦闷，早卧。

二十六日(3 月 26 日) 八钟起。申刻，挈成回家，部署酒食一切等事。得山为保寿初剃发。

二十七日(3 月 27 日) 七钟起。保寿孙弥月之期，接待戚友来贺者。天气晴明。晚，与家人霁儿核计用项，约六十馀金。赏长龄等。晚三鼓，宿潜云堂。

二十八日(3月28日) 九钟起。饭后剃发，挈成乘便道亲家两处踵谢。酉刻，回庙，诣方丈谢。复带成至庆云楼吃薄饼。三鼓，阴雨，看书，展转睡。

二十九日(3月29日) 十钟起。一日雨雪交加不止。午后，无聊睡。晚，食粥，烦闷。计簿，三鼓睡。

三月

三月朔(3月30日) 上国子监。巳刻，进署，呈画月销簿，并办公。申正，回庙，徒步往来。

天头文字：人莫贵于希圣，道莫妙于行权。乃圣人之权宜，适为小人之藉径。时运随乎政治，利弊关乎升沉。乃盛世之善政，尽为衰世之乱端。盖法用非人，政治利弊又随乎世运升沉。语云："不杀穷人不富。"予谓不交贵者不贫。一笑。

初二日(3月31日) 九钟起。早餐自做菜蔬。荣文忠侧室周年祭，本寺唪经。未初，监国临。申到馆，与徐丞谈。晚，食会贤堂菜。毕旺喜来。早睡。

初三日(4月1日) 十钟起。早饭后，倦卧，看《醒世姻缘》。晚，长龄持衣送署。翔取衣来。早卧。

初四日(4月2日) 上国子监。六钟起，徒步至署，备署学部右侍郎林绍年。巳刻，诣庙，饭毕，酌表少坐。午后，雇车回。昨夜未寐。成、翔食水角。倦睡。

初五日(4月3日) 九钟起。饭后，倦卧。午后，徐丞来谈公事。天渐长，甚倦怠，无聊，早卧。

初六日(4月4日) 十钟起。午后到馆，与徐丞谈。致秦䂂庵函。派长龄等食莲子。早卧。

初七日(4月5日) 十钟起。午后到馆，饬长龄等由学部运来内阁旧藏画图《盛京五路图》一图画四十卷，长方匣六只齐毕，备箱另运。早卧。

天头文字：人无嗜好，终日无怡情之事，盖无癖不快，故圣人好学，乐以忘忧。心存妄想，终身无足意之时。盖有求最苦，故小人怀利，长自戚戚。惟知自苦，乃见人难。三月望夜，听钟楼敲百八声。时交子正，云散月明，清光满院，阒寂不寐，心神凄凉，随阅《痴说》，录识之。

初八日(4月6日)　清明。十钟起。馆中放假。饭后，困倦一日。夜昏睡缠绵，心气躁急，幽郁支病。

初九日(4月7日)　九钟起。早，阴，微雨。到馆，饬长龄等运来部存内阁书二十馀箱竣，与两监督商酌馆地。翔带小厮试工。心绪不爽，无聊，早卧。

初十日(4月8日)　八钟起。阴雨连绵，甚非其时。午后，到馆，详核送部预算，本馆年需做银四万两，面正陈写官缮册底，备呈酌定。雨不止。五钟，回庙寓，命厨备饼菜，挈成、翔等食，穷嚼。看书，早卧。

十一日(4月9日)　上国子监。八钟起。到馆，晤徐丞，酌预算表册，咨报四万款项数目。徒步赴署，往返乏甚，为省费也。备预算表册，办公，回。晚，早卧。早着成回家送内室月费，还德兴纸债，并备上墓楮锭，夜未归。

天头文字：诚无悔，恕无怨，和无仇，忍无辱。巧辨者与道多悖，拙讷者涉世必疏。宁疏于世，勿悖于道。责人者不全交，自恕者不改过。自满者败，自矜者愚，自贼者害。多言获利不如默而无害。风俗不淳，俭则财用无丰足。（林逋《省心录》，《说郛》七十一卷）三月十七日申正录。

十二日(4月10日)　九钟起。午后到馆，史匠来，着量监署箭场地。心中烦闷，有病，早睡。

十三日(4月11日)　十钟起。心气昏沉。午后，支持到馆，备用印领，部存书运讫，倦怠，早卧。

十四日(4月12日) 六钟起。夜展转未寐。七钟即赴女子师范学堂监考女子学生八十馀名。午初，交卷讫。食饭，复上楼听雨冒乐，到学部领馆监经费及二三月本津，候面交徐丞月薪。雇车回庙，乏卧。

十五日(4月13日) 八钟起。雨，小雹。午前，借乘赴诚玉如处赶人情。泥淖归，食早饭。徐丞冒雨由监来谈公事，贻揩齿药并方。李文廷来，送换部领馆款，京平一千六百三十四两四钱二分，并酌拟表册太费事银。晚即交庶务科带回租，即交庙祝。命翔送回皮衣六件存。早卧。强忍辛苦，忾叹而已。诸凡悖逆，非可情喻理遣，自觉任命，难矣！

天头文字：超然居士日用八如：无私如天地，光明如日月，静重如须弥，深广如大海，无住如虚空，随顺如流水，荣辱如空华，冤亲如梦幻。守此八如，一生事毕。(《说郛》七十三卷《善诱文》)三月十九日二鼓后录于广化寺僧舍。

十六日(4月14日) 上学部。午后，到会计司代支吴、李二参议月薪未果，与陈同咸斟酌预算表册，并注格式。六钟回庙，饭毕，至图书馆酌公事，支总办月薪三十两。晚，鸿来送请帖，赏月费。早寝。

十七日(4月15日) 七钟起。夜半，明月照窗，清皎光净，展转衾榻，未能熟睡。清晨即起，随写百数字。买食会贤堂菜。午刻，勉酬成僮赴庙市及回家询事。午正，倦憩。常海找李文廷，欲饬写俸米册数。晚，鸿来，给月费。成取衣及买物回。到馆，再酌表册事。寒，早卧。

天头文字：倚墙之木盗之桥，倚床之仆奸之招。鹏运扶摇不知游于天外，虱逃缝絮不求出乎裈中。居化有宜，适真各得。心全者以身为朽骨，神超者以心为死灰。魄玄合者以神为碍影。(《玉笑零音》)住世厌世，与浮云同一卷舒，稳把无根之柂；前劫后劫，看虚空何曾朽坏，常悬不夜之灯。(《偶谈》,《说郛》二十八卷)三月二十日二鼓录。

十八日(4月16日)　八钟起。饭后，午刻到馆。盛端、宝林诸大老来馆看写经书籍等。李吏来，饬写俸糈文件。六钟，晚饭，回庙。鸿送物来。一日乏，早睡。

十九日(4月17日)　上学部。午后，到会计司，送去监署官员俸糈印册，另求张朗山代折库平数目。司务厅少坐。回，倦卧。晚，到馆，史匠监署开工。早睡。（节至二十日，囊存一一六，外聚二共三馀。）

二十日(4月18日)　九钟起。午初到馆，再拟报册。申，少憩。晚，又到馆与徐丞商公事。早卧。（二鼓后风雨殊异。）

天头文字：彭祖曰：凡人不能无思，当渐渐除之。人身虚无，但有游气，气息得理，百病不生。但能不思衣食声色胜负得失荣辱，心不劳，神不极，但尔可得延年。谋为过当，饮食不节，养成大患也。真人曰：平明欲起时，下床先左脚，一日无灾咎，去邪兼辟恶，如能七星步，令人长寿乐。（《说郛》七十五卷《摄生要录》）三月廿五日酉初刻录。

二十一日(4月19日)　八钟起。午后，赴阿太守子祥处行人情。回家，访月舫。在家看视保寿孙。晚，到聚增备补公款八十金。三阳馆吃饭。潜云看书，四鼓睡。

二十二日(4月20日)　九钟起。在家自办饭。看繙译古文。阶前牡丹蓓蕾渐长，海棠梨花将次放蕊，藤萝结苞，松甚葱茂，均久培植。奈何，闷，早睡。

二十三日(4月21日)　谷雨，晴明。上坟。十钟二刻乘车诣八家冈茔地。一钟馀行礼，焚楮锭。祖树白果松极茂盛，松屏亦渐葱长。杏苞蕊繁富，新柳舒绿清嫩。立后土山上，望西北众山（戒台等山），如列眉目间，四面川原坻平如掌，麦绿如绣，爽阔心目，实为佳境。（北觇玉泉山塔如画。）归，挈翔虾米居酒饭。晚，部署费钱。成回庙。乏睡。

二十四日(4月22日)　上学部。九钟到。早班监考各省毕业生，同事彭云伯等七人，午收卷讫。同双宗诸人谭。三钟，雇车回庙。

成备晚餐等项，归家三日及赎当费四十馀金，可叹可畏。三鼓后，登记，勉睡。

天头文字：秃子当和尚，将就材料。猫儿哭老鼠，假发慈悲。一夜五更，半夜五更半；三秋八月，中秋八月中。大处里无究小处里算。整瓶子不动，半瓶子摇。强盗画喜容，贼形难看。判官出告示，鬼话无稽。一家打墙，两家好看。前人种树，后人乘凉。矢棋肚内有先着，强将手下无弱兵。渎订联词。三月廿九日三鼓戏录。

二十五日（4月23日） 暴热，十钟起。午前高某来言公务，并言禁烟加严。饭后到馆，少谭，回。晚，监署送公事来。翔取夹衣。心中烦闷无聊之至。早卧。

二十六日（4月24日） 阴晦，上学部。八钟起。王某转致徐丞信。李吏送表册格式。史匠来言工。二钟到部，赴司，约与陈次冈商表事。支总校吴、李月薪二百四十两。次日送去总务司。代徐丞注册。考场少坐。回庙，卧。

二十七日（4月25日） 大风，黄沙。上学部。午后到监考，六钟散。雇车回庙，食黄花鱼。倦闷穷愁。早卧。

天头文字：钱焜曰："诚心直道，不识人世有机械事；淡食敝衣，不识人世有嗜好事；委心任运，不是人世有径窦事。"（立诚）"甂甂子每教人养喜神，止庵子每教人去杀机，是二者，学言之师也。"（仁恕）（《臣鉴录》格言）清和朔日二鼓后捡阅，随写于广化寺僧舍。

二十八日（4月26日） 八钟起。午后，强餐。身心不爽，困卧数四。自知无味，奈何。支病，早卧。

二十九日（4月27日） 上学部。八钟起。饭后午刻到部监考，六钟散。回庙，乏甚。三鼓睡。

三十日（4月28日） 八钟起。饭后少憩，到馆，与蔡璞如谈。徐丞处电知取结等事。三钟，步鼓楼斜街毡帘铺，少坐问价，西行至绦儿胡同回。拜佐领续子瞻，见新夫人，坐谭片刻回。初瞻拈花寺庙。步归广化寺寓，极惫。晚，徐丞来商酌本馆报部表册数目。饬常海送回监册。初鼓后,疲倦特甚,无聊之至,早睡。

四月

四月朔(4月29日) 七钟起。洗面漱齿,服药,即借乘赴学部监考。午后回,困睡。一时,饬翔再到八里庄觅乳妇。李吏来。晚,看《臣鉴录》。早卧。

天头文字:竹坞人家濒小溪,数枝红杏出疏篱。门前山色带烟重,幽鸟一声春日迟。 风荷柄柄弄清香,轻薄沙禽落又翔。红日转西渔艇散,一川山影暮天凉。 古渡停骖日向沉,凄凉归思梗清吟。碧山几点雁横塞,红叶一林秋意深。偶忆及刘豫杂诗,似是四季题画,惟忘冬诗。如见,补录。初二日晨识。

初二日(4月30日) 七钟起。彻夜未寐,看《潜室札记》《拟山园帖》,听钟声梵呗声,自省。(奋励戒除。)监国摄政王七钟二刻进内,闻庙后垣外巡警鸣笛清道驱人。午后,少睡。到馆言烟结一事。倦闷无聊之至。回庙,无奈,看书。

初三日(5月1日) 八钟起。饭后,困睡数次,濯足。龚和传各厂商。晚长龄送米票来。早卧。

初四日(5月2日) 阴晦,午后至夜雨。上学部。七钟起,九钟到。第五六次监考。事毕,总务司与秦嘏庵谈。申回,到馆致徐丞函。看禁烟唐景崇奏折,严刻加厉。呜呼休矣。无聊早卧。

初五日(5月3日) 七钟起。勉餐早饭,抑郁无聊。申,到馆,交龚和领米。支病,早卧。展转一夜。

天头文字:《阅微草堂》载:"举世尽从忙里老,谁人肯向死前休?"又有诗云:"人人尽道休官去,林下何曾见几人?"当此禁烟加厉之时,朝廷大员亦须赤体捡验,似乖体制,区区微末,固不可同日语,惟匏系一官,即联身家,极力忍耐,实有不得已之苦衷,识者自能量之。经此时事,率尔志之。立夏日午后书于僧室。

初六日(5月4日) 上国子监。九钟到。支持,往返徒步,备取各员禁烟保结。看西厢外西房修盖工程处，与诚玉如见各厂商。与徐丞言公事。晚，到馆。早卧。本监预算表册修齐，次日李吏送部。又提工程银二百，共六百三十一两。

初七日(5月5日) 七钟起。早饭。午后雇车找载静山，求出保结，未面。与内眷谈许久。回家，看保寿孙，乳食日旺，颇见坚长。西斋牡丹、藤萝繁茂，含苞将放。五钟到聚增，留款工用。衣店与老李言禁烟所抽调本处提调，政事可笑如此。掌灯时回庙，食自购蒸饼。倦，早卧。

初八日(5月6日) 六钟起。冠带，大殿焚香，顶礼送香资二金。午后到馆，候与徐丞言工程估价。晚，饬翔载处取保结，并传知兴隆。支病卧。

天头文字：杭州谭涤生茂才廷献咏《行路难》云："读书尽万卷，颇识忠孝字。学道行十年，与君斟酌仁与义。人生百年不为少，追逐衣食非我事。行路难，声莫悲。今日是，昨日非。携手出门望白日，惟见浮云东西南北飞。"《遣兴》云："江乡聊寄迹，流水绕书堂。深竹有人语，野花随径香。相期与农圃，招手话耕桑。习静空山里，闲中日月长。"（《冷庐杂识》卷八）八月二十九日驻工太学韩昌黎祠寓，二鼓后，枯寂无聊，随笔漫录。

初九日(5月7日) 立夏。六钟起。午前，到馆，致双履安。看十刹海房。电翔来取结，未果，甚懊。接张朗山支吾函。申刻，驰赴兴亲家处求结，慨然画押。感佩。到满蒙学堂，访彭，未见。复至寓，又值出，遂留片，面属伊家人。次日，再求示知过访，难哉。回庙，初鼓矣。少食即困卧，心气四肢夜极痛。

初十日(5月8日) 六钟起。心气迷惘，强支精神到馆，酌核表册。致秦函。连日与徐丞商公事。申刻，饬翔上兴隆。自赴学部，见宗某，求结，淡默回。支病卧。

十一日(5月9日) 上国子监。九钟，雇人力车到办公，取阖署保结，自取离任呈底，决计辞官矣。四十馀年服官，废于一旦。身家无法计及，可为叹息。到馆，病卧。

十二日(5月10日) 六钟起。到馆，连日心神迷惘，病体支离，甚难为情，听天由命，自叹而已。

十三日(5月11日) 六钟起。到馆，勉强支持，催写表册，均十分力疾强为。蔡璞如访，未面。昨赴澡堂沐浴，平生第一次周身畅适也。心气不佳，夜不成寐。

十四日(5月12日) 上学部。六钟起。徐丞约午正聚美楼便饭，即言开缺截取及一切事。午后，到部，本司领监、馆二处经费，即交司务厅开缺呈。自叹四十五年官，一旦休矣。候见恩咏春出署，电灯亮矣。回庙，自伤。

十五日(5月13日) 上国子监。六钟起。雇车到署办公，沮闷。至工程处。午后，文公祠寓少歇，上学部领徐丞及自月薪回。到馆，同王、桂二君饮。凄楚，夜难寐。

天头文字：读书数记略：凡人手足，各有三阴三阳之脉，合而为十二经脉。足太阴，脾之经。足厥阴，肝之经。足少阴，肾之经。足少阳，胆之经。足阳明，胃之经。足太阳，膀胱之经。手太阴，肺之经。手少阴，心之经。手厥阴，心包络之经。手少阳，三焦之经。手阳明，大肠之经。手太阳，小肠之经。冬月廿六日二鼓录识。

十六日(5月14日) 六钟起。霁儿午后来商酌行止一切，言许久时回。最难为情，自知病成。

十七日(5月15日) 六钟起。支离，困倦昏卧。申刻，徐丞来问行止，并商酌公事，拟派监署各执事津贴。失职人强议。黯然。晚，心气愈觉空虚。子初，梦不祥。

十八日(5月16日) 六钟起。早间默补日记。找史匠来，面嘱卖房借债事。值此，殊可伤也。午后，到馆，与吴状元肃堂会谈。取总办月薪三十金，不廉。无味。晚，带成、翔二僮庆云楼酒饭，勉强。二鼓，修致松侍御函。无聊，卧。

十九日(5月17日) 六钟起。午前，命成回家送月费。困卧，支病到馆，与陈写士谈。晚回，即睡。自十九日以后，更加大病支离，迷惘若梦，逐日无聊记载，奔求图结，拼挡部费百金，递呈写禀，种种周章。于五月二十四日早赴吏部验到，二十八日赴阙左门验看，均遇雨。二十七日即裁撤吏部矣。五月初一日拜庙辞堂，交清一切监署公事，即离署矣。回忆四十馀年在监奉职，一旦休矣，曷胜忾叹。徐丞过庙看视二次。刻下病虽少间，而穷愁万种，心绪如麻，万分强忍，认命而已。六十衰朽，值此更不知后来如何下场也。六月朔，晨起支病，回忆两月如梦，漫记之。（二十四日小满，五月十一日芒种，二十六日夏至。）

天头文字：左寸关尺心肝肾，右寸关尺肺脾（命门），左寸心与膻中之脉，左关肝与胆之脉，左尺肾与小肠膀胱之脉，右寸肺与胸中之脉，右关脾与胃之脉，右尺命门与大肠之脉。十二经脏腑手足阴阳表里：心与小肠相表里，心包络与三焦相表里，肺与大肠相表里，脾与胃相表里，肝与胆相表里，肾与膀胱相表里。冬至月二十七日三鼓录识《脉诀规正》。

六月

六月朔（6 月 26 日） 七钟起。支病无聊，补记四十馀日若梦，及弃官改途、艰苦自伤事。连日病虽少间，而忧闷无聊之至。每日勉强食睡，待命而已。初四五日，连办工程处事件。初六日具奏估款三十七万两零，奉监国批谕，均依议。另月支经费一百两。初八日到监，知会众监督等画稿，并备领款文结。十四日午前到家，看保寿孙，壮健可喜。取房契二张，赴平外史匠家，代借常姓妇人银三百两，利息二分，就写借券，交史存，另日付银。为赴省盘川及旅居费，值此忾叹至极。聚增借银十四两，为刻下日用债已累身心矣，奈何。回庙，困卧。

天头文字：《灵兰秘典》曰："心者，君主之官，神明出焉。肺者，相传之官，治节出焉。肝者，将军之官，谋虑出焉。胆者，中正之官，决断出焉。膻者，臣使之官，喜乐出焉。脾胃者，仓廪之官，五味出焉。大肠者，传导之官，变化出焉。小肠者，受盛之官，化物出焉。肾者，作强之官，伎巧出焉。三焦者，决渎之官，水道出焉。膀胱者，州都之官，津液藏焉。气化则能出矣。内经五脏六腑十二官论。”冬至月廿八日三鼓录识。

望日(7月10日)　(十三日小暑。)七钟起。诣大悲坛，叩祝焚香。陞来报签分山东。

天头文字:《抱朴子》:或问辟五兵之道。郑君云:“但诵五兵之名亦有验。刀名大房，又名脱光，虚星主之。弓名曲张，氐星主之。矢名彷徨，又名续长，荧惑主之。剑名太伤，又名飞扬，角星主之。弩名远望，参星主之。戟名大将军，参星主之。临战时，当细祝之。兵者，戈戟矛剑之总名。五兵:戈、殳、戟、酋矛、夷矛。”(《事物原会》卷第二十一)腊月初四日午刻，录识于太学韩文公祠内寓室。

十六日(7月11日)　七钟起。饭后，即困卧多半日，无聊之至。晚，到馆。十钟回，睡。

十七日(7月12日)　八钟起。饭后，午间困卧。酉初醒。待史匠未至，焦盼，无奈。早卧。

十八日(7月13日)　八钟起。午后，史匠携来现借银二百两，暂未立折，此举可为太息。五钟，赴聚增支存银钱。三阳馆吃饭。雨，回庙，初鼓。

十九日(7月14日)　七钟起。九钟赴吏部演礼，内大堂悬挂嘉庆二十四年御制吏部箴匾，尚书英和恭书，满汉合璧，内有句云“首冠六部，总理百官。佐朕用舍，社稷永安”等诰。见改新内阁叙官等局矣。仰瞻之下，不胜今昔之感。回庙，倦睡一日。晚，到馆。二鼓卧。是日，命成回家取影白，并送钱借钱，代人赎朝珠，送盛信。

天头文字:《六典》:唐御本书有四部，甲为经，乙为史，丙为子，丁为集，分作四库。沈佺期知史库，武平一知子库，薛稷知集库，马怀素知经库。胡应麟《笔丛》:书之分四部也，实自魏荀勖。始修行击木鱼者，以鱼在水中，昼夜不合目，修行者忘寐如鱼，可化龙，即凡入圣。隋唐间，名僧志林所创。（《事物原会》十一卷）腊月初五日酉刻录。

二十日（7月15日） 六钟起。七钟馀，带长龄进内，吏部旧公所坐候。九钟馀，排班诣内阁，验放，礼毕，出东华门。到宝侍郎处递帖，再到徐丞寓拜见，面谈东省梗概及工程处留差酌办奏咨等事。回庙，食后，午刻即睡。至掌灯醒，少食，初鼓又睡。

二十一日（7月16日） 七钟起。补写日记。欲到工程处，未果。阴热，午吃茶包。申刻，李吏送来礼部鸿胪司谢恩执照，须到省同阁照回缴。

二十二日（7月17日） 七钟起。午前到方家胡同升制军家。访尚子绶，坐待，久谭。俟徐丞同看房毕，偕哈子翕等乘人力车到馆。回庙，早睡。

天头文字：深户映花关纸窗。茅屋栽就潇湘。万竿竹梢云拂日，染出一庭浓绿石床。倚枕处。茶初熟。中有高人栖迟空谷。冰雪潆洄，绝尘俗。欲遗杂佩，采采露兰霜菊。相思何处也，人如玉。右调《感皇恩》，彭羡门题北隐山房。（《屑玉丛谭》四集《延露词》）腊月初十日二鼓，明月照窗，盆梅初放，寒香乍启，幽旷寂寥，录于太学韩文公祠寓。

二十三日（7月18日） 八钟起。午饭后即倦卧。连月无聊之至，烦闷穷愁，少食未睡。

二十四日（7月19日） 初伏。七钟起。少食，赴吏部大堂藤花厅，见改内阁叙官局，画押领照，赏长班银四圆。出正阳门，拜宗梓山学部。唐大臣进城，拜荣中堂、秦嘏庵。回家，看保寿孙，颇见健壮丰腴，可喜。少坐，回庙。给长龄钱。自办晚餐。是日，热甚。晚，雨，展转，四鼓睡。

二十五日（7月20日） 七钟起。午饭后即困卧。胸膈堵塞，无精打彩，不知如何心定耶？早卧。

二十六日（7月21日） 七钟起。午前，徐丞回拜，来言留工事。

无聊，逐日强忍。早卧。

天头文字：叶浦州南岩示疮药方：端午日，取韭菜捣汁，和石灰杵熟为饼，敷疮处，血即止。骨破亦可合。试之，有神效。《香祖笔记》：两广云贵多有蛊患，饮食后，咀嚼当即解。夷齐，谥也，见《论语》疏引《春秋少阳》。按，孔毅夫尝云："伯夷姓墨，名允，字公信。叔齐名智，字公达。"（《屑玉丛谭》四集《杨氏杂录》）嘉平十一日二鼓识于太学。

二十七日（7月22日） 七钟起。午前，同徐丞、双郎中赴十刹海看齐宅，及景侍郎房街前河内莲花盛开，少赏，到馆坐。回庙，早卧，雨。

二十八日（7月23日） 七钟起。阴雨不止，泥淖特甚。约访尚子绶，未果。镇日困闷，早卧。

二十九日（7月24日） 大暑，七钟起。午前，坐人力车到方家胡同访子绶，坐谈片刻，问房价，须候升制军回信。归庙早饭。到馆，与徐丞言，心急，早卧。

三十日（7月25日） 八钟起。六钟，成告假一日回家，即着借银钱送家。穷困无聊，度日如年，直不知待至何日。数月支持，殊不易也。烦闷，早睡。

闰六月

闰六月朔（7月26日） 六钟起。梳发。雇人力矮车赴西外农事试验场，至豳风堂饮茶，吃蒸食。赏莲花，领略荷气，复小步，倚石少坐。未后，回庙。补写日记。晚，赊会贤堂小菜三样。微饮酒，不禁酩酊，此亦苦中强求乐趣也，总属寂寥无味，奈何。方丈过谈。早卧。

天头文字：嘉禾周山人履靖《闲云馆集》诗，如："木落山容减，蘋开浦色添。""屋窄云俱在，瓢空鹤并饥。""花发溪前树，云生屋后山。""竹炉烹紫菀，棐几注丹经。""池水碧于染，山云淡若空。""棹迹分开溪藻绿，屐痕踏破野花香。""落叶打窗疑夜雨，乱松迷径杂秋烟。""静听山果因风落，笑看溪云隔水生。”（《笠夫杂录》，《盾玉丛谭》卷一）嘉平十三日录于太学。

初二日(7月27日) 七钟起。饭后，睡。申刻到馆，见徐丞，谈次日领工程银十七万两。回庙，早卧。

初三日(7月28日) 八钟起。饭后，少憩，小雨。松御史来。致辞双履安买房函。申初，到馆，与监僚酌核划归祭丁事宜。挈成包倭瓜，煮饽饽食。早卧。

初四日(7月29日) 中伏，六钟起。饭后，烦闷到馆，接尚紫绶送来房单三百二十间。祥送药。子睡。

初五日(7月30日) 六钟起。饭后，困闷，着成上聚增借银二十两。到馆。鸿做倭瓜馅送来，晚，同成包食。闻傻和尚少疾，已愈，心安，备送李席票。早卧。

天头文字：国家危殆之际，黎庶涂炭之时，财货匮竭，米珠薪桂，兵骄卒惰，统带无律，无良反戈者多，尽心御侮者少。加之阴谋险诈，强梁吞噬，叛逆扰害，天下骚动。妄引夷制，肆口狂吠，欲使数千年之中华纲常伦理、礼乐政治尽变为外夷之俗，此万古未有之事。无论智愚，而向此者多，殆世生妖孽，与亘古此大劫运。上天早降好生之德，祸乱即平，天下国家、庶民生灵幸甚。

初六日(7月31日) 六钟起。梳发。借庙车到海岱门外荷苞厂李寓道谢。送票至前门斌升楼。带成午饭，甚得味，尤廉。第一楼买皮玉翎管一枝，八金。欲听戏，未果。回庙，到馆，见徐丞云，已留工，志之。晚夜，睡。

初七日(8月1日) 八钟起。清晨大雨。漫录悟一子玉华州“明大道必藉师传，得道不传遏天道，得道轻传亵天宝。玉华，玉液还丹也”云云。午后，昏睡至晚，复沉困。未餐，展衾梦腾，夜睡无聊。

初八日(8月2日) 七钟起。早餐。复兴厂来商运存举场至公堂等处木料收放地处。晚，赊会贤堂菜饭。李吏缴回果席票。夜，展转未能睡。

天头文字：匆匆荏苒，余年周甲矣。幼即孤寒微末，浮沈于今四十七年矣。身经乱离三次，万古千辛，奔波落魄，殆无少间。家计盐米，罔不谋画。一家坐食，实属难堪，尚复浪费，虚縻盗窃，典卖搜掘无遗，近日目昏胸塞，直此死生难保之时，尤须按日逐人，筹奉银钱供养，而所得觍颜忍受之薪金，尚多不敷。年近岁逼，债累何偿？家孽之重如此，殆前因也，何辜死而后已。十二月十四日四鼓肝痛不寐，自怜自泣，记于太学文公祠寓。

初九日(8月3日) 九钟起。早接徐丞定兴来函。午睡，夕瞟院中，看蝠盘旋。无聊，早卧。

初十日(8月4日) 八钟起。早欲回家，未果，勉强梳发。饭后，即困睡。申初，着景叫翔来。成不言假，晚未回。着长龄收拾监署庙寓。无聊闷塞。夜卧。

十一日(8月5日) 八钟起。早，李顺来服侍。翔来，酌计搬运物件行李。午后，到馆。董涌弼德院取来用印公件，行六处开工日期，奏底摽日。诚玉如处送补画奏稿。着长龄、孔福分往。史匠来。夜未睡。

十二日(8月6日) 八钟起。张罗做菜，吃饭。服役何用？逐日苦忍，心力交瘁，难矣。午睡，起，胸梗塞，督催盛装书箱及零星各物，又将搬移。五钟，又部署。晚餐，长龄做面。僮仆束手，费解。闷卧。

天头文字：国家危迫之时，臣子效忠之日，叛逆扰乱，官军剿除，皆千古不易之义也。武昌肇乱，官军克服汉阳，顺流而下，一举即平。外人干涉，展停讲和，何事与贼议和耶？待火势燎原，乱及各省，失机误事，延迟是日，是谁之咎？和事屡电无成，必致谬用外夷名色，妄曰共和，置君父朝廷于高阁，要挟号召天下。当时王权者，定国戡乱，靖逆安民，至理也。始终与叛讲和，殆不识其高才妙算也。腊月既望三鼓识于太学。

十三日(8月7日) 七钟起。饭后，雇工扛运木器送当铺，勉押银五十两，并寄放书箱三只，瓶、炉等件，箱一只。午后，又运往国子监署随用物件、木器、厨具。翔、龄洒扫。晚，大雷雨，又筹备饭。烦卧。

十四日(8月8日) 七钟起。早着成到聚增支银二十两，共用去借银百两矣，可叹可畏。到馆。晚，辞僧寮，赏役五十千。长龄收拾监房，筹二餐。郁极，卧。

望日(8月9日) 立秋。六钟起。清晨，庙内大悲坛叩拜谢佑，默祷以后心求种切如愿。午前，到馆，督饬成、翔二僮捡点搬运一切物件，交清庙寓，寄存桌匾。午后，到监，移寓文公祠内旧舍，并西厢屋为下房。长龄购雇工料，补葺安置，草草将就。厨房备赊饭。热甚，乏卧。

天头文字：当此国家危殆，廷臣束手，所以指望转危为安者，内阁一权臣，大军延宕数月，内帑库藏，罗掘已空，饷糈縻费钜万，日与逆党伍廷芳往覆电论，旷日延时，殆无定议。直至此时，仍用外夷名目，辄曰共和。以历古至今数千百纪之中华，将至变而夷，更将为历传忠孝礼义纲纪伦常，亦渐化为沦胥。主持是举，固系叛逆之行，何当权者亦为若是耶？千载之下，自有公论。腊月既望二鼓后识。

十六日(8月10日) 五钟起，是日为开工吉期，承修大臣及监督、监修等，均到西厢工程处，部署尚多，酌备派陞监督。月支薪水五十两，常川住工同事为吴传绮，分住恩联、衡彬。午后，拟办转咨内阁留工缴照，并咨山东，附履历文件。领存工程处月费四百两。四钟，食早饭，并办杂务。乏极，卧。

十七日(8月11日) 八钟起。早餐，勉食面。长龄赴弼德院，画簿用印。午后，到馆，感触。小焦梳发。三钟，到护国寺牛奶铺，遇联御史，少谈，喝酪。复折回，往返觅车，可恶，致误回家。到监酉刻矣。见买熟食。九钟，吃成弟买桃，甚甘，并给成一枚。晚间，送承修大臣名址单。闷卧。

天头文字：即以共和名目定局，尊奉君上，谬加虚号，政出宁氏，祭则寡人，亦不过苟延喘息，任人指挥。变换无常，毫厘千里。就以叛党而论，天良灭绝，君父伦理已无，何能长持信义，历久固守不改乎？巧饰诈伪，奸险阴毒，无有昏心浅识之辈，动曰便利，直代贼党游说，鼓惑愚蒙，将使天下之人尽成叛逆，以匡他人倾覆家国之阴谋，痛哉！可恨极矣！所不……十二月既望初鼓。

十八日(8月12日) 一钟起。早饭后，又困卧。欲回家，未果。晚，翔来，送职名、玉米，复饬买药。转倩写黑面履历。屋小，湿热无风。饮食不调，悔早移。晚，卧。

十九日(8月13日) 七钟起。未早餐，即运前存至公堂木料，储藏监署、广业等三堂内。未刻，赴图书馆，派役买桃。来回坐人力车，勉强。晚餐，苦，早卧。

二十日(8月14日) 六钟起。徐丞、宗郎中来议公事。工程处诚参议及衡恩议公事。是日，为各厂近匠之始。初定月项经费各款目。午后，食公饭。复看运木料。高典簿来言祭丁事。晚，购米面。操劳，早卧。

天头文字：近闻大势已有共和一说，又有尊奉我皇帝号称圣皇，浮文虚字，作何实用？直如庙埭神像，供奉而已。如此强迫逼胁，狂病丧心，巧言饰诱，将愚天下之人心，恐天下之人未必尽在迷瞢昏惘之间耳。谋倾家国之辈，何所不至？其叛逆各军，数白论黑之士以及甘心从贼反噬其主者，直犬豕之不如，盖妖孽扰害，运际当此，奈何！不禁忾叹。嘉平既望酉刻识于太学韩文公祠寓。

二十一日(8月15日) 七钟起。午刻，接收二十六厂联号领款公呈，及分工认呈，共五张，随粘做工单四折。六钟，饬孔福送呈徐丞。长龄自弼德院取回行山东留工文及咨呈内阁留工缴照，并附履历文二件，札子一件，转送吴传绮札子。本日工程无事。电问海军部送文事。五钟，晤衡、王二监督，少谈。因雷雨，各归。翔送药来。昼甚热。晚少凉，睡。

二十二日(8月16日) 七钟起。午前，同事吴季白来，工程处晤谈。命长龄亟送内阁留工文及照二张，履历一纸并附。命翔亟送咨山东巡抚留工文、履历。电致海军部，交霁转提塘较速，便立日记，随登簿。自十六开工奏明起，二十日进匠，十日报。闷卧。

天头文字：孙汶固一无赖小人耳。数年前严缉，逃窜潜伏，外洋代为掩匿，不敢声露。此次叛军肇事，一旦逆党即举为伪大统领之名，其蓄谋已久，乘时而发。而主持其事者，阴谋毒计，虽不显露，不待智者，自已识破其伎量。彼一无赖小人，竟能叛逆，使俯从扰乱天下，有以也。逆党甘心为他人作伥，愿遂阴谋者，是盖劫运使然耳。芟除有时，拭目待之。嘉平望三鼓再识。

二十三日(8月17日) 七钟起。午后，倦卧。致徐丞电。阴雨陡凉。霁来函。无聊，早卧。

二十四日(8月18日) 七钟起。早，李幼庵来，言拟奏派承修大臣折底。致尚子绶函，得覆云房价，即函知徐丞。晚，吴季白到工。与衡子惠谈进匠，因雨止工一日，到当月处。与松祺谈。鸿回家。乍凉。早卧。

二十五日(8月19日) 七钟起。工处晤彭同九，极致谢。午前，到图书馆，候见徐丞，面辞总办，仍留科长，并言购房还债一事。给三万金。五钟回工程处，与吴、衡、恩三公商食事。晚，电学部奏事期，登日记。卧。

天头文字：近日之叛逆，皆系添练各镇之军，其统带各员，并无久历戎行之人，率皆外洋卒业之学生，不考其材，辄任用之。其中更有因贿赂进者，军皆新募，毫无纪律。约束无方，一旦扞御，官军皆叛，反戈相向。平日教练饷糈，朝廷糜费无数，巨款养待，临时如此，可谓蓄置一群反噬庬也。人心何致无良若是！抑别有阴为预置者？可叹！嘉平望二鼓识于太学。

二十六日(8月20日) 七钟起。致秦嘏庵函，及奏稿。午后，徐丞来谈公事。写取户部银行印押模式，到当月处。秦嘏庵来。剃发。晚，至方家胡同，访尚紫绶，言买房，还价三万金，不售。无味，摸黑回监。晚饭，早卧。

二十七日(8月21日) 八钟起。夜内递奏派折。长龄去，午刻回，云即晚间接学部来交片，奉旨荣奏请旨简派大员会同承修要工一折，著毋庸添派。钦此。午间，致衡子惠函。工程处与吴季白谈，贻我豆蚪。晚，热，早卧。

二十八日(8月22日) 七钟起。早间接到徐丞函示，面奉荣中堂谕，前经寿大臣所派监督等各员均著照旧供差，即着书手缮具知会，分送各员。午，拜荣中堂、寿将军。国子丞徐参诚议。回家，看保寿孙，极见壮长。食烧卖。乘车，大雨，回监署。晚，勉食市饼。写日记。雨不止。早卧。

天头文字：国家危殆之际，黎庶涂炭之时，外夷阴险，强梁叛逆，凶肆扰害，生成妖孽，劫运或然。惟人心风俗，久已浇薄，固早为识者晓然。而思乱者，何其多也。朝廷行政，待士之厚，历古未有，何蓄养各军临时反戈？盖平素所练各镇，尽为奸宄。预备谋人家国者，阴毒之计已成。我朝行仁布泽，毫无苛虐之政，久敷天下，因此么麽，何致坐以待毙？天下生灵，吁呼上天鉴察，幸垂好生之德焉。十二月十四日三鼓又识。

二十九日(8月23日) 八钟起。早，阴雨不止。未刻，晴，较凉。闷，倦卧。饬役分送各监督知会。李柏林送回奏稿，画押。翔送药来。致住禁烟所耆公信。晚，各厂呈递五日报，拟呈十日禀承修文帖。写日记。无聊，早睡。

七月

七月朔(8月24日) 处暑。七钟起。早，徐丞来函。未刻，覆函。早，著长龄赴弼德院借用印信，转请荣相画稿，即咨呈内阁及学部典礼院原奏。晚，具十日工程报禀，送呈荣相，发给工程处吏役工食茶烛银六十两，内购铁箱十六两。酉刻，大雷雨。二鼓，倦甚，写日记。收齐存放木料。闷卧。

天头文字：外夷近又出为展期停战，和议尚不可定，并未闻外人如何展期之内筹画调楚，只代叛逆等缓延以作预备耳。而无知之辈，均以共和为便，是皆自私之谋。若果行之，则天地间，尚复有君父纪纲伦理者乎？逼胁朝廷行揖让之事，试问尧舜禅逊，是此等行为乎？狂吠不足责也，尤当拭目以观当权执事所作为焉。十二月十四日酉初识于太学。

初二日(8月25日) 七钟起。早，荣中堂来工，坐谈一时，请标堂谕。午睡。衡、吴过访，叙谈。晚，吴约福全馆便饭。初鼓同回工程处，少坐。归庙寓，写日记。睡。

初三日(8月26日) 八钟起。早食厨饭，无味。成回家。送钱广泰祥，斟酌取衣，德兴打纸。欲到馆，未去。同吴、衡二公酌棋。工程无工作。成棣送桃五大个。闷卧。

初四日(8月27日) 八钟起。午倦。喜来修炉。监督衡子惠过谈。工程无事。早卧。

天头文字：袁公入阁，总理庶政，而百官擢用，半多私人。在廷诸大臣，纷纷告退，意在避难苟安，甚有携资远遁者。平日高官厚禄，临时全身远害，不顾国家危殆。而朝廷屡下哀痛之诏，每读令人不禁泣下，何忍言辞？君辱臣死之说，殆不足责矣。兵事迭次展期，与叛逆说和，如此延宕，不知伊于胡底？刻下惟望即持定识定力，合全军与逆一战，以伸士气，勿过竞持失时也。腊月初三日初鼓识。

初五日(8月28日) 八钟起。勉强早餐。午后到馆，支总办薪水，两个月六十金。来回坐人力车。收万丰等厂五日报。到工程处，少谈。饬役问徐丞安。写日记。成回。晚餐又不能饱，无奈。早卧。

初六日(8月29日) 八钟起。早晨诣庙，饬匠役各厂停放架木。衡子惠下班。午后，徐丞来商公事，借监库存放铁箱，收藏契折。驻工监督三员，支闰六月分津贴一百三十两，由经费馀存权移，即交季白。写日记，研墨存盒。晚，雨，炖肉，听金钟，睡。

初七日(8月30日) 九钟起。一日夜大风不止。午睡，甚凉。

晚，无聊幽闷，看书，早卧。

天头文字：十一月十二日，看《爱国报》述福州来函，云叛逆伪都督孙牌委前侍御江春霖为兴泉永道。江到省，见孙略周旋，即发指怒骂，谓朝廷不幸有此贼，福建不幸有此官，孙氏不幸有此子。侍弁震慑，孙微笑，江乘轿直出，赴咨议局，众欢接待，宴酒数巡。江自述某高曾祖父未仕，某区区御史，然不肯作此等事。公等祖父世受国恩，何竟如此。推翻筵席，出而登舟回籍。众鼓掌以为野蛮。阅之少慰，天下有气骨者。是日三鼓识。

初八日（8月31日）　八钟起。午前晴。午后步街梳发，回寓烦闷。翔回买药。看书，卧。

初九日（9月1日）　九钟起。午后赴北新桥剃头。复兴等厂扎缚架木。躁热闷，早卧。

初十日（9月2日）　九钟起。早，松某来。午后，各厂递报五日工做单，并见有铜钉数目单。在工与恩、衡监督谈。季白约酒饭。晚，拟报禀周吏，交清工程处历案文件。翔送药及木瓜、藏香来。写日记，早卧。

十一日（9月3日）　九钟起。昨夜烦绪未寐。拟十日报呈承修大臣，截算经费，登簿。衡子惠来，面交津贴三十金，贻我木瓜。阴雨，凉甚。迷惘，早卧。

十二日（9月4日）　七钟起。午后二钟，借广化寺车赴恩翊庭家贺喜，少谈。回家，看保寿孙，精神结实，交喜金二金，砌墙。回监署，卧。

天头文字：宣统三年辛亥八月十九日，武昌失陷，总督瑞澂、提督张彪均逃遁矣。派廕昌督兵征剿，未几派袁世凯为湖广总督、钦差大臣，节制水陆各军。未临前敌，即入阁选为总理。天下想望风采者以为必有措置经纬，奠安底定，惟见更改旧制，任用私人，先朝廷而拟旨，使帝尊以用宝。监国逊位，大臣唯随奉太后、皇帝为监印官而已。

十三日（9月5日）　午刻起。饭后倦卧。荫保来。在工，与吴、衡谈。晚,看明月清亮。早卧。

十四日(9月6日) 九钟起。午前,总监督诚玉如来言公事。午后,到工。未刻,到馆。梳发,换钱。申刻,赴车儿胡同,缴回保结文。美定做饽饽。沿摄政王府前河堤,望初升皓月如昼。回监,勉食,早卧。

十五日(9月7日) 八钟起。午前,徐丞来言公事。提大清银行息折,即传知各厂商具结支领正项。未刻,在工,酌棋。晚,衡子惠约福全馆酒饭。初鼓回。满街灯月交辉,觉世界繁新。命成诣广化寺送善会二金,并出前门购药。翔回家。早卧。

十六日(9月8日) 八钟起。徐、诚二总监督到工,传集二十六厂商具领工程经费,发给五万两,初次少谈。饭后睡。晚,写日记及公事。早卧。

天头文字:汉阳克复,一鼓则下武昌。偏有英人出而干预,停战议和,失机可恨。用一不才之唐绍怡,屡展议期,明是挫懈我士气。逆辈续集兵力,各省逆匪并起交扰耳,延宕多日。彼逆丛集,以为民军必欲改革,此非议和,直是求和,逼迫朝廷惟以天下生民为念,无一不从,亦甚可哀怜矣。袁总理措置天下之高才伟力,国家四海,黎民生灵,均拭目而望待焉。冬月十一日三鼓。

十七日(9月9日) 白露。八钟起。饭后午睡。荣宝斋送石印《西楼帖》。晚,微雨,看丛书。早卧。

十八日(9月10日) 十钟起。饭后到庙,看扎架木。到西厢工次,面交吴季白七月分津贴五十两。成上东单牌楼购药。包福送来董四墓园枣儿一大袱。天气乍寒,秋意殊觉寂寞凄凉。无聊,早卧。

十九日(9月11日) 九钟起。诚玉如来谈,为监修陈以丰漏知事。复兴等厂商面禀揭墁院砖,请示遵办。发书手笔墨工食十六两,听差长龄等七名茶烛煤火共三十两,均七月分开支者。致诚、徐二总监督、厂商认满墁地砖二函。晚,阴雨凄凉,早卧。

天头文字:国朝钱大昕《恒言录》:"赵牧诗:'手挼六十花甲子,循环落落如弄珠。'见《唐诗纪事》,据此则六十花甲子之说由来久矣。"又《癸辛类稿》引《净度经》云:"所司神明听察,一月六奏,有六斋日。一岁三覆,为正月、七月、十月,则与正、五、九之说又不同。"(《茶香室续钞》第一卷)九月初二日初鼓后录于文公祠寓。

二十日(9月12日) 九钟起。未刻,徐丞来商公事。命成回家调药。厂商请定验砖期。撰十日报,厂商递五日禀。长龄购秋海棠四盆。写日记簿,看知不足斋《鉴诫录》。新秋乍凉,旅居寂寞。早卧。

二十一日(9月13日) 八钟起。送荣中堂工程十日报。高典簿来商公事。未刻,大雨一阵。整顿秋海棠,洒扫寓室,烹茶,看《松窗百说》。秋雨淋漓,旅馆岑寂。交衡子惠月薪。成制药,踏泥回。早卧。

二十二日(9月14日) 九钟起。一日大雨。衡公过谈。翔取来月饼分送衡、吴二公。秋凉,早睡。

天头文字:宋叶梦得《石林燕语》:"官司正门里皆于中间用小木龛供佛,曰不动尊,虽禁中诸司皆然。其意亦本吏畏罢斥,事之极恭。"有一生书"员"字,"口"作"厶"者,责之,以通用对,即以勾句、台吕、允兄、吉去八字使通之。众惊服。又有云,台州吕儿县,改作吕州台儿县,可乎?(《茶香室丛钞》十五卷)九月朔初鼓录于太学。

二十三日(9月15日) 九钟起。诚(如玉)[玉如]来,补传郎中陈以丰、陆大湘到工监修。午间,诣庙看扎缚亭架。与商刘某言墁砖工程。各厂禀先修龛案。徐丞及王典籍来商公事。备纸书牌。晚,凉,早睡。

二十四日(9月16日) 九钟起。致诚玉如函。恭看神牌式样。行常绪堂分子。到馆,取费。五钟,约衡、吴二监督会贤堂果席酒饭。二鼓,雇车回庙,卧。

二十五日(9月17日) 十钟起。午后饭。到工,与奕重谈。各厂递报当月处。访松。早卧。

天头文字：做闲人，身最安。无辱无荣，无恼无烦，朝来不怕晨鸡唤，直睡到红日三竿。起来时，篱边草要芟，花边土要翻，香蔬鲜果寻常馔，只听得流水潺潺，鸟语关关。顽儿痴女跟随惯，绿蓑青笠随时扮。也有几个好相知，常来看看。挂一幅轻帆，直到我堂湾。带几句没要紧闲谈，细细扳，买碎鱼一碗。挑野菜，几般暖。出三壶白酒，吃到夜静更阑。（《冷庐杂识》卷八徐灵胎道情《邱园乐》）二十四日二鼓后无聊，录于太学文公祠寓。

二十六日（9月18日） 九钟起。监署演礼。徐丞来商拟工程及恭书神牌尺寸。陈、陆二监修初到工。昨夜小红蛛往来眉颊，是何喜兆？早睡。

二十七日（9月19日） 十钟起。午后饭。昨捡敝囊，失去典物银票四张，二十四两，可恨之至。此肘腋之患，甚于盗贼，已经屡次，天良安在？认命而已。山东五岁童子江希张来监，未得晤。与月亭谈。懊卧。

二十八日（9月20日） 九钟起。午饭菜包。丢银恨闷。晚，大风，雷雨。无聊，看书。早卧。

二十九日（9月21日） 九钟起。午后饭。到庙，厂商呈样瓦。拟十日报，算账，捡点物。早卧。

八月

八月朔（9月22日） 九钟起。午刻，徐丞来谈公事。致诚玉如函示，各厂暂停工四日。二钟，携成回家，抱孙，极见长，坚壮。晚，与霁回话。阴雨，早睡。

初二日（9月23日） 十钟起。风雨一日。宿潜云堂，看松竹翠茂，与孙小和尚嬉笑。三鼓，睡。

初三日（9月24日） 秋分，丁祭。八钟起。雇车上坟。出城，至白堆子，泥淖太甚。未西往，即回至虾米居。三钟，吃早饭，并还账。进城，至钱衣等铺换钱，及德兴纸还欠。街前遇托兴、恩盛诸人，立谈，回。昨家中携孙食烤肉，甚乐。早卧。

初四日(9月25日) 十钟起。三钟，衡子惠来，少谈。晚，三阳饭。灯下，抱孙嬉乐。捡书，早卧，三鼓。

初五日(9月26日) 十钟起。饭后三钟，赴监署寓，接工做。回拜衡，未晤。补写日记。成侍。早卧。

初六日(9月27日) 七钟起。午前，徐丞、诚参、宗郎中及柯主事等来工，验看琉璃样瓦四种。在寓，与徐、宗谈。饬吏写禀。倦，早卧。

天头文字：宋浦城詹应之慥怀《示邻里》诗云："断墙著雨蜗成字，老屋无声燕作家。"元善《幽居》诗云："投老安闲世味疏，深深水竹葺幽居。床头昨夜风吹落，多是经年未报书。"（陆敬安《冷庐杂识》）二十六日三鼓无聊录于太学韩文公祠寓。

初七日(9月28日) 十钟起。午餐。胸膈不快。衡公过谈二时。晚，命成新桥买布。闷，早卧。

初八日(9月29日) 九钟起。胸膈郁塞，服山楂丸。午后，在工，与重、王等谈。申初，到馆，裁缮牌纸。电询学部。到荫保家。游护国寺。回寓，早卧。

初九日(9月30日) 六钟起。徐电覆函送大清银行折。午后，到工，交给吴监督请荣中堂阅画各簿。成晨[离]家，晚尚未归，沽市食，闷卧。晚，接徐丞饬孔福赍来津贴，银行活支银二百两。另又函。

初十日(10月1日) 十钟起。午后诣庙，拟十日报吴监督，赴相府画簿。鸿、翔来。广化寺方丈清朗节送馒首、菜蔬。晚，电徐堂验木。早卧。

天头文字：程嗣立有句云："满头白发来偏早，信手黄金去已多。"刘芙初太史嗣绾句云："万念总由蚕自缚，一生只有蠹相怜。"二诗颇与予写照。二十日二鼓后寒月初升，斗室枯坐。陆敬安《冷庐杂识》，捡录于太学文公祠内。

十一日(10月2日) 八钟起。午后，在工，与宗梓山验看木料，五人谈。三鼓(疑作“钟”),饬董涌送荣中堂宅十日报。徐丞面交提折,即存库木样、留工。早卧。

十二日(10月3日) 八钟起。午刻诣彝伦堂东西二堂,恭录合璧神牌一百八十四尊,并崇圣祠供奉者。六钟,书讫。晚,早卧。

十三日(10月4日) 九钟起。午前,徐丞来谈公事。取息折四。公柜厂商面请,即日先揭大成殿瓦,遂赴图书馆见丞面陈,候覆,少坐。回,交桂牌位簿。早卧。

十四日(10月5日) 九钟起。午后,命成、翔回家送节债,荆六金媳孙三金,鸿、翔各四金,成五金,共二十二金。工、馆二处,长龄、龚和四金,差役等六十八千。十分无奈事也。阴寒幽寂,太息。送吴季白、衡子惠二监督本月分津贴银八十两正。发周吏五名工食笔墨十六两。长龄等役七名及茶烛三十金。祠寓旅居枯坐,销算官项私债,甚难过也。晚,市食不饱。李顺送馆金十六,即付节赏。鸿来索劫债。成八钟馀回。阴雨,孑身,愤闷无聊。徐电问。心苦,息卧。

天头文字:身神及诸神名异者:脑神曰觉元,发神曰玄华,目神曰虚监,鼻神曰冲龙王,舌神曰始梁。山气多男,泽气多女,水气多喑,风气多聋,木气多伛,石气多力,阻险气多瘿,暑气多残,云气多寿,谷气多痺,丘气多尪,衍气多仁,陵气多贪。饮酒者肝气微,则面青,心气微则面赤。(《广知》,《酉阳杂俎》)十九日晨录。

中秋节望(10月6日) 九钟起。午初,徐丞拜庙礼成,过寓,面交大清总银行储蓄两处二息折,即存监库。命翔买节食。在寓晚餐。望月,卧。

天头文字:《史记》:“侯之门,仁义存。”《庄子·外篇·胠箧》:“彼窃钩者诛,窃国者为诸侯。”盖言是非无定,成则为是,仁暴无常,贵则称仁,甚愤之辞也。(于文定公《读史漫录》第二卷)十七日初鼓寂坐,偶录于太学内韩文公祠工程寓所。

十六日(10月7日) (午夜明月极皎洁。)八钟起。万丰、复兴商人及公柜各厂商来寓,面示本日徐电,准揭大成殿瓦。商等请于本年开运碑石，即函致徐、诚二总司酌核，候覆。午前，监修王文治来，请咨山东、内阁留工文。一钟后，早餐，谕各役。衡、恩二监督来谈。吴监督回。鸿来。凉，早卧。

十七日(10月8日)　九钟起。早，饬役取徐函示，以因款且免运石，即知各厂。申刻，到工，与吴季白酌棋一局。晚，乍凉，升火一小炉。写日记，看《读史漫录》。卧。

十八日(10月9日)　寒露。十钟起。问各厂揭瓦，催工。申刻，步东街，剃发，买食物。庙前遇诚总司来工，面商碑石一事，即传知公柜各厂妥筹，候示。晚接东陵承修用典礼院印咨文一件。食火锅，果腹。早卧。

天头文字：汉李延(歌年)[年歌]："北方有佳人，绝世而独立，一顾倾人城，再顾人国倾。宁不知倾城与倾国，佳人难再得。"(《古诗源》)十月廿三日二鼓后，天气严寒，劲风凛烈，余于国学韩文公祠内斗室拥炉枯坐，孑身穷愁，左右无人，寂莫凄楚，心苦力竭，生不如死，信然。随手繙阅古诗，漫录之。

十九日(10月10日)　(邸报，夜间武昌失守。)七钟起。录《酉阳杂俎·广知》三节。三钟，挈成回家觅贼。翔取回偷窃朝珠当票二十两一纸。狼心狗肺，实令人愤恨。回工寓，已初鼓。后门外沽食，气塞难咽。电致徐、诚二总司。金平来，未见。太息，卧。

二十日(10月11日)　十钟起。厂商面禀碑石事。申刻，进庙看揭檐上二层琉璃瓦片。撰具十日报。写日记。戌，晚饭。胸膈懑塞，无聊，凉风凄其。早卧。

二十一日(10月12日)　十钟起。杨兰坡来，贻小瓜。高菊轩来，谈公事。衡子惠监督来。下班。荣中堂处饬长龄送十日报，并着赎朝珠本利二十两六钱。可恨可叹。三钟，东牌楼邂逅某可，未即交言，甚追悔，须寻乘人力车至隆福寺花肆，购小株香橼二盆，文奎书肆少坐，购《西湖拾遗》一部，十六本。雇坐人力车回监署。晚饭，心有所思。早卧。

天头文字：此省革军，彼省乱匪。此曰共和，彼曰民主。内而资政，外而咨议。诸多名目，不外叛逆二字。党亦繁多矣，内阁主持天下，须用朝廷名号召。我皇帝冲龄，左右辅翼，虽有二太保，只供用宝，曷敢干涉政事？行政用人，均归内阁。朝廷端拱而已。催逼立宪，已成之效验也，外夷之奸谋已成，未便即动者，彼辈互相觊觎牵掣，有碍也。痛哉！十月廿三夜三鼓，不寐偶识。

二十二日（10月13日） 九钟起。毕旺、兰坡来。午后饭。成回家，并着到永兴、广泰祥。二钟，荣相国来，在西厢面谈二刻，随至庙内看视工程，并面谕一切。四钟，步街闲望，茶肆酒饭。徐丞来谈，询商碑工。三鼓，卧。

二十三日（10月14日） 十钟起。早晚强买市食，不饱。鸿来，购七珍丹，带回。李顺代成告假二日。官役均未来候。欲上街，未果。拥炉看书。（晚，孤栖卧。）

天头文字：成僮畜养三年，无一不周，以为亲近可靠。旅居在外，左右有人，处之若家人父子，盖亦由有所激之耳。孰意无行无耻，殊属异常。而余羁旅孑身，愁黯无聊，家无可家，业无为业，投无所投，止无所止，穷困艰辛，无人过问，尤须努力挣持，藉少薪金以奉阖家坐食之供用。此等苦累凄楚，向谁言也？兼之国家天下可虑，何我生之不辰也！十月廿七四鼓识于太学文公祠寓。

二十四日（10月15日） 十钟起。早，着三小子买市食。申初，到庙，看盖瓦全揭。步东牌楼外进二条，顺安定大街，由箭场回寓。自做晚餐。叹息，卧。

二十五日（10月16日） 十钟起。自行洒扫，自做饭食。僮仆均未在侧，已四日矣，可笑可恶。到庙，看工，步东牌楼，过五道营，至安定门大姐，仍由旧路望雍和宫佛楼回寓。万丰等厂递五日报。晚，与吴季白谈。致总监督徐、诚二电。孑身，左右无人，可叹。闷卧。

二十六日（10月17日） 九钟起。二总司来工，运石暂止，不免延阁一年。午，买市食。早命长龄持函赴聚增存银三十金，借铜元二百千。广泰祥取绵袍褂。二钟，步东牌楼西大街回。到工，买食。无聊，早卧。

天头文字：八月十九日夜，鄂省练军变乱，总督瑞澂、提督张彪等均弃城遁。城中杀掠甚多。驻防兵对敌伤亡亦夥，叛者目之革军。推原东洋留学生黎元洪为大都督，所有历蓄枪炮军火、仓库银币，均被占据。朝廷命将出师，剿抚兼施，率多观望。两军对敌，尚用约期相战。逗遛二十馀日，而天下皆叛矣。曷胜叹哉！十月初五日大风雪，午前识。

二十七日(10月18日)　八钟起。先师圣诞行礼。午后，带长龄乘庙市买零用物件，购寿仙衣一，紫钩一，徐家紫一，老君眉三，花报瑶台一。定栽宋匠十株，买鸥波十二枚。五钟回寓，晚饭。成昨晚归。早卧。虾米居送来羊肉干三百块，贻衡百三十，吴三十，自食百四十。成为装榼盛包，粘签题字，殊觉费事费资，一笑识之。

二十八日(10月19日)　八钟起。午后饭。整理菊花。无聊之至。监督恩星五约，未去。晚，桂月亭来谈，并书牌字式。成昼睡晚出。无谓，闷卧。

天头文字：近闻政党革党民党等目，党之一字，如此之多，不外叛逆而已。此时不闻资政院集议如何御侮，如何拨乱，如何保安，如何整备，而只奏开党禁。向之放炸蛋奸细谋逆之辈，均可称为国热心、忠义之士。欺蔑朝廷，狂悖至极，尚复有天理人心、法度纲纪耶？千古以来，未之闻见也。九月二十日夜三鼓雨雪，识于韩文公祠内。

二十九日(10月20日)　十钟起。午饭。衡监督子惠来，假差半月。雇伧透裱糊匠二口，勉糊东屋棚窗。整理菊花。无聊之至，看小说。早卧。

三十日(10月21日)　七钟起。早备饭食，餐时，极不爽，焦躁，奈何。伧透裱糊匠二次极迟来工，要八千，难哉。为下房新糊棚躬自搬移物件，洒扫炕地，可叹。拟十日报，核算经费，月销记簿。连日钱流如水，靡费无当，心胸懊恼，强忍闷闷，卧。

九月

九月朔(10 月 22 日) （日食巳刻。）七钟起。徐丞来，谈公事。各厂面禀琉璃将次运到。李、杨来贷。未后，早餐。送承修大臣十日报。收拾房室。无聊，看书，卧。

天头文字：资政院奏：官军克复汉口，贼党败退武昌，而我军未能乘胜追逐，一鼓而下，是失机会。据院奏云，官军焚掠，商民被灾，流离失业，当与贼战时，何暇分别顺逆，反请要朝廷即发内帑振恤，而逆贼辈夺城戕官，淫掠官民，而改院致贼信函，并不敢过问一字。此等悖逆狂肆，千古未之闻也。主帅廕昌不认官军焚掳，尚在交讼。奉天解赴前敌军火为张绍曾劫留，反扬言不能打我同胞。此等举动，非贼而何？逼挟朝廷，命为宣慰大臣，欺君罔上，搅乱天下，实令人发指。十八日午后志于太学韩文公寄寓。

初二日(10 月 23 日) 十钟起。诚玉如来工，面谈续领款项，此后不易，才识可想而知。到庙，看工。至东牌楼外小屋剃发。怅快烦闷，无聊太息，早卧。

初三日(10 月 24 日) 霜降，十钟起。午后饭。成僮病。申刻，到工，晤彭同九商贺玉如处喜事备礼应酬。厂商面禀陆续运到琉璃。晚，沽市食，自操作。内阁知照山东、直隶州，恩光俟工竣赴东，由阁再行给咨，始为到省之日文一件。长龄会贤堂赊燕席，八两。风寒，早卧。

初四日(10 月 25 日) 十钟起。午后，自操作食。文奎书肆老王送留《癸巳杂稿》《耳食录》。命长龄置烛、酒等贺礼。强为扫地，浇菊。烦闷无聊，卧。

初五日(10 月 26 日) 十钟起。午后，餐。饬长龄送诚玉如处公贺幛席、烛酒。文奎堂送留《天咫偶闻》一部。宋某送来粗菊十盆，自行扫刷污泥。到工，看新运琉璃。东牌楼外梳发。步雍和宫门外，看狮。晚饭后，再理菊。长龄广铺借皮褂。厂递五日报。看书，卧。

初六日(10月27日) 七钟起。早赴诚玉如家贺喜。恶妇忽来,赶尽杀绝。予老命不死,不已孽哉!徐丞来,取借约二折一。今后存必死心矣,何辜!卧。

初七日(10月28日) 十钟起。午餐,整菊,寿仙楼初放。命成回家,借钱供奉老婆,暖当月处代。升制军来电。文奎堂送书来。晚,自做饭,谁怜!卧。

天头文字:庚子之后,朝廷卧薪尝胆,汲汲图治,诸臣动以参用外夷之制,兴学练兵,剥削天下货财。新近奸党甘为外夷作伥,而我如醉如痴,以致如斯。兹则堕彼术中矣。数年以来,养奸蓄逆,竭尽天下财利,临时反戈相向,灭绝天良,此非强迫立宪新政有以致之乎?天鉴之。十六日三鼓皓月当空,不寐记。

初八日(10月29日) 十钟起。午饭自操作。尚紫绶来,询昨陕西电,长谈,二时去。杨兰坡函知克复武汉。电成回,未换钱。市面张遑,极可虑。闷卧。

初九日(10月30日) 十钟起。午后,餐。各厂面禀角梁仍用黄花松木。浇菊。闷恹。囊将罄。晚,翔送花盆、棉毛窝来。无聊愤懑,百分忍耐,遭际可叹。卧。

初十日(10月31日) 九钟起。午饭。命成赴聚增,函取存票。拟工程十日报。连日市面不安,人情惶惑。富贵者潜移,扰乱者造谣。镇定何人?弥乱何人?若当此际,即如是张皇,后来更当如何?平日之嬉笑燕乐,至此仓皇失措,无识之辈,亦可慨见。其最可恶殛者,新政宪法留学生。资政、报馆洵是里外汉奸,即外夷之细作。而我甘心任之,费解。直此时事,奈何?守死善道,穷困坐毙,无法可愁。晚,接霁信。学部领现银。闷卧。恭读初十日上谕,实为奸媒叛党逼迫所致。我国家从此休矣,可为痛哭。新来旧去,孤立何辅?大事去矣!更觉晓然。为痛哭之至。

十一日(11月1日) 九钟起。午刻,徐丞来,言工程事,交存铁箱,储蓄存五万四百两折一个。看监署夹元宝分费。可叹。西厢与吴季白谈。命成再换取银，奉送家债。命长龄送升总督家信。烦卧。（送承修大臣十日报。）

天头文字：恭读十四日上谕，不禁涕泗。少具人心者，罔不痛哭。我国家为逆党奸贼辈挟制逼迫，至此极尽。资政院奏拟大清帝国皇帝统万世不易一条，是诚何语？儿戏之言，不直一噱。至其若干信条，均系硬夺君上之尊。无君无父之行，是为宪法耶？尚复是人是世乎？既望。

十二日（11月2日） 九钟起。午饭后，到图书馆。监督缪荃孙辞行。看夹银，可笑。成换银变钱。回，晚食火锅。此谓得过且过。无聊，奈何！卧。

天头文字：九月十二日资政院议事日表，第四会议提出，为融化满汉，宜速改革形式，挽危局而弥劫运。具奏案查，其心肺不过为剪发易服，全效外夷而已。此等技量，不值一哂，而欲化天下生民，通成鬼蜮为一耳！乱臣贼子，天必有时诛之。拭目待之。

十三日（11月3日） 八钟起。自作饭。午后，到工看视摘下角梁，及应换西南西北重檐四根及椽木。东牌楼外剃发。北新桥茶馆饮茶三碗。浇菊。晚，访吴季白，谈。致霁儿电，知会验料监督。闷卧。（清天皓月，夜色光朗，天象不晦，或承神佑庇耶？）

十四日（11月4日） 九钟起。午餐，日光暗淡，天阴，风冷。白玉楼三朵开放，质致娟洁。看报，可恨极矣。欲上街，未去。尚子绥来，胡云一阵。覆学部宗郎中电。赏菊。晚，电徐、诚二总司。烦懑无聊，穷困抑郁。卧。

望日（11月5日） 九钟起。午，徐丞来，取去储蓄折。随到工场西厢，与宗郎中等谈。晚，赏将开菊。厂呈五日报。无聊愁闷。霁来函。卧。

天头文字：十六日看外电报，两广、云贵、湖南、湖北、江西、安徽、陕西、甘肃、四川、山西、江苏等省，均叛军逆贼占据。资政院辈尚奏逼朝廷降旨，开释叛党，擢以官职。里应外合，不仆何待？外夷之奸谋成矣！我臣民平昔何为者，曷胜叹哉！十六日初鼓泣识。

十六日(11月6日) 九钟起。午饭。整菊，渗金葵、白玉楼、金背荷花、墨牡丹、紫钩、寿仙楼花、报瑶台均盛开。无聊之极，暂适朝夕耳。成晚饭后回自家办己事，仍须供给车费，难矣，不穷何？卧。值此国步艰难，内讧外侮，连日皓月，何反朗洁？费解。三鼓记。朝廷藩服大臣等眷属及汉员，少有资财者，均迁避于洋人租界，以为身家可暂保。尚谓之有天理人心乎？可叹！

十七日(11月7日) 十钟起。午饭。步东牌楼、雍和宫、北城根。平生初历也，随出安定门，立桥头，东瞻地坛垣壝。箭楼下买不全《山西通志》七本。进城，看张监极乐寺新造房。回，闷卧。

天头文字：二十一日，翔童来，报家邻左右多有出城挈眷躲避者，官宦之宅甚有摘去门封。街道萧寂，市面冷落，气象黯淡，人心惶惑，加以谣诼四起，日夜数惊。外报停送，不闻确音，不知伊于胡底。直此时际，大势恐难保矣。苍天垂悯善类，民生免遭涂炭。祷甚感甚！是日夜三鼓记于韩文公祠。

十八日(11月8日) 立冬。九钟起。午前饭。闻吴季白云，晋乱军已抵正定府石家庄，距京六百馀里。又看报，据石家庄暂住统带官军吴电，署晋抚吴禄贞十七日被害，非镇军叛。愁闷极矣。早卧。数月内，两广州将军孚琦、凤山被戕。数日间，两山西巡抚陆钟琦、吴禄贞遇害。叛军逆党遍天下。吁，休矣！可叹！

十九日(11月9日) 十钟起。午饭后，赏菊。毕旺来，幽闷穷愁，无聊之至。早睡。

天头文字：廿六日官报，监国钤章，袁世凯书名，新制已为内阁总理大臣矣。拟请一谕，派充各大臣，无非一己之党类。而梁(超起)[起超]久在日本，为其保护，此时勒派为司法副大臣，平日外人为梁伥耶？抑梁为外伥耶？不待智者自识耳。可叹！廿七日初更记。

二十日(11月10日) 夜雪雨。九钟起。饭后，东牌楼外剃发。晚，工程处与吴、衡二监督谈。拟十日报。天寒，微雪。愁闷郁愤，只求速死为望。早卧。

二十一日(11月11日) 九钟起。午前饭。徐丞交来大清银行票四百两,为工程本月经费。即刻着长龄、常海分取,并着李先生代取二百。送承修大臣十日报。风警甚坏,处此奈何!听天而已。闷卧。西厢工程处同恩星五、尚紫绶谈时事,谣言四起,人心遑迫。翔来,言诸显门封摘下,远避者多。可叹!

二十二日(11月12日) 九钟起。午饭。着常海凭现银发津贴三员一百三十两,书役茶烛等四十六两。心中焦躁。晚,闲步北新桥,遇杨公兰坡,谈时事。回,看时报,大致生民免得涂炭。祷甚!卧。

天头文字:十月初一日,《爱国报》载,新简各省宣慰使伍廷芳、张謇、唐文治、温宗尧党辈,竟敢上言摄政王请逊位云云,狂吠鸮号,不胜发指。此辈受国厚恩,不思报本,出此无父无君之言,平日高谈学业经济、文明政治,临时以叛逆为识时,乱臣贼子充遍,天下可以不问矣。世间尚复有伦理之事乎!可叹!十月朔三鼓识。

二十三日(11月13日) 九钟起。午饭。老史来。致徐、诚电。永德厂安上西北角梁。着复兴开具承做角梁数目。到工程当月两处。李先生取银来,即发月例。成回家找房。晚,草草食。焦躁烦闷极矣。早睡。

二十四日(11月14日) 九钟起。午饭。又着成、翔聚增借银,孽债何日清耶?晚,步北新桥,吃水角,无味。买糖葫芦等。袁世凯昨到京,俟如何。徐电。闷卧。

二十五日(11月15日) 九钟起。自行操作一切,午餐。各厂递五日工程报。东牌楼梳发。邂逅李猛。自买市食。李吏赴部。预支监馆官役一月工食薪水。成搬房。翔买米。左右无人,毫无人心,可恶。卧。

天头文字:十月初二日面晤湖北归来人,云目睹官兵与叛贼军对敌,贼已溃败,而夷人开炮,向官军火车燃击,反多伤折,助逆无疑。

官军攻贼，汉口资政院奏焚掠淫杀，至于六里之长，请将统兵明正典刑，并出内帑赔偿。事起乱民土匪，反归咎于政府，是人语乎？可恨极矣！内外奸党易见也。是晚忾识。

二十六日（11月16日） 九钟起。午前饭。翔送药来。菊盛开，赏培。无聊愁黯。早卧。

二十七日（11月17日） 九钟起。午前饭，致徐函。衡子惠过谈。诣工，四面看角梁。步北新桥，天寿寺茶馆少坐。景福送馆金来。无聊烦闷，卧。看姜桂题部军二三游街，外貌壮大，势甚强伟，未知能否御侮折冲。再见猛。三鼓，与长龄话。翔去。（发支十月馆薪，受之赧觍。）

二十八日（11月18日） 九钟起。午饭自与长龄操作。虾米居人来。申刻，成、翔跑回。步安定门大街。购煤，买茶。出城，桥北鸿泰轩喝茶。买花生，未果。买杂合面饼，进极乐寺。回，无聊，少饮，卧。

天头文字：读初二日邸报，不胜浩叹。国家天下皆以袁为有为，忠义威望，必可拨乱弭祸，措国家若磐石，拯黎庶于水火，孰意到阁数日，均照议员所拟施行，置党营私，全无善策。逼迫朝廷，与资政院朋比，为他人作伥。我朝社稷不用迁移默夺，休矣！惜公将来不及张、刘远甚。初三三鼓子然识。

二十九日（11月19日） 九钟起。午饭。诣庙，看上角梁，询厂工食。步北新桥，洋货店买棉布做裤袄。东牌楼买炉肉食锅。晚，上靴鞋底粉，卧。

三十日（11月20日） 十钟起。午饭。复兴、永德呈递望板式样。兴隆面禀更换新木角梁盖一只。万丰等厂递五日工做报，拟禀工程报。西厢与吴、衡谈时事。晚，翔买物回。鸿来。无聊烦闷，早卧。

十月

十月朔(11月21日) 十钟起。到工。午后饭。送承修大臣十日工程报。申刻,倦卧。晚,设法买市食。僮仆懒惰悖逆,非可情喻理遣,隐忍受之。晚,阴雨,卧。

天头文字:初三日资政院李文熙等奏请剪发,辞多不孙,无谓甚矣。明欺朝廷微弱,肆意狂悖,何必代外人作忠伥!如此宣告太庙,逼迫君上,欺饰祖宗,在天有灵,宁不即殛?改阳历者,即换正朔之旨也。谋负国家,取媚外人,此辈孽种,天鉴不远,有时诛之。初四日二鼓愤恚泣识。

初二日(11月22日) 十钟起。午饭。询湖北来人情形。上街,会元换银十两五钱零。剃发。付鸿买药及赏五两。各厂递请领工款印呈。穷愁,早卧。

初三日(11月23日) 小雪。七钟起。接收徐丞交来储蓄折一个,存库铁箱。午饭。愁困,睡。雾儿海军部来电,剪发准行,可哭。睹初二日上谕内阁,袁世凯面奏请行各条,是为立宪制度牴触,即止。朝廷不能不从,千载逼挟如此,愤懑怅恨,早死为望。无聊,卧。

初四日(11月24日) 晴暖如春。九钟起。午前饭。到工,问兴隆厂更换下檐角梁盖及方圆椽木。安定门瓮城内真武庙求灵签。步大街,定待诏某来工。补记五日工作单簿。烦闷无聊,心绪黯淡。剪发事愤懑,卧。

天头文字:克复汉阳,一鼓作气,武昌唾手可得,而英领事出为干预,停战调和。两军抵死相拼,胜者乘锐而进,由来如是。而外夷阻进攻,为逆缓颊。若我官军败,必反事也。叛逆、外夷勾一气,概可知也。三日停战不可,再加十五日,直是养缓逆势耳。每事外夷动辄掣肘,失误机关,可恨之至。二十日三鼓识于韩文公祠内。

初五日(11月25日) 九钟起。昨自子初刻,大风拔木,大雪盈尺,此变异之象也。今午风未息,晚风愈大。未刻,鸿来送翔邮封内偷盗当票十数张，前日撞骗聚增银五十五两，所有单上未开物件尚多，现已逃跑，而随在驻工之成僮通同作弊，毫无天良，尤为可恨。值此穷困艰辛，偷去数百金之物，直若抄尽家业。噫，老命休矣！迷。

初六日(11月26日) （立宪宣告太庙。）十钟起。午后草食剩饭。李顺送来桌褥等件，睹物触景，十分感伤。（付银一定十两零。）孑然一身，心神凄楚，直此不生不死之际，情何以堪！长叹曷极。晚，买市食。鸿送药来。心气疼，卧。

天头文字：人居宽厚雍容，每事委曲强忍。若所施非人，自缚亦太苦矣。家僮叶翔豢养八年，罔不周恤，而屡次偷盗衣物无算。置之不究亦可已，仍复撞骗去百数十金逃遁，是诚狼子野行，毫无天理者也。成僮养蓄三年，视为亲近，待之尤优，何反同弊，私窃典衣百金，馀物未悉，此情此理，更异人心，天良灭尽。

初七日(11月27日) 九钟起。昨夜心气虚惘支离。午，鸿作饭食，勉下咽，心神凄楚。徐丞来谈公事。暂存各厂请款全结二。开阖库存铁箱，取收折件。雇肩工送家桌褥当月处。李幼庵约食火锅。初鼓后，饬鸿回家去。天寒，拥炉向孤灯，左右无人，自起操作。直此境遇，黯淡情怀，潸然欲泣耶。孑身无聊，叹惋，卧。

初八日(11月28日) （冯国璋克复汉阳。）九钟起。长龄为炊饭伺候。心胸隐痛，凄惋昏沉，枯坐拥炉，寒，卧。

天头文字：迥出非常，此或前世负债今世当偿耶？当此世乱，家寒窘迫日至，负累颇重，束手待毙之时，彼等作此丧良之行，余更何堪。为少薪金户口，羁旅太学祠寓，孑然一身，自行操作，退进维谷，殆无立足之地。奔波至此，昏惘颓唐，惟甚愿不久于人世焉。廿六日三鼓漫识于文公祠寓。

初九日(11月29日) 十钟起。午餐。到西厢。成来，未遇，费解。鸿昨晚来，今晚去。烦闷，卧。

初十日(11月30日) 十钟起。午后餐，长龄伺候。连日为狼子等偷窃银物衣服多件，肝胃病痛，心气虚败，昼夜迷惘，孑身羁旅，无所投寄,老年困顿,曷胜浩叹。意料家国朘消,贫穷渐迫,不堪设想。阴寒。午后,少睡。拟十日工程报。晚,自展衾扫床,凄凉特甚,卧。二鼓后,再买煤炭,重新笼火,心胸懊塞,概算到年三个月费,除偷当衣书数百金不能赎外,就日用必需尚欠若干,无法,待毙而已。(腊月廿四日,孤身羁旅,僮仆未归,黯淡漫录,时交三鼓。郑板桥少尝为蒙师,既达,作诗自嘲云:"教馆原来是下流,傍人门户过春秋。半饥半饱清闲客,无锁无枷自在囚。课少父兄嫌懒惰,功多子弟结冤仇。而今幸作青云客,遮却当年一半羞。")

十一日(12月1日) 十钟起。一钟后始吃饭,每带二役白食。衡、松来谈。东牌楼剃头。到庙看工,送承修十日报。寂寞凄楚,心神迷惘。早卧。

天头文字:余奔波落魄数十年,濒危屡矣,幸邀天佑,不致陨堕,惟以忠恕诚实勉励自持。末秩微禄,节俭鄙啬,自苦自廉,罔敢少费。庚子之难,家已荡然,所幸一家至今尚能衣食无缺者,赖得少许薪金补济耳。今年五月间改官山东,出于万不得已,勉留工程,图少薪津,为一家糊口计,而家属僮仆皆坐食浪费者,罔念艰辛,而无一不偷盗典卖,是诚何心!盖系宿债多,今偿众也。尤须常奉衣食财物,竭尽心力,极罄支持。噫,何累孽之深耶!奴子叶子祥豢养八年,已偷窃七年矣。见又撞骗六十馀金,衣物百馀金,虽已潜逃,有时或报。李成窃物质典,虽曰为婚娶所迫,何致无行无耻如此?国家岌岌,天下扰乱,贫困渐至,性命莫测。值此境遇,曷胜忾叹。十月廿七三鼓泣识于国学文公祠。

十二日(12月2日) 九钟起。午饭。雇车赴广泰祥查封狼子偷当衣服,自取回皮马褂二件。聚增核对冒窃银五十两,另自换银二定二十一两七钱,还裕丰慎粮六两,给鸿二两,孽妻八十千。抱保寿孙,甚壮实。乘月,初鼓回监寓。接电,会同本署值班官全贞甫开库存铁箱内银。徐寄来十定,遂取出储蓄折备用,饬吏备知会。二鼓,饭。心绪冗乱,记簿,卧。

十三日(12月3日) 九钟起。昨夜瞢腾未睡。午餐。致徐丞函。申刻,王莘农取去储蓄折,托致徐辞,为蝇头心劳。昨广化寺住持清朗送甜米粥。连日心神凄楚,只身羁旅,穷困在即,为衣食迫,奈何!卧。明月满窗,清寒如水,独坐斗室,凄凉欲绝。年已周甲,奔波劳苦,心力交瘁,数十年强忍,检束遭际如是,命矣夫!三鼓识。

十四日(12月4日) 十钟起。午前,监值班,谢同王写官开库箧,取去寄银袋。午后,餐。到庙,看钉安椽望,饬各商次日来工。电诚监及各员。东牌楼梳发。晚,送杨兰坡粥。烦闷穷愁,无所聊赖,卧。

十五日(12月5日) 八钟起。昨夜大风,夜间被盗,东屋失去豹皮官靴,磁铜盆盘,成、翔铺盖席毯等多件。所幸箱物未丢。火燎窗焦,未焚起耳。午初,到西厢,与成言公事。回庙,再与徐言公事。宗梓山等来,草报禀。验盗官来,面交失单。少歇,始食剩饭,已初鼓矣。叫鸿来,嘱事。二鼓后,记事。罪孽极矣,可叹。

天头文字:十五日,逼迫我监国摄政王辞位。次日,资政院奏请谕旨剪发及改历。时当军书旁午,不闻有何御侮之道,而汲汲于此,明为外人奸奴剪发,矫旨官民自由,恐天下不服,试行渐改耳。不曰洋历,而曰阳历,古今中国皆阴历乎?明是改正朔也。悖逆外向,愈饰弥彰。运际生许妖孽,叩天亟殛之。十八日三鼓泣识。

十六日(12月6日) 九钟起。早着常海致徐丞函,送桫椤子二枚。午饭后,到工程处,与吴、衡谈。晚饭后,饬鸿回。到当月处与李燕春言护榆树事。昨李顺送馈四王府酱菜一篓。夜月清寒,三鼓卧。(是晚恭读官报,我监国摄政王辞位,奉懿旨准世、徐两太保辅翼皇帝矣!长叹而已。)

十七日(12月7日) 十钟起。午后餐。宿食连日左右无人,虽官役伺候,而懒惰庸愚,较比畜类犹甚,两餐食同,反带张罗算计,食多而见成,饭蔬银钱日用一切,无不糜费。我生直此,忍气吞声,太息认命,速求脱避,免离灾难。旅羁枯坐,孑身黯淡,垂泪记。

天头文字：十一月初一日于上海开和议会，朝廷派大臣代表到会，且毋论其谐否，是与名之曰革军议，是皆我朝廷之覆载畜养臣下军卒，临时反戈相向，不曰叛逆，而曰革党，能欺天下后世乎？其中巡抚程德全、大臣伍廷芳、状元张謇等辈，均称伪大都督，为叛逆拥立，非贼而何？动曰北伐，以臣犯君，是自彰其罪也，诛不胜诛，妖孽也，可叹。冬月二日三鼓。

十八日（12月8日） 大雪。十钟起。昨夜展转未寐。午后，待炊饭，勉强。买炭五十斤以供鼠辈浪费窃取。史匠来。昨晚鸿送药来即去。三鼓许，院中望月，清寒异常。孤身羁旅，凄凉愤郁，穷困交加，真可谓有家难奔，有国难投，无所栖止，不觉泣下。每餐反张罗役食，可叹。

十九日（12月9日） 九钟起。午餐，凄楚无聊极矣。到工。东牌楼梳发。晚，愁闷，早卧。

天头文字：上海和议开会，未知谐否。先行停战，官军则未能乘锐歼扫，反懈勇气。叛逆等辈展缓时日，添加贼党布置预备，亘古未闻有此对敌者也。别省土匪抢掠焚杀，亦须停战，是使官军伸颈束手而已，非情非理，令人愤懑。妖孽横生，无复有天理矣。祷天悯垂好生之德，天下黎庶免罹兵戈盗贼流离饥寒之苦，幸矣。冬月六日三鼓。

二十日（12月10日） 十钟起。昨夜盘算苦窘。天明朦胧，少寐。午饭。各厂递五日报。拟十日工程报及次日暂行停工。与吴季白在工询厂工。回庙寓，炉冷无煤，已早着三小子买煤，逾时未回，而长龄近加疲玩疏懈，此二役直比畜生尤加倍。命蹇运乖，何致遭遇如是！活地狱几时逃出耶？躬自升火想炊，更为畜辈预计，人生至此，常日忍气吞声，縻费无已，苦况诉谁？长叹而已。发月薪一百三十两，科十六两，役二十一两，杂一两四，烛煤十六两，共一百八十四两四。（狼子叶翔偷盗衣服及铺寄书箱四只、当票八张、银九十两九钱，外无着落偷窃者尚多。成儿偷当皮衣四件、二票五十三两，由铺存骗出者。翔初三日骗去聚增浮存五十五两，昨夕买物五两，其外尚多失去物件，恩养七八年、三四年者如此行为，尚有天理良心乎？天鉴不远，拭日待之。）

二十一日(12月11日) 九钟起。午餐，宿食。赴聚增凭银存公款三十，凭赎当银五十二两五六。托广泰祥代赎成窃皮衣四件、二票。回家，看保寿孙，甚好。托老史买市食。驰回监，遇鸿。徐电，明日传厂商领工款。本日各厂停工。送承修荣中堂报，并附禀。晚食市货，忾叹卧。

天头文字：和议一事，彼叛逆辈罔思得势，意图扰乱，任性纵横耳。所以迟迟不决者，各省意见不同，自存计算。我国家三百年来，深仁厚泽，远过前代，惟直运际蹇微，辅臣暗弱，知略不能远及，罔信旁言，胸无定算，妖孽横生，蔓延莫治，至于此极。只托国家历待天下之仁厚，上天鉴悯生民之涂炭，即日议成，生灵感幸甚焉。冬月初七日二鼓识于国学。

二十二日(12月12日) 九钟起。成寄邮函，不胜感伤。午食市物，凄塞难咽，孑身与畜役处，无所逃避，苦哉！午后，徐丞来商俭馆款，工程处面交，厂商陆续领款二千两，另结领呈存储蓄折，即藏库箱。晚，赴图书馆，革张、包二役。饭毕，乘雪归监。李顺验盗官来。凄楚卧。

二十三日(12月13日) 十二钟起。二钟，勉餐。昨四鼓写交成函。张顺去工，来即著往寄。孤身羁旅，左右无人，负累重加，艰辛日窘，人生至此何堪！卧。

天头文字：今日停战，明日展期，叛逆日加预备，官军时刻堤防。倘师老饷匮，再有意外之虞，将何以堪？兼之土匪蜂起，假名联络，抢掠焚杀，百姓生灵苦难，何辜。军机百变，有此延缓养痈者乎？外人调停，为自计耳。观望势盛而从，动曰公理，令人愤懑。若和君主，实为天下苍生之福。若成共和，则四海分析扰乱，不知伊于胡底焉。祷天悯佑，幸甚。冬月八日二鼓。

二十四日(12 月 14 日) 八钟起。捡点衣服二十一件,送赴广泰祥代存,聚增换赎偷当银,加色一两二钱。可气。再求广铺取赎。三钟,城外虾米居食火锅早餐,解馋。自怜,回家看保寿孙。挤讹忍气。雇车回监寓。李顺送回成拿去貂帽顶翎。晚食汤圆七个。凄楚闷塞。三鼓后卧。

二十五日(12 月 15 日) 九钟起。午餐。高典簿过谈。晚,鸿送药来。孤寂凄其,愁恨郁恻,闷卧。

二十六日(12 月 16 日) 九钟起。午餐。少憩。东牌楼剃发,回寓。凄凉特甚,羁旅孤凄怅恨,卧。

二十七日(12 月 17 日) 十二钟起。二钟,早饭。郁闷无聊,只有张罗两餐,反款官役,苦忍强耐,令人难堪。运际遭遇,曷胜叹息。窘迫交加,投止无所,惟求速死而已。

天头文字:廿九日二鼓,成来。面询因何窃物质当,据云的系叶翔教使,假字冒取,均翔所为。彼因姻事迫切,一时未能假贷,作此无颜。而所得无几,尽被叶翔诓吞。查其供辞,与事尚符。案成从役三年,服侍朝夕,罔不勤顺。家人等辈,未有一人不窃甚于此者。此事隐忍暂置,惟余孑身旅寄,从无一人,动辄自苦,不禁凄惋泣下,伤感不已。

二十八日(12 月 18 日) 十钟起。午餐。未刻,过西厢,与吴、衡谈。饬三小子到成家,著来寓,面询种种等事。晚,桂月亭来谈馆务。独向孤灯,夜半闷卧。

二十九日(12 月 19 日) 九钟起。午餐食稠荞面汤,无奈不饱。遭际费资,日日强忍,左右无人,官役懒慢无良,可恶可恨。初鼓,成来,面询冒取质当,悉由狼子叶祥。成为姻事所迫,作弊少需,次晨即释令去。尚念二年朝夕服侍无大过也。余连日快怅凄楚,旅羁无依,感伤不已。五鼓,昏沉卧。

十一月

十一月朔(12月20日) 八钟起。午前饭。徐丞取储蓄折去。交吴应画稿簿。孤苦无聊,卧。二鼓,接王莘农函,据徐电转大清银行已取工程处月款,交高矣。

天头文字:八月十九日夜,武昌失守,不一月天下即大乱,叛逆土匪,蜂拥而起,生灵涂炭,此大劫运也。我国家费无算之金,养练数十镇兵,原为内守外御,何意临时率多反戈相向,甘心从逆,目为革军,甚至直言犯上。而士大夫平日膺受厚恩者,更肆狂悖,弱者潜遁,逆者鼓煽作伥。当时尚复有世界人道伦理乎?识之可为我国家一浩叹。初八夜三鼓。

初二日(12月21日) 九钟起。午刻,未早餐。官役罢玩怠惰,可恶极矣。李燕春转送来储蓄一折,即收存监库铁箧,附正金票贰张伍百。晚,买市食,自炊作。成送铺垫来,着次日来。吴季白赴荣中堂宅。画簿。早卧。

初三日(12月22日) 八钟起。躬自洒扫捡点。赴聚增存正金月款五百两。到广泰祥,淡然出城。虾米居吃火锅。三钟回家,抱保寿孙嬉笑。步至东街,雇车回监寓。寒甚乏甚。成回,伺候升火做粥。记簿,三鼓睡。

初四日(12月23日) 冬至。九钟起。午前餐。东牌楼梳发。北新桥买棉布。心绪烦闷无聊,早卧。

天头文字:当此叛逆犯上之时,何得谓之共和?为无君之心,惑众之志,使亡命等辈扰害,天下则以为利,所以迟迟和局,一时未能定也。一唐绍怡才志气魄,能慑服众革否?一伍廷芳能革众均听其命令乎?我则望安,彼则思乱。以二人之才望,恐未能了此大局也。仰祷苍天,至仁厌乱,天下早得安定,黎庶免遭涂炭,我国家幸甚,苍生幸甚。初九夜。

初五日(12月24日) 九钟起。午前餐。赴聚增问取款。赊药。广泰祥取回新赎皮袄一件。行至西步粮桥，遇警兵鸣笛驱人，拥护马车过，袁世凯也，可叹，卧。严寒酷暑，往来仆仆，夙夜在工者，为区区金，一家糊口计也，谁怜？

初六日(12月25日) 九钟起。早晚买市上煮饽饽，自操作。午倦少憩，孤寂无聊。三鼓后卧。晚，成挈药回。看《爱国报》，悖肆狂吠，毫无人理，乱世之妄惑妖言也。

初七日(12月26日) 九钟起。午前饭，倦，少憩。晚，着成买羊肉，食火锅，颇岑寂，解忧馋耳。衡子惠来工谈，贻蒸食。望新月牙，拥炉看《咫闻录》，风寒，早卧。

初八日(12月27日) 十钟起。午后饭，倦卧。看李中堂历事，心绪烦闷，无聊之至，早睡。

天头文字：恭读初九日上谕，不禁令人椎心痛哭。我朝深仁厚德，远过前代，虽运际当此，暗弱丕塞，何致为叛逆等辈强迫欺凌如此？亲贵等无所设策，国务各大臣谨奉总理命令，唯诺遵行。朝天无人，可为痛哭。民主无君之行，已逼迫成矣。国会何足论哉！恨极。十一日二鼓，识于太学文公祠寓。

初九日(12月28日) 九钟起。午前食嘎嘎汤。过西厢工程处，与衡子惠少谭。东牌楼外剃发。虾米居送炖猪蹄。老史来。天气严寒，拥炉看书，卧。

初十日(12月29日) 九钟起。午后自雇车至聚增支公项银一百六十两。遇小和尚孙少嬉。出城，赴虾米居，践定司法大臣镇平约，小酌，痛谈时事。昨上谕，不胜涕泗，并言拟入空门。晚，城门边雇车，广泰祥取狐皮马褂一件，乘时煌服。回监，已寒月皎洁，初鼓矣。食元宵。电图书馆，写致定函，记簿，备还零债。心胃塞痛，四鼓卧。

十一日(12月30日) 八钟起。早，吃煮饽饽。饬吴钰送定函交景福，给鸿蒽浪费四金。午倦，少憩。衡过谈。下班，核算公款。晚，看报。看月，徘徊长叹，卧。初鼓后，李顺送来图书馆科长月薪十四两二钱，受之愧怍，奈何。

天头文字：余幼即贫寒少赖，十六岁滥膺微末，委蛇数十年，苦艰辛难，饥寒辱迫，罔不备尝。辛卯得仓差，衣食少足，家业微润。庚子又复荡然。再莅国学，复整家业，竭力支持，撙节检束，不敢疏懈。辛亥改外，为逃难也，留驻工程，为薪金，备一家辈坐食糜费也。十馀年来，眷属僮仆，无不偷窃，今复迭次内外盗失衣物无算，数十年苦蓄，荡然无存，债累迫身。更直国家危殆之际，尚得生乎？尚得死乎？可哭。冬月十三日泣识。

十二日（12月31日） 八钟起。午前餐。成暂假。倦闷少憩，收拾斗室，看闲书，无聊愁困，奈何。晚，鸿来言昨夜潜云堂书室被盗，失去大瓶瓷器、团扇数十柄、书帖铺陈零物等无算。当此时事，生命朝不夕保，穷困待毙。大难将临，迭遭盗失，内外交攻，不死而何待？余生不辰，不堪至极。数十年，坚忍检束，危难濒死屡矣，支持至今，罄竭净尽。呜呼死已！（鼠无大小皆称老，龟有雌雄总姓乌。《惊喜集》。腊月廿五日申刻无聊，录于太学韩文公祠工程假寓旅舍。）

十三日（1912年1月1日） 大风寒，二九。八钟起。自洒扫，勉买市食。一身孤栖，愁困寂寞。晚，再买市食。无奈万分。初鼓，成归。二鼓，着三小子买食物。三鼓，看报，录江侍御事。四鼓卧。

天头文字：战事展期，亘古未闻，况与叛逆讲和，尤历代未有之事。军饷日需无算，度支早已告匮。或曰议和，或曰国会一面之辞，毫无把握。兹又展期，而军需逐日以何支应？各省黎庶生灵，时居水火，日被贼匪杀掳，反曰革军，王师不得痛剿，任肆纵横。如此延宕，不但人不聊生，直是养痈成患，伊于胡底，曷胜长叹！冬月廿八日申识于太学寓所。

十四日（1月2日） 九钟起。午刻，步行。雇车回家，看保寿孙嬉笑。到潜云堂书室查失物情形。院中竹木冷淡憔悴，叹惋。雇车回监。买市食。早卧。

十五日（1月3日） 八钟起。午前，敬思堂与徐丞少谈，面交储蓄折。饭后，雇车到城外，践定镇平约，谈辞职，暂缓祝发，及言时事。饭后已上灯，进城，各归。至聚增取公项一百二十六两。雇车回监。徐电即转传各厂商，并电诚玉如。成感冒，着三小子购清瘟汤，代煎伺服。胃疼，卧。（晚，求聚增昨夜拟写失单及备奉钱，妻月费八十千，给孙小和尚零花十五千，并托送到家内。）

十六日(1月4日) 九钟起。午，买市食。荣中堂来看吴君病，少坐，陪谈。午后，徐丞来，面交各厂商正项银一千两。王莘农、彭同九来。僮疾少减。烦闷，卧。（存各厂商领结二，二次共三千两正。）

天头文字：战事展期，待开国会也。试问有何把握？逆党一言必从，动曰公理，反叛扰乱天下，灾及苍生，尚复谓之公谓之理乎？伍廷芳致袁电，狂吠亦无人理，革逆节节攻袭，官军处处退让，拘守成约，不敢妄加一矢，任逆肆鸱，加以土匪蜂起，焚掠杀害，亦名革军，官兵剿除，动曰有违条约，盖反叛未有不偏护贼匪取作声势者也。尚复向逆辈讲礼耶？可叹可忾！腊月朔二鼓。

十七日(1月5日) 九钟起。午后，各厂递领结。还文奎书价三金。步西街，定购煤球千二百斤。发本月书皂工食银三十七两。刘桂代买山核桃二个。无聊烦闷，卧。

十八日(1月6日) 八钟起。午前饭。成告假三日。怏怏。西厢看吴病，送月费。剃头。衡子惠来谈，送月费。晚，买市食，强咽，左右无人，只身自作，烦闷，早卧。

十九日(1月7日) 小寒。九钟起。午前，买市食，少憩。常海直宿，着粘蓝表买物，叫瞎子算命。受寒，头晕畏冷，夜梦腾。孤身羁旅，起作无人，胸塞，未食，早卧。

二十日(1月8日) 九钟起。力疾自操作，喝粥。著刘桂催成即回。老史来。厂商催领工款。常海庙市购水仙五箭，蘋婆六枚，布袱二。感寒，凄凉，服姜，卧。

天头文字：开辟以来，主持中国者，未闻何为君主，何为共和，此自出于外夷，近年不经之一说耳。逆辈假此为名，以遂其叛逆之意，扰害天下，涂毒黎庶，甘心为他人作伥。朝廷迫曲万端，特为生灵免遭涂炭，勉从众胁，共和开会，而附逆诸辈尚复进攻，谋危社稷，欲使天下尽成逆党。每曰我四万万同胞，皆为无君无父，无人心，无天理，方称共和。狂谬妖孽，上天神灵曷不即殛之？

二十一日(1月9日)　九钟起。夜间沉昏梦腾，气串凄楚。午前，少食粥，困倦。聚增送钱百二十千。命三小子再到新居找成。九钟，再着到家寄物。力疾劳苦，可叹。夜卧。

二十二日(1月10日)　三九。九钟起。自操作食。午后，成回。鸿送药来。闻眷属疾病，穷愁交迫，运际可叹。借钱，托人为媳孙购药。当此国家岌岌危殆，连遭盗罄，死期近矣。

二十三日(1月11日)　九钟起。午刻，携成僮做馄饨，早餐。致仕司法副大臣定镇平来访，久谈，同瞻辟雍殿、彝伦堂、文庙等处。晚寒，拥炉，食羊肉，自宽，早卧。

二十四日(1月12日)　九钟起。夜，展转五鼓，少睡。午饭。愁烦寂寞，看医书。晚，食粥，无聊卧。

天头文字：天下大势尚不可定，我国家仁厚历古未有，叛军反戈，各省从逆者半，皆逼胁所致。试问天下人民，平心而论，良心有清乎？有革乎？昨看报载，岑春萱上庆邸，诸王公等言实行共和揖让之事，而近言此事者甚多，所谓一犬吠影，百犬吠声，此等辈概非人类，固不足责。而负戴百年深恩厚泽，亦复悖逆若是，直犬豕不如也，可叹！腊月朔三鼓识。

二十五日(1月13日)　九钟起。两餐自行筹备，须挈仆同食，烦琐，无聊，耐躁。看《事物原会》。闷卧。

二十六日(1月14日)　十钟起。午餐，自做菜饭，后倦卧。洗水仙，开三朵。梳发濯足。看《脉诀》。寒，早卧。

二十七日(1月15日)　十一钟起。午餐，自做食，现购炭升火，收拾斗室，力疾操作，勤劳苦心，僮仆吃饭。卧。

二十八日(1月16日)　十钟起。午前餐，倦，梳发。西厢看吴君。晚饭自调作。成又回家去。终日烦闷,早卧。

二十九日(1月17日) 九钟起。午餐后,成又不言去,甚可恶矣。自捡点锁门,步北新桥,天寿茶肆少坐。修粘蓝表。晚,买市食,自行操作一切。孑身谁怜,令人难忍耐,气痛,卧。

三十日(1月18日) 八钟起。风寒。午餐。水仙盛开。劳乃宣早拜庙。厂商催款。剃发。晚,吃烤肉。早卧。

十二月

十二月初一日(1月19日) 四九。九钟起。午餐。倦,少睡。连日烦闷无聊,穷愁困顿。看《闻见录》,胸塞,早卧。

天头文字:自十一日闻又展期十四天。朝廷宵旰忧虑,亲贵请假,大臣纷纷告退,南省黎庶生灵,时遭涂炭,日在水火。而迭次展期,任逆设备掳掠。各处土匪,乘时扰害,军饷日匮,饥困渐至,如此延宕,伊于胡底?就使即开会,尚需时日。大局论议,均无定章。何日始获平靖耶?执政者何不刻刻思计也?十一日酉识于太学庙寓。

初二日(1月20日) 七钟起。午前,食肉,少憩。看《三希堂法帖》全函。晚,食卤面。阴寒,早卧。

初三日(1月21日) 大寒。十钟起。午餐。霁儿来叩头,面话二时。晚,自筹饭食,并备仆餐。闷塞,卧。

初四日(1月22日) 九钟起。午前,自作饭食。老史来,还煤油水报等费,自筹谁怜,命苦可知。晚,复自作蒸食及饼饵菜蔬,胡嚼一阵,无味甚矣。烦闷,早睡。

初五日(1月23日) 十钟起。午前,胃痛腹泻。申,李顺送馆薪来。晚,自熬粥,挈僮仆食。烦闷,卧。

初六日(1月24日) 十钟起。午后强餐。昨夜捡点书箧,内存馆薪宝银十六金七件,失去,询之,成僮云窃无讳。值此时际,百端曲忍,尚复偷盗,天理人心何在?可叹。二钟,雇车回家,看保寿孙嬉笑。上聚增借银,赊药。掌灯回监,卧。

初七日(1月25日) 十钟起。午餐,倦,少睡。四钟,步北新桥,取修理蓝小表。晚,剥榛栗等果。早卧。

天头文字:近闻张勋、姜桂题、冯国璋、张怀芝等统带各军,锐意剿叛,不知何故均有共和之情?变换无常,忠义安在?官军日费粮饷无算,时食清粟,朝廷内帑罗掘供给,反蓄贰心,辄欲反戈相向,何人心之无良如是?殊不可解。我国家待士之厚,历古未有。天心人事而论,何致不能有所转机?惟军事延宕,屡次展期,不能不有变机也。但愿忠勇各军,始终如一,幸甚祷甚。十二日三鼓识于太学文公祠寓。

初八日(1月26日) 九钟起。午餐,挈成食自包煮饽饽。龚和、刘锐、李顺送腊八粥来。景寿山来言取折字。电徐开库取出银行约折。命龚和赴庙市,给小和尚买糕干。送家文美斋定蜜供,取粥,未果。晚,勉食饭。候徐。胸膈闷塞。看书,卧。

初九日(1月27日) 九钟起。午餐,少憩。二钟,赴徐丞寓,面交大清银行期券二、折一,少坐谈,即上隆福寺花肆购梅花二株。着龚和买水仙二十馀箭,太多。文奎堂赊《春明梦馀录》二十四本。六钟,乘车回监寓。成种梅。寒月皎洁。早卧。

初十日(1月28日) 九钟起。午餐,攒卤面。洗梅花、水仙。无聊。两餐筹备仆从食,烦苦,卧。

天头文字:余需工次,旅寄太学,孤身寂寞,沉闷无聊。购得盆梅、水仙,每日灌濯培晒,近已开放,香盈一室,天然秀雅。供之几案,朝夕相对,足破岑寂,洵适闲幽也。是日,为壬子岁立春节,因口占四句以识之:梅花正逢开口笑,水仙幸遇放心香。小斋静坐当春煦,人间不必论行藏。腊月十八日立春偶识。

十一日(1月29日) 十一钟起。午后餐。晒花,看《屑玉丛谭》《西楼帖》。晚,买市食并仆。风寒,早卧。

十二日(1月30日) 九钟起。午餐,张喜送薯芋十只。致学部宗郎中询地函。晚,柯覆信。三钟,定镇平访,少谭,同至隆福寺糟温处酒饭。雇人力车,乘月回监,早卧。

十三日(1月31日) 九钟起。午后餐。老黄来要衣账。少憩，看《屑玉丛谭》。忆当年壬辰等岁，奉职通州收放米石事，转瞬如梦，沧桑变迁，不胜感慨。愁闷，卧。

十四日(2月1日) 十钟起。午餐。老史来。剃发洒濯。梅花、水仙均含苞待放，正可玩赏时也。剪压已开梅花十馀朵，藏《粟香室丛书》卷内。穷愁无聊，早卧。

望日(2月2日) 九钟起。午餐，徐丞来，少谈。取款，不易。倦卧，命常海、詹大有买笔二枝。洗水仙，初放双层二朵。盆梅展蕊，绰约可赏。寒月皎洁，寂寞，卧。

天头文字：叛逆奸宄，倾陷家国之阴谋毒计已成，迫胁朝旨又不必开会矣。总之，任意施为，何论纪纲。孙汶退让伪总统回国，彼何地人，回何国也？其情事显然，此时国家已属他人，我太后尤谕以我家不必论，谆谆以天下黎庶生灵切念。少具人心者，能不痛哭流涕？仁爱高厚之至情，天道有感，必当中兴，否则逆党成事，尚复为天理人心之世界乎？如不死，拭目待之。腊月十八日三鼓后，谨识于太学韩文公祠寓室。

十六日(2月3日) 九钟起。午餐，少睡。水仙、盆梅盛开。斗室坐赏，亦片时之适。寒月满阶，少步，卧。

十七日(2月4日) 十钟起。午餐。定电。二钟，赴虾米居，约酒饭，谈时事，叹息不已。进城，掌灯矣。聚增支银钱回监寓。二鼓，广化寺僧送馒头。鸿来。胸膈烦塞，夜卧。

十八日(2月5日) 立春，午时为壬子年。十二钟起。午后餐。庙送馒首。整花相赏，烹茶看书。大乱时，暂解适也。大风，早卧。

十九日(2月6日) 封印。十二钟起。午餐。复兴厂商舒某来催问工款。王仁沛来言馆事。少憩，挈僮自做煮饽饽。赏刘锐、李顺节钱。寻来会贤堂还银八两。穷愁，卧。

二十日(2月7日) 九钟起。午后餐。聚增送来工程处本月分薪工等项一百二十六两，即发给。穷困愁烦无聊，奈何家累外债，从集逼迫，艰苦待毙，强卧。

天头文字：“杏花消息雨声中，客子光阴书卷里。”此宋人之佳什，亦我辈之襟怀。（《桂山录异》）二十二日午后，趋奉拼当，剜肉填孽之债，饮泣自苦，备记广衣二十两，会饭八两，史利八两，虾米四两，文奎二两，猪楼二两，药十两，龄、和共四两，荆五两，又五两，香高一两，鸿四两，小和尚三两，元五两，书五两，换十四两。右共百两，即二个月预支薪金罄矣，尚多宿债息典。年事月费均束手无法。值此时艰，曷若死。三鼓叹泣识。

二十一日(2月8日) 十钟起。午餐。重楼水仙盛开，极繁茂。文奎书肆送小说，遂看解烦。卧。

二十二日(2月9日) 九钟起。午餐薄饼。厂商递催领款呈。二钟，雇车到聚增取支各种孽债，前世今偿，不死不已。闻数年选积之银票五十金、钱票二百千，钧取将扣宿借市侩，可恨可厌。还广泰祥冤账二十两。回家供奉孽妇、仆人等劫节银钱。抱保寿孙嬉笑。文美斋付蜜供银。点灯乘车回监署庙寓。初更饭，懊怅穷困，愁卧。（人生之苦命孤独若我者甚鲜，不即死，宿债孽未偿清也。何罪若是？廿六日三鼓雨窗痛哭再记。“夏栽醉竹馀千个，春粪辰瓜满万区。”山谷诗，《珊瑚舌雕谈助》初集，辛亥祭灶日三鼓录识。）

二十三日(2月10日) 十二钟起。午后，自作食。成未白假又去。文奎书贾送《第一奇书》，另付前欠五金。扫地整屋，起居铺衾，饮食置备，自行操作，给官役等年赏，看书，卧。

天头文字：宣统三年十二月廿五日，恭读皇帝钦奉太后懿旨退位一事，亘千古未有之奇逆也。逼迫勒胁，内外交攻，彼谋夺社稷，倾陷家国，阴算毒计，已成其叛逆。妖孽扰害天下，亦系为他作伥。自后恐四海无宁静时也。哀哉，不胜令人痛哭流涕。抢呼长叹，至是待死而已，何辜值此！廿六日三钟，孑身旅居，泣识于国学韩文公祠寄寓。

二十四日(2月11日) 九钟起。自叠铺盖，洒扫屋室。午，买市食。少憩，看小说。孤身逆旅，自苦，早卧。

二十五日(2月12日) 九钟起。同前,买市食,早餐。杨兰坡来,少谈。各厂商来催领款。电馆。修致徐丞函。午后,少憩。胸膈横塞,不爽太甚。看小说。僮无良。夜卧。

二十六日(2月13日) 八钟起。自操作一切。午,自炊,仍挈三小子。当此穷困万状、孤身逆旅、忧患艰苦、束手待毙之时,而债累丛集,均系家属所赊。予以穷迫一身当之,何罪孽若是之深耶?只求速死为幸。史书粮等来。心痛极,卧。(廿六日初鼓,力疾书春联。整束讫,出屋仰见愁云黯淡,细雨淋漓,直似天哭,不禁倍加感痛。余生不辰,当此时际,有家难住,无国可投。眷属僮仆,无一少具天良者。家业已罄,负债累累,心力已竭,尚须支持措筹,只求速死,宿债即偿。心疼,泣识。)

二十七日(2月14日) 九钟起。自作午餐。书肆张喜送白菜来,坏费。到图书馆。三钟,赴广泰祥取大毛袍褂二件。聚增支银十两。乘车回监。烦躁,强卧。(初鼓细雨,夜半微雪。)

天头文字: 大清宣统三年,岁在(亥辛)辛亥,十二月二十五日,逼胁皇太后、皇帝退位降旨。恭读之下,痛彻心腑。社稷已属他人,兆民何所依生?开辟以来,未有之变逆者也。当此之际,天理人心,数千年传流之礼乐伦常,将殆泯灭耶?抑将乱极当治乎?惟直不生不死之时,人何以堪?待毙而已。除夕三鼓,识于太学韩文公祠内寄庐。

二十八日(2月15日) 大风。九钟起。成归,备午餐。龚和到家取靴及铺,取猪肉。著三小子赎窃皮袄。鸿买口腹赘累,米面种种零碎备年,殊无味。连日懊烦,心疼,卧。

二十九日(2月16日) 九钟起。午餐。成做备年菜蔬。剃发,三小子购零物。馈吴茶面。烦闷,卧。

除夕(2月17日) 八钟起。午餐。水仙、梅花均吐蕊,强伴旅居寂寞耳。余当周甲之年,每岁暮,未尝宿外。直此国变家堕、天翻地覆之时,孑身羁旅,不生不死,不知后来如何,曷胜忾叹!除夕初鼓识于太虚寄寓。(一年孽帐须留记,恰是残生过度时。三鼓后再识。)

一九一二年日记

一月

宣统四年，岁在壬子，新正月元旦(2月18日) 天气晴明，风定尘息。子正，礼拜天地神佛四方，默祷中兴，天下君臣兆庶，同享平安。午，饮佛手酒，食煮饽饽。赏梅，观书。仍寓太学韩文公祠内斗室。

初二日(2月19日) 八钟起。冠带诣彝伦堂，行九叩礼。赴东厢敬思堂，谒国子丞及前同寅。西厢拜晤吴监督。韩文公祠焚香。徐丞来。霁来叩头。话数刻。各厂递帖。晚，早卧。

初三日(2月20日) 雨水。八钟起。早晚食煮饽饽。午睡。案头水仙花盛开。闲愁无聊，看小说。早寝。

初四日(2月21日) 八钟起。午餐。赴图书馆，遇徐丞，谈。三钟，赴荣中堂宅。又至徐丞寓。回监，早卧。麻线胡同栅栏边贴春联二条云："群居唐尧虞舜，梦见伊尹周公。"偶见录识。

初五日(2月22日) 八钟起。午餐。带成乘出德胜门，赴觉生寺，看华严钟、古松，游瞩，瞻乾隆壬子年御题祈雨宸翰、雍正御刻应真画像，回于土城东三岔口野茶馆少坐，饮茶二盏。进城，回监署。挈僮包煮饽饽。回忆不胜今昔之感。闷卧。

初六日(2月23日) 九钟起。午餐。着成聚增取药，晚归未果。一日沉睡。晚炊自操作。愁闷烦躁，卧。

初七日(2月24日) 九钟起。午餐。剃发梳辫。雇车赴聚增赊药。五钟回监署。胃痛，烦闷，卧。

初八日(2月25日) 九钟起。午餐。单瓣水仙花盛开数箭。倦睡。愁闷,看奇书。无聊无奈,卧。

初九日(2月26日) 九钟起。午餐。雇车赴定镇平虾米居约,酌谈时事,曷胜忾叹。回监,初鼓卧。

初十日(2月27日) 十钟起。食薄饼。族孙某来,久坐。广化寺方丈清朗来,坐谈二刻。晚,愁闷无聊,卧。

十一日(2月28日) 十一钟起。午餐后,即昏睡半日,点灯时醒。晚买市食。愁烦郁愤,无聊坐困,卧。

十二日(2月29日) 九钟起。午前餐。未刻,出安定门,茶馆少坐。城根买煤千斤。步大街回监,早卧。晚约。酉正,忽听枪声四起。亥刻,署中男女喧杂。南方一带烟火蔽空,闻系镇兵互斗,彻夜不绝。天明始悉第一三镇兵连夜抢掠焚劫,东南城外各市铺户均被抢空。天明军匪即乘火车远飏而罢市闭门矣。遭际至此,固意料中事也。

十三日(3月1日) 九钟起。午餐后,雇车到聚增借钱。沿路市肆关闭,景物萧条,馀火尚未息。

十四日(3月2日) 八钟起。早无炊餐。雇人力车赴西城,沿路形色黯淡,天气昏晦。昨夜西城一带市铺均被抢掳一空,兼及住户,睹之十分惨然。到聚增被抢,幸未焚,街南烧掠数铺烟尚未熄。此劫妄罹涂炭,嗣想何以为生?乱靡有定,予外寄诸物,皆付荡然。穷困待毙而已。前路不能逆料,奈何!回家抱孙,少坐,仍回监署。心痛,少食。

十五日(3月3日) 八钟起。徐丞来,少坐谈。午后,杨兰坡来,少谈。霁子着役刘得来禀话。过西厢,与吴监督谈。回寓,与李文廷话。乏,少昏睡。晚,成备饭,少食。心气迷惘支离。初鼓后,院中仰望明月清洁,时当三五元宵。忆昔承平灯韶华,天下欢庆。今直国破家坏,无所置足,更鲜安身立命之地,苟延残喘,无以为生,觍颜世间,廉耻道丧,无计谋,坐受困毙,际此运命,曷胜浩叹。明月常圆,人事变迁，徘徊阶前，不禁泣下。天气清明，夜凉如水，展转不寐。夜交三鼓，支病力疾，迷惘漫识。

十六日(3月4日)　七钟起。午前餐，步至大街，雇人力车，赴聚增、广泰祥慰问。大街遇定镇平，随赴各铺，并到虾米居少坐。进城，无谓，回家抱保寿孙嬉笑片刻。步至东街，雇人力车至厚门换车回监署，已六钟。遍街电灯皆亮矣。归寓，极乏，食，卧。

十七日(3月5日)　八钟起。午前餐。剃发。倦卧数刻，心绪杂扰，勉看《鉴诫录》，无聊凄其，早卧。

十八日(3月6日)　惊蛰。八钟起。午前餐。少憩，与吴监督互贻蒸食。看《鉴诫录》。无聊愁闷，苟延而已。早卧。

十九日(3月7日)　八钟起。巳刻，勉餐，待聚增送来前存公项七十七两，不敷发放，焦急万状。然此自义事也，实为难能。旋亟著李吏平准。躬交吴薪五十两，役二十一两，科尚未发，衡尚未有，而家中嗷嗷，无法筹措，艰苦可怜至矣。喜来，再寄字。忍死待命而已。昏迷，卧。

二十日(3月8日)　八钟起。午前餐。喜送药及蜜供来，带回二圆，暂作家中糊口。午后，赴广化寺，与方丈清朗及众僧谈。到图书馆与全、蔡、彭、陈谈。六钟，雇人力车回监署庙寓。看报，长升军何不乘锐一鼓直来，有不唾手而下，时不可失，望甚。

二十一日(3月9日)　七钟起。午前，饭后，困睡半日。穷迫无聊极矣，惟望升从天飞来，神理定矣。孝子不许国，忠臣不忧家，君忧臣辱，礼义廉耻，万古正经，此际尤当详思焉。

二十二日(3月10日)　八钟起。喜送家赍包子炒酱，旋回。给小和尚买糕干。再致聚增筹钱糊口计。穷困时迫，家业荡然，图书古玩，木器衣服，均已罄失。数十年寸累铢计，一旦尽付东流。所馀惟随身敝物数件而已，能不痛惜？书约新装七百函有奇。无聊识之。

二十三日(3月11日)　八钟起。午前餐。尚子绶来谈，倦甚，少睡。李顺送半支馆薪。隐晦风寒，卧。

二十四日(3月12日) 九钟起。午前餐。穷困焦灼。高菊轩来谈工程存款十二万两,恐化乌有。盼升即至。卧。

二十五日(3月13日) 八钟起。午前餐。交道口北雇人力车行至步粮桥西,因躲后来电车,车夫笨弱,意在躲避,误步路沟,手脱车靶,仰倾于地,致跌落马路,衣稍粘泥,幸未受伤。至聚增少谈,代筹四十金,尤难能也,须感记之。老虎洞又雇人力车回监。公项可无虑。

二十六日(3月14日) 九钟起。午餐。发工程处书手银十六两,备衡三十两,此月了过,艰苦拼凑,万分之难。处此时际,穷困至危,一家食指,嗷嗷待哺,朝不谋夕,情何以堪,惟有束手待毙而已。偏于此时无法筹措分文,更无丝毫馀物,亦无典卖之处,天欲绝人耶?可哀,强卧。

二十七日(3月15日) 九钟起。午前餐。松茂亭来,胡云。忧愁穷困,逐日如在梦寐中也,何日脱难?自开辟以来,未有之奇灾。世间尚得有伦理纲常乎?苍天苍天,何辜当斯时也?可叹。

二十八日(3月16日) 保寿周岁。九钟起。午前餐。看方鹏《责备馀谈》。穷愁无聊,羁旅难归,何日始得安生也?卧。

二十九日(3月17日) 九钟起。午前餐。喜来送供。午后,少憩。穷愁烦困,逐日延挨。鸿来,尚要钱。强卧。

三十日(3月18日) 十钟起。午前饭。愁困,少憩。看《金楼子》数条。交龚和二月分煤炭茶烛银四两。四钟,步东街雍和宫西,换银六两馀,合铜元一百三十五千零。买猪油肉三斤半,解馋。六十千备家用,六十千备旅居,均系暂为糊口计,并是挪用公款,出于万分无奈,亦穷迫所致,无法,苟延而已。时事如此,待死无疑,度日如年,朝不谋夕,叹卧。

二月

二月朔(3月19日) 八钟起。午前餐。当月处见徐国子丞,面陈工程事宜，是当务为急者也。午后，喜来，着亟送家钱糊口。衡子惠来，少谈。晚，到复兴场圈约商议事。穷困至矣。卧。

初二日(3月20日) 九钟起，午前餐。一日大风狂吼，黄沙涨天，至晚未息。逆旅寂寥，贫无聊赖。值此乱世，愁愤悲恨，人何以堪。厂伙来示酌就势工做。晚，阒无人声，风号尤甚。叹息闷卧。

初三日(3月21日) 春分。九钟起。午前餐。见徐丞，再陈工程即时修理，筹款办法，茫无头绪，坐候焦灼。至圣有灵，款亟筹备，殿瓦安齐，恭奉还御，则执事等祷切望切，深厚幸焉。

初四日(3月22日) 丁。十钟起。午餐。张喜送来少许药。午后剃发。少憩。看沈薇垣注解《脉诀》，少记诵。逐日萍寄逆旅，愁困无聊，家业已罄，官禄皆无，一家嗷嗷，饥寒在迩，奈何！长叹！

初五日(3月23日) 九钟起。午前餐。午正，雇人力车回家，看保寿孙。到复兴询当铺失物。赴定大理虾米居约。同盛绩卿食肘子。五钟进城。雇人力车，飞奔至厚门，电灯已亮，另换雇人力车回监署工寓。沿街行人渐稀，惨淡象也。强看书，愁卧。

初六日(3月24日) 浮。九钟起。午前餐。倦憩。愁困无聊，逐日艰苦，常存胸膈，如梦寐中。烦卧。

初七日(3月25日) 沉。九钟起。午前餐。倦睡。申初，步北新桥，天寿寺茶馆少坐。回监署，看报载升允、马安良等已认共合，不胜痛恨之至。何天下之忠义智略者皆无耶？浩叹已！孟子曰："不仁而得国者有之，不仁而得天下者，未之有也。"其言讵可信乎？虽曰天运当然，亦由人事而致。惟自亘古以来未闻有斯世事，家国何辜！可恨。

初八日(3月26日) 迟。十钟起。午后餐。烦闷，少憩。穷困交加，羁旅监署，虽已弃职，无所投止。僮仆无知，悉为隐忍，度日如年，伊于胡底？当此不生不死之际，人何以堪？长叹而已。

初九日(3月27日) 数。九钟起。午前餐。喜来，着买药。愁烦强忍，无计谋生，不堪设想，奈何！看李濒湖时珍《二十七部位诀脉》。羁旅无聊，贫穷待毙，死而已矣，不胜叹息。厂商来面议从权安窗琉璃，详核工料数目，以备设法筹款。与高谈。闷，夜卧。

初十日（3月28日） 滑。九钟起。午后食。两餐盐米琐屑，均须自行筹备。僮仆坐食不问，是何居心？当此穷困窘迫，朝不夕谋，推食食之，解衣衣之，以为当然。遇事模棱，毫无感知，情何以堪。所遇盖前生孽债，今世尚未偿清耶？奈何！隐忍待命而已！

十一日（3月29日） 涩。九钟起。午前食。当月处与众胡谈。见学部知照监署筹办划归文庙祭祀典礼事件。图书馆送薪金十四两四钱。杨兰坡来谈。晚，愁闷无聊卧。

十二日（3月30日） 虚。九钟起。午前餐。沉睡。二时醒，即计备晚食。日坐愁城，吃睡穷困而已。卧。

十三日（3月31日） 实。九钟起。自做早餐。仆出而不告，任意行为，隐忍强耐，自苦心力，待命而已。午后少憩，再备晚食。日日两餐均须躬筹，情何以堪。直此时际，不胜长叹。

十四日（4月1日） 八钟起。自做早餐。襆被，洒扫房室。午后，少憩。剃发。至晚，仆尚未归来。起居自行操作，孑身羁旅，左右无人，益觉凄楚。明月初升，满庭光照，夜色沈沈，人声寂寂，徘徊阶前，仰望皎洁，培常清阒，似身在梦寐间也。三鼓卧。

望日（4月2日） 长。九钟起。早餐。二钟，诣敬思堂。见徐丞，望筹工款，并陈因时办法以便交代，或撙节支持，姑延时日，万不得已之事也。当月处胡谈。睡二时，无聊，闷卧。明月当空，光照清朗，春风拂拂，夜阑寂寂，徘徊阶前，羁旅孑身，凄凉境况，可忾。

十六日（4月3日） 短。八钟起。午间餐。心绪愁烦，穷困无赖，度日如年。将至危殆，天乎何辜！强卧。

十七日（4月4日） 洪。八钟起。午前餐。昏睡大半日。胸膈痛，焦灼无聊，勉强支持，不知何至。早卧。

十八日（4月5日） 微。清明。八钟起。午前餐，少憩。镇日愁闷，生趣毫无。两餐筹计，坐惟待毙而已。卧。

十九日(4月6日) 紧。八钟起。午前餐。愁闷倦睡。日事两餐,苦寄逆旅,退进皆难,穷困至极。吁!卧。

二十日(4月7日) 缓。九钟起。午餐后即困卧。无聊极矣。月薪尚在望,势恐不常,可叹!支病卧。

二十一日(4月8日) 芤。八钟起。早,微点雨。午餐。当月处与众胡云。徐丞来,筹措工程薪工甚艰,不胜焦急。李顺送来图书馆薪金十六两,真成为接骨丹矣。少补工书月款,更可苟延残喘。又得半月矣。可叹。张喜来,着买晚菜。赘心痛,早卧。

二十二日(4月9日) 弦。九钟起。午前餐,即困卧。四钟醒,再买晚食。终日昏昏吃睡,穷困而已。卧。

二十三日(4月10日) 革牢。八钟起。午前餐,自操作。二钟,典簿高菊轩来面交徐丞转赍工程处月薪经费等款银圆一百三十三枚有奇,七五折合银一百两,暂作本月分燃眉,当即转交吴监督月薪二十五圆,折银十八两七钱五分,书手十圆,官役十两,本薪同吴。本月分合开支官役烛茶十四两,官书共六十圆。苟延之计,又得浮生一月矣。难极。

二十四日(4月11日) 濡弱。八钟起。午前餐。欲回家,值风未果。兴亲家来,稍谈三月十四日次子授室。少憩,愁闷无聊。看《脉诀规正》二十七部诗,将次读竣。迟钝特甚,精神不振。

二十五日(4月12日) 散细,伏动。九钟起。午前餐。午后,雇人力车到复兴钱铺访李某,未见面,回家,送银六圆。看保寿孙。山兰花盛开。至聚增少坐。六钟,回监署。厚门买点心。九钟后晚餐。卧。

二十六日(4月13日) 促结。九钟起。午前餐。当月处与众少谈。大风浑黄,幽闷愁烦,万分忍耐,不堪,卧。

二十七日(4月14日) 代。九钟起。午间赴复兴,李询失物。回家坐。四钟,雇人力车返监。风沙扑面。晚餐,惫。

二十八日(4月15日) 九钟起。午前餐。大风扬尘,花片零落，可惜。少憩，穷困愁烦至极，待死而已。卧。

二十九日(4月16日) 九钟起。午餐。出安定门，月城真武殿求签，甚吉。买煤及零食回。与月亭谈，卧。

三月

三月朔(4月17日) 八钟起。午前餐。当月处胡云一阵。少憩，愁烦极矣，守死而已，无聊，早卧。

初二日(4月18日) 十钟起。午餐。剃头。少憩。偶因外感头热目眩，四肢寒冷，晚服姜汤，早卧。

初三日(4月19日) 九钟起。午食粥。长日昏沉，头晕目眩，发烧咽痛。晚服苏叶葱姜汤，早卧。

初四日(4月20日) 谷雨。九钟起。午，微食。头眩，寒热。筹算工程处案簿，交代旧学部照二成放款。闻是日革党新名各部官辈到京，挈人无算，于七日间各署皆须交代离任。可叹可叹。晚间，热烧微退，咽喉浮肿，咽津尚觉涩痛，心肝火盛，何得清凉济之？支病，卧。

初五日(4月21日) 十钟起。午餐。热少退，胸膈涨闷，动止焦灼，思欲亟日交代告退，免受伪名，犹疑未能即决。工程处与吴谈。连日天气昏黄暴热。晚，大风，旱象，吁！灾。

初六日(4月22日) 十钟起。早晚勉餐。心热头眩，长天坐愁，无所寄生，不死何待！忧恨，早卧。

初七日(4月23日) 十钟起。早晚强食粥。头目昏晕，作烧不止，咽项浮肿。致王函。霁来函。早卧。

初八日(4月24日) 九钟起。午前强食少许，胸膈堵塞，头目晕烧。连日黄风狂作。懊闷穷愁，卧。

初九日(4月25日) 九钟起。午前强餐。郁极忧愁。致桂假函。馆电召未去。苦挨又一日矣。夜卧。

初十日(4月26日) 九钟起。午餐。项肿尚未销。幽闷日加，进退艰难，无所栖止。贫困立至矣，可(概)[慨]。

十一日(4月27日) 九钟起，午餐。定镇平来，同至福全馆便饭。雇人力车回监。本日图书馆交代，可叹。

十二日(4月28日) 十钟起。午餐。项脖浮肿。核销工程处款目，开单一。日夜呻吟不止。晚，徐电。强卧。

十三日(4月29日) 八钟起。早，徐丞来，面交清单，各项公件，发书役月工，监署交代。可叹。捡束归装。

十四日(4月30日) 七钟起。雇备车夫，命成僮装束行李及器具、书籍箱箧等，运送归家。午间，至徐丞寓谈一切。回家后，即困顿无聊，四肢媛，膝拘挛，肝胃气痛，起立不便。病日加增，此平生之关运也。所馀薪金四十圆，而日携僮食及零费烟债，月馀殆将罄矣。穷愁闷气，坐以待毙，无法逃生，隐忍含吁，罪何可堪。五月中旬，成僮含泪辞去，无钱养留。三年侍奉豢养，一旦别寻衣食，曷胜惋叹。自后，予则孑身起居，力疾操作。是有生以来，初历新尝之景况也。历十馀年久旧选之当十大钱，除偷去，馀存七百千作废铜，买洋圆四十馀枚。六月初五至七月二十日又竭矣。尚有告借聚增十圆。此际真束手，只待饿死矣。自四月初至七月，屡为定大理镇平邀同饮食云云。徐丞数月间来访十数次，商酌工程交代及请致荣相国函。七月初一日，于徐丞寓，将工程处所有一切册簿文件及大清银行不能提取银折十一万六千两零，均面同交清。取有教育部秘书梅光羲手字，即日到监转知各厂商，命役交清器具，以便遣散。十五日，柯世五来函约，覆未去。十七晚，电监。长龄来言。次日，赴部支取遣散书役费暨送特别费。十八日，到部支取。柯世五约，与厂商议事。又于二十二日核销前款，再著详实开单，诸节俟徐面陈。二十三日晚，成僮来送桃。久病，追忆已往，略识之。廿五日，早赴徐寓，未回。次日，徐丞来，始将教育部已领款项当面声叙明白，并言及特别费含糊收受，自惭觍颜，忝无气骨，为贫困所迫，万分无奈，不胜长叹。廿八日，到保商洋行取圆百六十枚，到部再与柯某面商工程事，是代各厂传话也。见厂商数次,反复开喻,始少有梗概。着长龄示周吏廿九日来交给遣散书役费九十金,十一名分赏。时际甚难得也,即日自购米面煤柴,及分给家人浮费,少还现时零债,已费去五十馀圆,尚多待举之事。阖家坐食,罔知节俭,伊于胡底?而奔驰挣命,计穷力竭,罪孽深重至极,最恨不死。七月廿九日初鼓后追识之。(双玉簪供一朵,此日花竣。自三月望至七月廿九日。)

天头文字:二十日立夏,四月初五小满,二十一芒种。五月初八夏至,二十三日小暑。六月初十大暑,二十六日立秋。七月(初)十一处暑,二十七日白露。

八月

八月初一日(9月11日) 十一钟起。长龄来,言遣散工程处书手、差役分领赏银九十两已竣。晚,东兴居吃面。二鼓,略记费用草账。朝夕陡寒,黯淡凄凉。闻黄兴今日到。

初二日(9月12日) 十钟起。教育部柯佥事函催厂商工程核实单。广化寺方丈清朗拜。早到广泰祥取劫馀棉衣九件。定镇平来,同至虾米居,与敬某斗牌吃饭。

初三日(9月13日) 十钟起。洒扫屋宇院落。晚,东兴居吃饭,食炒栗。晚,凉风特甚,凄楚。

初四日(9月14日) 午后起。复兴、兴隆、万丰、永德四公柜厂商来,再酌核实开单办法。补葺后院塌墙,工料需费,贫困无奈,偏多斯事消费,真若抽筋也。动辄需交钱,一文无所得,孑身孤独,一家坐食,尚多浮费,有死而已。乍寒,凉甚。

初五日(9月15日) 十钟起。德兴购备糊棚窗纸。东兴居强坐。后院墙葺整。晚,风凉。

初六日(9月16日) 七钟起。糊棚窗。拘抵房费八十馀圆。无奈之至,搬运洒扫,整日惫甚。

初七日(9月17日) 九钟起。洒扫房室,安置桌凳,极乏。虾米居邂逅定，酒饭。厂送单来。

初八日(9月18日)　丁。九钟起。洒扫屋院。午后，雇人力车赴教育部，代与四公柜厂商销减万金，并交部核实清单，恐后有悔。晚，厂商来，重言后，事尚多周折变作，不能必定，惟恐为他人作嫁。俟部约再为计算。茶肆少坐。广泰祥取包袱一方。酌卖水獭大褂马褂，可叹。所馀衣不过十之二三耳，皆被童仆盗去，隐恨极矣。十日间，已费去正七十圆，艰苦万状，衣食必无可筹。日不进分文，一家均坐食，尤多虚縻，诸不节俭，外姓更多浪掷，浮支要取。当此时事，真可忧可虑，可畏可愤，痛心吞泪，求速死而已。初鼓到大街购洋布作棉帘，买石榴四枚。夜间阒寂，独对寒檠，凄凉漫记。

天头文字：梨不甚多，柿叶将红，新篁尚多行，鞭笋甚茁壮，酸槟子味香，鸡冠花绰约，秋海棠将卸，勤娘子初收子，鸡头米已竣，枣已红甜。午后尤闻蝉声。

初九日(9月19日)　十钟起。整洁房屋，随时捡扫院中落叶，浇灌草花。贫无聊赖，强忍混时，待死而已。晚，食白菜包。穷馋购毒，浪费三圆，可恨可惜。寂寞，夜卧。

天头文字：江西腊小花放一朵。

初十日(9月20日)　十钟起。洒扫房室院落。午后饭。欲诣徐，值雨未果。秋雨清洒，清净无尘。院中松竹，湛翠如洗。小室瀹茗，观翁常熟《石印笔札》。当此大乱，贫困忧患之时，得暂受一日之幽闲，亦片刻乐适也。二鼓就枕。雨声在耳，极孤寂。

天头文字：摘大红雀花四朵，扦水盂中，鲜色丰致可画。

十一日(9月21日)　十钟起。洒扫房室，捡除院中落叶。四公柜厂商议酌核销及后来如何承做，尚费周章。日作点交见存物料已清。三钟，赴徐寓，覆询问事，少谈，即由厚门归。沿途景象迥别。初鼓后，小窗望午月，秋静寒洁，寂寞，卧。

十二日(9月22日)　十钟起。扫院中落叶，整理竹池，秋意幽净，天气晴明。晚，坐小窗看新月筛映，松竹清影，参差掩照。独坐小斋瀹茗，看十数年前谬临苏米法帖，暂释穷愁，亦一时之闲适也。阶上裴徊望月，何时始得太平也？

十三日(9月23日) 秋分。十钟起。扫院，捡拾松花。初鼓，望明月，秋宇澄静，孑身凄凉寂寞。

十四日(9月24日) 十钟起。扫院，剃发。应节买肉解馋劳。晚，成来候，馈花糕，良心尚在。

中秋望日(9月25日) 九钟起。补诵经竣，理屋扫院。一家尚能饮酒食肉，过此穷节，良不易也。回忆去岁驻工太学，成僮服役，至今一年矣。荏苒如梦，不意天下变迁扰乱，天翻地覆，至是不知何日复见天心，始受安生。言念及此，曷胜浩叹。夜观明月当空，皎洁如昨。人事贫困愁迫，日益加紧，未有呼吁，待毙而已。人生际此不辰，亦亘古未有之奇变，洵劫运当然耶？三鼓，不寐记。

十六日(9月26日) 十一钟起。理屋扫院。午后餐，困睡。申刻醒，无聊烦闷，孑身枯坐，待死而已。秋色黯淡，树木渐次黄落。愁绪萦怀，触物凄恻。凄凉景况，益切感伤。处此境遇，家人茫然无知，未有少话及者，亦可慨矣。夜不能寐，三鼓记。

十七日(9月27日) 十钟起。扫院，拾松花，铺垫铺。某来代各厂，仍欲承做工程续事。午后饭。四钟到教育部见柯佥事世五，代各厂愿续工做，以全名誉，极力荐说，尚俟商明总长，再为定局。六钟回家。饭后，看闲书，待月，夜睡。三鼓后，皓月当空，仰见竹梢松顶一轮映照，清奇入画，洵雅观也。直此秋夜澄靓，万籁无声，羁愁枯寂，时遇景象，恍若出尘，喜而识之。

十八日(9月28日) 十钟起。洒扫房室，数扫院中落叶。秋色黯淡，孑身枯寂，随唤无人，穷途困难，隐忍凄楚，倍觉伤感。日复一日，真不知世界何中何谓人生之趣。初鼓后，阒寂无声，微闻风送远柝，俨若夜深，秋凄何堪。

十九日(9月29日) 十钟起。扫落叶，拾松花，捡柏子，清理竹池。午后，憩小斋，看微风晴日筛摇树影，天机自然，寂无人声，洵觉澄静。虾米居晚酌。三鼓卧。

二十日(9月30日) 十钟起。数扫落叶,整洁院宇。监役常海担来去岁留蓄秧菊丨盆。晚,东兴茶馆吃肉饼。二鼓后,温《脉诀》。孑身枯寂,独对寒檠,可慨。

二十一日(10月1日) 十钟起。扫落叶,甚倦。四钟,赴扒儿胡同岫静山家,躬送贺金一圆。来回雇乘人力车,路遇尚扎。各厂商来,未得会见。晚,疲困,看书,早卧。

二十二日(10月2日) 十钟起。扫落叶,捡柏子,极疲。申刻,四厂商来面言,教育部示开具核实工料数目,仍着接做工程,知照商酌,事必准成。看书写字,早卧。

二十三日(10月3日) 九钟起。扫落叶,晒菊秧,牵牛花尚开二朵。东兴居少坐。平外虾米居酒饭,买柳升二个。晚归,写仿读《脉诀》。食柿,看小说,夜卧。

二十四日(10月4日) 十钟起。扫落叶。午后餐。郁憩。日光暗淡,照地皆赤。四钟,复兴厂商舒复英来,面酌核实工程,接做工料款目价数。次日,即递教育部阅计详参,必可准成,有厚望焉。晚,东兴居就食面。看《脉诀》,心忧烦,早卧。

二十五日(10月5日) 一钟起。昨夜子刻起,秋雨淋漓互断,至今日三钟始止。晚风晴许,凉甚。晚拥炉食火锅,饮酒。时际亦属幸事,孑身枯檠,更益凄凉。风寒,早卧。

二十六日(10月6日) 十钟起。风晴乍凉,老黄来,言已卖水獭大褂马褂,为贫买食,而售价大半替他人坐扣衣债,可叹可气。此皆宿世孽债也。言之痛心,凄凉无聊,卧。初鼓,成童来。未片刻,陡然拳打脚踢,不分皂白,谩骂无礼。遇此无辜,顾属半空飞来,劝谕数四,辱詈余身,悖伦逆理。平生至今,余老矣,实未经闻见,而意外躬尝之。苟延残喘之际,更复直奇变悖逆之野蛮无教之事,命何以堪!孑身忍耐,不能早亡,尚有此等孽障,命薄可叹极。

二十七日(10月7日) 文庙圣诞。十钟起。胸膈痛甚,头目眩晕，力疾扫院中落叶。起居一切，躬自为之。老来如是，可叹之至。着鸿上庙市买物。尚何心肺，只求早毙，脱离苦海，债孽偿清，幸甚幸甚！昨尚温二十七部《脉诀》，意欲谋生，殊觉无谓，速亡！

二十八日(10月8日) 十钟起。扫落叶，晒菊，剃头。茶馆少坐，街市吃烤肉，看书，夜卧。

二十九日(10月9日) 寒露。十钟起。折叠被褥，扫炕放桌，掸扫里外屋桌凳，扫地，拂尘，摘外窗板，漱齿洗盏，烹茶服药。时近午正，扫除院中及竹池落叶，移晒菊盆，捡拾松花、柏子。饭后，少憩，盥洗，再捡扫不时落叶，整洁院中屋内。四钟，束带整衣，捡携零物。无聊，赴街闲荡。茶肆勉坐，晚则就食，归来已掌灯许久。再喝茶，换衣，看书记账，写字数十。上窗板，展衾，延宕数时，独向孤檠，寂寞无聊，时逾三鼓，时闭阁下廉，移灯就寝，展转不能即睡。孑身之况，现历如是，盖可叹焉。次日犹然，何日始得安生耶？死则已。

九月

九月朔(10月10日) 十钟起。扫叶，理屋，凄楚疲劳。四钟，茶肆少坐。到广泰祥衣铺，代卖去水獭大褂马褂二件，洋钱六十八圆，坐扣代偿少爷去岁赊做布面新皮袄一件，价二十八两零，扣留洋三十八圆，折合银二十七两，找回三十圆，尚欠童赊皮袄一件未还二十馀两。当此时际，钱物万分艰难，衣食焦愁，而代他人填不满之非理陈债，此余宿世冤孽也。饮泣忍痛，曷胜叹息。所卖之馀钱，仍须籴粮买柴，零用一切，虚縻等费，不日即罄。一家坐食，罔顾省俭，不识前途当如何困苦也。言念及此，实万分不愿与等相处，只求佛天鉴怜，早赐速死，免作牛马，脱离苦海，为厚幸焉。三鼓，独对孤檠记。

初二日(10月11日) 午正起。早晨微雨。扫落叶。五钟，东兴少坐，托买面。遇镇平，少谈。白塔寺购小白炉二个。晚，街上吃烤肉。回家，着鸿买梨九个，分啖众人。闻大清门额昨日已由革党换书，悬挂中华门字。噫！可哭可叹！休矣！夜卧。

初三日(10 月 12 日) 九钟起。扫落叶,晒菊。申刻,上街买零物,购面油家需。忍厌又混一日。夜卧。

初四日(10 月 13 日) 十一钟起。扫落叶。晚,东兴居食饼,无聊无奈。天阴渐寒,愁郁,早卧。

初五日(10 月 14 日) 十二钟起。扫落叶数遍。天阴微雨,穷愁无聊,待死而已。胸胁痛,夜卧。

初六日(10 月 15 日) 十二钟起。一日夜风极大,落叶甚多,数次扫除,劳乏疲惫,匆匆又过一日,愁闷无聊,孑身枯寂。胸胁隐痛,自知成患,幽囚贫病,待毙而已。夜深卧。

初七日(10 月 16 日) 十钟起。扫落叶,极劳。四钟,出城,买煤球一千斤。虾米居晚饭。归,夜卧。

初八日(10 月 17 日) 九钟起。扫落叶,捡拾松花、柏子,极乏。申刻,雇人力车上护国寺。游人甚夥,细察类皆俗贫,以及庙市百货率多冗杂,非复(丰富)向日气象,自后定知索寞。噫,难复旧观矣。京师各处,皆同一变。如此,曷胜叹惋。购仲景《伤寒论》八本、小照木架、苏鱼,看各肆菊秧,无一棵少可观者。世界之贫俗,立可睹焉。晚,坐窗前看月钩。寂寞无聊,凄其孤穷。三鼓卧。

初九日(10 月 18 日) 十钟起。扫落叶,捡柏子。早晚阖家吃煮饽饽。匆匆又过一日矣。阴晴。夜卧。

初十日(10 月 19 日) 十钟起。扫落叶、竹池,极乏。酉正,半月当午,照窗甚明,无聊混时,夜卧。

十一日(10 月 20 日) 十钟起。昨夜风甚大,吹落黄叶满院。又直阴凉,不胜凄惨。勉拾松花、柏子,混时无聊。午后,幽闷少憩,瞢腾,匆匆一日,不过二餐。贫迫立致,可叹。夜卧。

十二日(10 月 21 日) 十钟起。天气渐寒。整日扫除落叶,遍院无遗,剔捡柏子、松花,逐日孤身役物,不胜劳顿。四钟,微雪。天时顺逆可鉴。夜,凄凉幽寂,耐寒,卧。

十三日(10 月 22 日) 十二钟起。天气阴寒,不见日光,黯淡凄凉，益形幽寂。二钟，铺垫。李来，再言工程接做事暨万丰等厂计较情节，惟望即成，幸甚。夜三鼓，卧。

十四日（10月23日） 十钟起。感寒，胸胁隐痛，力疾收拾，行住坐卧，勉扫落叶。逐日劳役，隐忍曲蜷，心身何堪。孽哉！日晡，剃发。东兴居强食饼。支病服姜，夜卧。

望日（10月24日） 霜降。十钟起。天气严寒，极凉，一日夜淋雨。胸胁痛少止，起动均强自支持。小室枯坐，幽凄无比，随看《脉诀》书，分别诵记，甚不易也。心力劳瘁，奈何！夜卧。

十六日（10月25日） 九钟起。晴，树木如洗。扫拾落叶。三钟，市铺买铜鏇一个。茶肆少坐，街上食炸糕。虾米居酒饭。归家，自烹茶，看明月皎洁，树影满院，捡点一切。夜卧。

十七日（10月26日） 月午，子正。九钟起。晴阴互时。剪除藤条，扫薜荔落叶，自升炉火，洗盏烹茶。无聊劳役，可叹。鸿庙市购粗菊八棵，觅盆自栽，颇乏，未得片时少歇。夜半卧。

十八日（10月27日） 九钟起。天气晴暖，晒菊。落叶满院，随时捡扫，整理房室，掸涤几案，无聊劳役。市肆买鸥波六枚，茶馆少坐，胡云。晚，看书，待月。三鼓后，卧。

十九日（10月28日） 十钟起。午后，芟剪藤蔓及薜萝枝叶，摘剔柿叶，捡藤角，扫除院中落叶极多。一日劳役，甚委顿。毕旺来。晚胸胁痛。夜四鼓卧。

二十日（10月29日） 十钟起。捡扫落叶，晒菊，整理房屋。三钟二刻，闲步街市，食炸糕。茶馆与众人胡云一阵。晚归，饭后写字数十，看《脉经》。三鼓后，强卧。

二十一日（10月30日） 十钟起。天阴细雨，一日未止。柿叶自堕无算，时刻捡扫。冒雨捞拾石盆内薜萝及扫除竹池败叶。雨洗菊，蓓蕾极鲜洁。劳役终朝，夜卧。

二十二日（10月31日） 八钟起。天晴。扫院中落叶极多，一日遍及二次，劳役过甚。午，少睡。昨夜腹微痛，少泻感寒，见觉疲困发躁。午后，就日晒菊。晚，看书。三鼓卧。

二十三日(11月1日) 九钟起。天晴无风，扫拾落叶，芟剔地下苹蒡蔓条积堆乱叶，移盆向日晒菊。雪青莲初放三朵。一日劳役不止。灯下写字数十，看《脉诀》，无聊。夜卧。

二十四日(11月2日) 十钟起。晴明无风，扫落叶，剪藏牵牛花子，移盆就日晒菊。紫菊、白露、含霜初放。晚，东兴居饭。初更归。收拾起居，一切琐事。写字，看书，夜卧。

二十五日(11月3日) 九钟起。晴明无风，捡扫落叶，向日随光挪盆晒菊，撣扫房内几案，逐时劳役，亦平生一时遭际也。四钟馀，茶肆勉坐，胡云。晚，写字，看书，夜卧。

二十六日(11月4日) 十钟起。夜内风起，申刻方息，吹落藤叶无算，满院狼藉。尽日撮扫，尚未能净。劳役不堪，菊花十馀盆，挪列室内。含苞半放，尚须晴晒。夜看书，卧。

二十七日(11月5日) 九钟起。洒扫室内。昨夜子时起风，一日未息，寒甚。着鸿包束培藏牡丹株棵，捡点旧藏笺纸，尚馀二十套，计八十匣。写字，看书，如梦。夜卧。

二十八日(11月6日) 十钟起。风息，极寒冷。整洁屋内。着鸿、喜运土培壅竹池及松藤等。花木根下扫出隙处，积土败叶。冰冻二寸，冬寒已临，受凉。晚，拥炉，力疾卧。

二十九日(11月7日) 十钟起。一日风未息，寒冷特甚。时令失序。摘室前柿果数百枚，已冻。菊将初放。直此陡寒，仍须日晒。心冷瑟缩，怯于出屋。看书，穷愁无聊，卧。

三十日(11月8日) 立冬。十钟起。风寒特甚，耐冷。扫落叶，室内看菊花盛开。谬写菊花诗。晚看《脉诀》，甚不易记。独对孤檠，冷澹幽栖，景况惨黯，穷愁如是。夜卧。

十月

十月朔(11月9日) 十钟起。风，申始息。扫邻家落叶，拾藤角子，理屋，看菊，写行草。晚，东兴饼，买零物归。炉火旺甚，室内极暖，啜茗。看《脉诀》二十七部，成诵。夜半卧。

初二日(11月10日) 十钟起。风息，少回暖，天气仍黯淡。扫败叶，理屋，对菊。渗金葵放开，白露、寒霜、雪青莲盛开。拥炉啜茗，写行草，看《脉诀》，虽闲适，贫困何。夜卧。

初三日(11月11日) 十钟起。风申息。扫捡败叶，理屋。寿仙楼初放。午后，日照满窗，炉火甚旺，小室明暖，烹茶赏菊，写行草数十字，诵《脉诀》几句，惟劳穷困，抑郁无聊。夜卧。

初四日(11月12日) 十钟起。天晴。午后饭。扫拾院中刮来落叶，晒菊。申刻，上街剃头。茶馆少坐，胡云。出城，虾米居酒饭，买糖葫芦。归来写字，看书。烦闷噎气，卧。

初五日(11月13日) 十钟起。微风。午后晒菊，理屋。闷倦，少憩。写宋杨万里《蕙花》诗行草一编，看《脉诀》，诊虎口三关及一指定寸关尺，三部诵讫。晚无聊，夜半卧。

初六日(11月14日) 十钟起。风寒，自升炉火，收拾日作琐务。午后饭，极倦，就枕少憩片刻。胸胁掣痛，手足逆冷，力疾役作。申刻，烹新汲水茶。写数十字，看书，夜卧。

初七日(11月15日) 十钟起。无风，甚冷。午后，晒菊。寿仙楼盛开。写行草二篇。申刻，少憩。定镇平过访，同至城外虾米居便谈酒饭。看《脉诀》，温记诵。夜三鼓后卧。

初八日(11月16日) 十钟起。晴明无风，甚寒。午后，晒菊，烹茶，对赏。写佩文斋兰花诗行草数十字。看《脉诀》，勉至茶肆，少坐。晚归，穷愁无聊，不禁泣下。夜卧。

初九日(11月17日) 十钟起。午后阴冷。浇菊，理屋，升炉火，扫阶下落叶尘土，灌水烹茶。录李德裕《兰》诗。史匠来，穷说一阵。室中拥炉，耐坐，烦闷，贫愁，看《脉诀》，夜卧。

初十日(11月18日) 十钟起。大风扬尘，甚寒冷，刮来败叶尘土，满院堆芜，不胜扫除，令人懊闷。霜降至今，未有一日不风。估衣黄来。午后，写字，困憩，看《脉诀》。三鼓后卧。

十一日(11月19日) 十钟起。午后又风起。四钟，少息，败叶满院，皆系邻家吹来榆枣，日日如是，不胜扫除，可厌之至。诸多琐事，时刻劳役，可叹。写字，看《脉诀》，夜卧。

十二日(11月20日) 九钟起。极寒，风息，晴明。饭后，午窗日照，晒菊。写行草数十字，少憩烹茶，闲适片刻，劳役随之。穷狭不能蓄人，奈何！后晌赴茶肆。回，看书，夜卧。

十三日(11月21日) 九钟起。晴明，未风，极冷。午窗呵冻，写佩文斋兰花诗百数十字。就日晒菊及浇溉室内案头供，渗金葵盛开，虽远不及金连环、黄玉扇等雅润风致，而花开甚大，颜色纯洁，绿叶纷披，绰绰亦觉可观。近年粗秧类中亦属娇娇不俗。其白露、含霜、寿仙楼皆可比肩。午后，晴窗烹茶，对赏，实为韵事快忻。《脉诀》杂症合六十种类，诵记尚不熟，须常温习。晚，东兴吃肉饼。踏月归。寒月皎洁，小室明暖，啜茗看花，暂适为幸。夜卧。

十四日(11月22日) 十钟起。午后，理屋，晒菊。天气虽晴明无风，而甚寒，手足极冷。午后，写行草数十字，诵《脉诀》。心烦畏寒，亦觉有病。起居不胜劳役。夜四鼓卧。

望日(11月23日) 小雪。九钟起。理屋。午餐。天气欲风，阶前手植小松三株，见已高过檐际。计逾十年馀矣，颇有苍郁之色。偶从傍过，时有微风，即觉涛声可听。此初闻也。他日凌霄干云，来凤栖鹤，殆有时焉。余老矣，能或见直否？思之黯然。四钟，赴街市东兴居少坐。广泰祥买狼皮方褥二块四圆。出城，虾米居赊饭一餐。乘月步大街，见市面甚冷落，可伤！回家，写字，送《脉诀》，啜茗，望月清朗，微风，夜卧。三鼓，月当正午，徘徊院中，望月拜祷，亟即佑赐生机，私愿工程准当续做，无移四家公柜厂商，同具公良酬送维持金若干，以作养生之需，此真接骨金丹，祈天鉴悯，速成，即如再造矣。灯下牙牌，过五关，活归天长，窃幸之。室暖如春。再识。

十六日(11月24日) 九钟起。理屋，扫地，升火炉。午餐。整顿移晒菊花。晴窗写宋濂兰花篇数十字，少憩。看《脉诀》《伤寒歌》。晚，微饮酒。阶前徘徊看月，卧。三鼓后，明镜高悬，三星当户，向上叩祷，所求亟成，永感不忘，终身顶戴。再记。

十七日（11月25日） 十钟起。掸扫屋内，升炉扫院。午后餐，写兰诗百数十字。广泰祥老黄送来代卖大毛出风袍褂一套洋圆三十八枚，可惜可叹，为贫如此。即购面及煤盐琐物，以供一家坐食。晚茶肆少坐，与恩崇等乱谈一阵。近日屡梦所思，今邂逅遇见，或因精感使然耶？抑亦有宿因与？姑俟，必当验。著鸿买备次日肉食，孝敬阖家。诵习《脉诀》，颇神昏心烦，无奈。四鼓卧。

十八日（11月26日） 十钟起。感寒，忽冷肢，不舒体，强力理屋升火，役作琐事，眩晕，支持。午餐后，录书兰蕙诗一册五十篇讫。烹茶赏菊，诵习《脉诀》，支病。夜卧。回想光绪十七年至二十七年之间，奉职通州西仓，十月中即赴通常驻，每日开放王公大员等米石。侍僮成、秀时刻服随，罔不尽心竭力，实属难能。殆至今日岁易时迁，直是一梦耳。今昔之感，叹惋何堪，凄其穷迫。偶识。

十九日（11月27日） 十钟起。理屋升火，洒扫院阶，浇菊。写梅花诗三首，无聊。茶肆，即晚食。聚增买药换圆。街市买食物回，再烹茶，记日费簿，诵习《脉诀》。看报，恨不天心向顺，祸乱即消，使四海天下苍生，均享太平之福。祷切望甚。夜四鼓卧。

二十日（11月28日） 九钟起。齿痛，掣及右颊浮肿。午后餐，支持理屋扫地，拾煤添炉。浇晒菊花。每时劳役，种种琐事难堪。申初始得少歇。录写梅花诗行草数十字。气浮擘笨，全无灵动。身心劳累，穷迫忧烦，均是强努。午后，几净窗明，笔砚靓洁，随书数诗。啜茶对菊，新购木瓜四枚，盘陈案头，时闻清香。际此贫患，尚能如是，亦属欣慰暂幸。晚，诵《脉诀》，夜半卧。

二十一日（11月29日） 十钟起。右颊连颧颐、眼下均浮肿，齿摇软龈，上下肿胀。右脉三部皆洪大相，火炎脾肺，有积聚，兼感风寒，心肝躁急，系为穷迫忧虑所致，徒呼奈何。支病强作，起居时琐，一切劳役。午后，勉写数十字。晚，诵《脉诀》，力疾随记。夜半卧。

二十二日(11月30日) 午正起。天气晴晦不时，黯淡直之，更觉黯然幽凄，愁闷特甚。仍力疾劳役一切琐事。强写行草，心绪无聊。诵《脉诀》，烦躁健忘，目暂昏，夜半卧。夜午不能寐，以酒浇菊虫，未卜可祛除否。天又刮风，雪意散矣。再升炉火，饮茶，劳役琐屑。步履迟重，逐日甚形委顿，家人只知坐食，罔知顾代，亦可叹矣。国破家贫，饥寒在即，不知何以为生。愁肠日念，无法谋算，是真坐以待毙。尚均醉生梦死，更可忾然。面目浮肿少消，胸塞不舒，独对孤檠，凄惋太息。夜记。

天头文字：人之呼吸一日一夜，一万三千五百息，脉行八百一十丈，周而复始。血为阴，气为阳，肝为血，肺为气，血为荣，气为卫，心主血脉，肾为胞门。

二十三日(12月1日) 十钟起。天晴，微风。力疾劳役一切，齿痛少减，疏软太甚，右腿肚积聚筋核，右脚一指忽肿，均因寒而致。午后，晴窗勉写数十行草。诵《脉诀》，幽凄贫迫。夜卧。

二十四日(12月2日) 十钟起。力疾役作一切琐事。足指更加浮肿，时复胀热，两腿肚扪之，均积有筋块，按即酸痛，惟恐拘搐，奇疼难忍。老矣，受此寒根，奈何奈何！午后，勉写行草，极坏。疲倦少睡，心神无聊，幽凄之至。晚，诵《脉诀》，夜卧。

二十五日(12月3日) 十钟起。天晴明。午餐后，疲倦少憩。齿痛，少郤腿软，指肿未消，目加昏暗，胸胁间痛。勉写行草，俗甚。心不纯静，难期进益。四钟，赴宫门口迤东妙应宫，俗名曰白塔寺游瞩，瞻仰释迦宝塔及金辽重建碑，殿宇宏丽，巍峨坚固，近世工程难与比拟。是日，俗呼为转塔日，喇嘛僧诵咒，游人如织，率多俗鄙。少步到茶肆。晚食炖羊肉。归，默诵《脉诀》，记簿，时交子正，再饮茶。夜深卧。

二十六日(12月4日) 十二钟起。心绪烦闷，咽痛，齿复浮肿，食物有碍，心肾虚火，而致忍之又忍，任命而已。力疾劳役，何时少息？午后，强写行，殊困顿。晚，诵《脉诀》。夜半始寝。

天头文字：汉张仲景治伤寒三百九十七法，一百一十三方，条分缕析，无不详备，故仲景为伤寒之鼻祖。业此道者，当通览之。奔蛇走虺势入座，骤雨旋风声满堂。初疑轻烟澹古松，又似山开万仞峰。寒猿饮水撼枯藤，壮士拔山伸劲铁。怀素《草书歌》。

二十七日(12月5日) 十钟起。起居琐屑一切。改做绛色江绸羊皮袄一件，取来即服。到庙市购小梅一株，小菊二棵。来回雇人力车。茶肆少坐。归，写字，看书，较乏。夜四鼓始卧。

二十八日(12月6日) 十钟起。起居琐屑一切。升火，扫院中风来落叶。午后餐。疲倦无聊，少憩。花肆送来昨购紫白二小菊，小梅一株，栽盆，置之窗前案头，时加观玩。每当煦日晴照，或夜月横窗，与之相对，伴我岑寂之境，解我幽抑之怀，所谓寒与梅花同不睡也。晚，写梅花诗行草数十字。看《脉诀》。三钟，晴，待玉李。晚，看书，卧。

二十九日(12月7日) 大雪。十一钟起。昨夜转侧不能寐，天亮始瞢腾睡。心气不足，郁闷烦恼，事皆逆心强忍。穷迫立致，受此无限苦恼，生当境遇，遭际何堪！罪孽深重，何时始解脱耶？风尘满院，耐寒，扫台阶，收拾室内，琐屑劳役，逐时不胜烦躁，只有忍耐太息，自认命苦而已。午后，写行草数十字。晚，看诵《脉诀》，筹办柴米杂事，心力交瘁，已形困顿委靡，奈何！夜半卧。

三十日(12月8日) 十钟起。收拾室内，扫地拂案，扫除窗外阶前尘埃，不胜劳烦。午后，写梅花诗行草数十字。浇菊烹茶，疲乏，少憩。命鸿城外购煤待用。可笑。四钟，上街，东兴茶馆少坐。归，看《脉诀》。匆匆又挨混一月矣。日在梦寐中。夜半又卧。

十一月

十一月朔(12月9日) 九钟起。天气加寒，夜间拥衾甚冷，伸缩瑟滞，腰膝时有酸拘。将老如此劳役，日作诸琐事。午后，风未起，就晴窗案头写明人程嘉燧《梅花》七律诗二首行草数十字，手心全不灵活，比前涂抹反形俗涩，是心愁力劳之致。疲困，少憩。又做升火，撮扫灰土。少间，诵《脉诀》。晒菊，盆梅将放，水缸冻。夜，耐寒卧。

初二日(12月10日) 十二钟起。夜来展转愁闷。五鼓后始睡，然醒来数次。今日即四肢乏软，倦怠无力，手足冰凉，心凄身惫，畏寒特甚。力疾役作，勉强写字，诵《脉诀》，气促。晚，拥炉，夜卧。

初三日(12月11日) 十钟起。天气回暖，无风。昨晚烧石子暖被，少却寒凉。五鼓起泻，劳役一切。午后，晴日满窗，写金俊民《梅》诗行草，烹茶，看残菊，诵《脉诀》，看药歌。夜卧。

初四日(12月12日) 十钟起。劳役琐屑，心中烦躁，腰腿酸软，疾病缠身，不死不活，生何以堪，苟延残喘，直待受尽饥寒，方愁毙耶？孽哉！午间，写刘言史《梅》诗。疲倦甚，强诵《脉诀》，健忘神亏，老况当此境际，倍觉惨淡伤怀，呼吁何应？夜深，又卧。

初五日(12月13日) 十一钟起。劳役一切，琐屑之至。午后，晴煦明窗，录写朱子《梅花》诗行草百数十字。烹茶，赏残菊。晚，茶肆饭。回，诵《脉诀》，兼看《汤头歌》，望月牙。夜卧。

初六日(12月14日) 十一钟起。劳役，日逐俗冗。强忍烦绪，曷胜辛苦。生当世际，自以速死为幸。午饭，粟米素蔬，味清，殊新口。晴窗照小室明暖，洗梅啜茗，写放翁《梅花》诗二首。报闻老友盛绩卿逝世，可惋。东兴饼，无味，不廉。诵《脉诀》，夜半卧。

初七日(12月15日) 十二钟起。起居操作，劳役一切。昨天亮始瞢腾睡。心虚愁烦，日益穷迫，伊于胡底？早未餐。午后，强写戴复古《梅花》绝句。少隙，诵《脉诀》。夜深，抱石卧。是日，着鸿赴庙市买熏鱼，少解馋耳。忽购来梅花一大株，水仙十箭两簇，佛手一枚，饽饽二十个，稣鱼三条，费洋二圆，深为縻需。因囊馀卖衣钱将已告竭，薪粟又罄，尚须变卖筹措，苟延残生，虽属无几，总为失当。贫穷之拘迫人，亦可哀矣。思之不豫，夜深不能成寐，随笔记之，或尤为后来警戒与？四鼓又识。

初八日(12月16日) 十一钟起。劳役起居,混时待毙。午后餐,洗晒水仙。郁闷无聊。晴窗明煦,写王冕《梅花》诗,元僧明本九字律诗。诵《脉诀》,记《烫头补益歌》。晚,枯坐,愁烦,夜卧。时交子正,月钩西斜,竹影疏澹,徘徊阶前,仰见三星当头,列宿光灼。此际万籁无声,澄寂湛静。忽来微风,阶下手植小松作涛声可听,殊清耳尘。小室明暖,拨火再烹新茶,看壁上窗间盆梅花影,参差横斜,未能画也。寂寞幽静,更加凄凉。看西楼帖几页,展衾抱石,扃户下帘,息烛,三钟睡。

初九日(12月17日) 十钟起。劳役一切,殊烦绪。少隙,尚默诵《脉诀》,强记不易,心力交瘁已极。家人等辈,只知坐食,薪粟均须筹措,尚多浮费,不知轻重,计算撙省。饥寒迫在目前,无物变卖,非只坐以待毙,必致困顿饿殍,无限受罪,此际尚活世间,是则为地狱,受无量苦也。奔波大半世矣,直此时事,众辈坐食,罔知计较,真不知人心安在,情理何存。逐日贫困忧虑,隐忍抑塞。受此苦孽,无边挨混,何时始得死却解脱耶?不禁长叹。间作无益之笔墨,亦系无聊。午后,写陈眉公《梅花》诗。是日,录书《梅》诗五十页一册讫。晴窗,洗洒水仙。诵《脉诀》,看《汤头方歌》。晚,望半月清朗,满院明亮。抱石眠。连日初鼓即闻厚载门外钟声,铮铮在耳,恍如前年庚戌冬,假榻后河广化寺僧寮,携成童避嚣。时谬充图书馆总办,就近差次。去岁迁太学,监督工程。后未常听也。今忽闻此钟声,直如身在僧舍。五更初醒,枕上犹带馀音,瞥眼流阴,恍然如昨,若梦初觉也。今昔不能无感,回忆不禁泣下。

初十日(12月18日) 十钟起。劳役一切。午前,写梁谢朓、齐元帝《竹》诗三页。晴窗晒水仙,将出苞。晚,无聊,到东兴茶肆食肉饼。乘月归,诵《脉诀》《汤头歌》。夜深卧。

十一日(12月19日) 十钟起。劳役一切,四肢逆冷,心中发噤。室中炉火微温。天气阴寒渐加严。近午,大雪飞扬,至暮八钟未止,积有数寸,实成琼瑶世界,天地一色,洵为奇观。院中松竹石树,纯然洁白，极堪入画。小室明暖，啜茗坐观，心目为之一清。晚，拥炉饮酒，得以赏此瑞雪丰兆，亦难能也。惟念此际小民谋升斗者甚众，恐致饥寒，不免奈何。当时国已破，家殆亡，饥寒在迩，今日勉享是遇，后来何堪。设想言之，不禁泫然。二鼓后，冷甚，呵冻识之。少间，诵《脉诀》，抱石卧。

十二日(12 月 20 日) 十钟起。开门观雪，厚积七八寸。天晴，无微风摇落，阶前松竹石藤及杂树均堆积如玉如银，洵是画境。午后，日光晴煦，照映窗棂，室中明暖。扫石上雪烹香茗啜之，觉异常轻爽。室中盆梅半吐，水仙坼苞，微香清浮，心清境净，展徐美若绘《松雪斋》图，更益清奇。当此危殆之际，尚能适一时之清雅闲静，为不易得也。惜无同志者共之。写元虞集、明文征明《竹》诗，诵《脉诀》，卧观积雪。晚食后，陡然心腹痛甚，气虚欲绝，畏寒，极冷，灾病渐来，死期将至。夜抱石卧。

十三日(12 月 21 日) 十一钟起。天明腹泻不爽，心烦惫困。早阴，微霰，寒冷成冰。午间少晴而黯淡，勉强写行草，墨凝笔滞，呵冻手僵，仍腹胀心急，罪孽。诵《诀》，夜卧。

十四日(12 月 22 日) 冬至，十钟起。天气严寒，朔风凛冽，滴水成冰，瑟缩拘栗，寒不可当，过甚。劳役日程，努力支持，十分疲惫，到少隙，尚复诵识《脉诀》《汤头歌》，类心浮气室。随读难记，神亏健忘，精力已衰，勉强将事，尽心而已。贫困交迫，谋画衣食，日不暇给，衡虑忧烦，欲作课程，亦觉极难，益求精详不误，更非易易，奈何！午窗呵冻，写元人白珽《竹》诗。是日，冬至节，忆及少时双钩九九消寒图字，漫录之："待某家星亱观看春秋。"又："亭前垂柳，珍重待春风。"又画小白圈八十一个，每日涂记，歌云："上点阴，下点晴，左风右雨雪当中。点尽图中黑墨墨，自然门外草青青。"三鼓，寒月照窗，幽凄无聊，夜深，抱石卧。

望日(12 月 23 日) 十一钟起。夜来风雪侵肌，石凉衾冷，展转五鼓始蒙胧睡。逐日如是，罪甚。劳役一切，殊委顿。午后，录唐太宗、白香山《竹》诗，勉强。晚，诵《脉诀》。无奈，夜深卧。

十六日(12月24日) 十一钟起。劳役收拾整顿，穷闲无聊，苟延混时而已。午餐，拥炉，食羊肉，尚能暂解口腹之馋。居斯时况，亦属过分。须种种节省，或可支持时日，惟日不进分文，亦无长物折变。谋生糊口，无法可筹。日见贫迫，奈何！待毙而已。倘邀天幸，或得生机活路，不致饥寒足矣。连日严寒，冷侵肌骨。室中炉火尚不甚暖，况途路奔波者？可念。午窗日映几案，录南唐孙岘、元黄庚《竹》诗二首。晚，诵《脉诀》，记《白散方歌》。明月东升，照彻满院，清寒皎净。夜深抱石，展转拥衾眠。

十七日(12月25日) 十钟起。劳役一切，忍抑蜷曲。天气虽晴，寒侵肌肤，咳唾成冰。午窗就日写明僧德祥《竹》诗，诵《脉诀》《汤头歌》，烦絮聱牙，甚不易记。看《天民报》，匿名颇公者所编《香梦影》，不过信口雌黄，供人漫哂而已。至揭扬人之私短，各报弄笔者之长技，实不足齿。句中有污辱犯上之事，狂吠昏盲，恐下割舌地狱。乱世横行，此辈尚知有天地伦常乎？可恨。倘得残生若在，当拭目睹彼辈之报应如何耳。世间生此妖孽，鼓惑人心，有关风俗匪浅，数黑论黄，颠倒(事)是非，虽肆口横议，而狐媚逢迎，曾不若倡优之本色。斯文于兹，恐被若辈丧矣。噫！世运变迁，物极必返，将观于后来。夜雪卧。子刻，雪大作，顷间寸许，树木皆成堆玉。再添煮茗，而寒气侵砭肌骨，真与梅花同不睡矣。农田是望及时瑞雪，当此世际，饥寒困苦，十居八九，而日在途路谋升斗糊口者，恒河沙数。言念能不泫然。但祷早得放晴无风，即日回暖。小民忍受支持，谋生以延残息，实兆庶重荷慈仁，有所赖焉。三鼓后，呵冻记。

十八日(12月26日) 十二钟起。夜雪极大，厚盈尺许，午间即止。无风，晴明，松竹藤石积堆如玉，洵为奇观。劳役一切。午间，晴窗写杜牧《竹》诗。少憩，卧看院中雪景。三钟馀，定大理镇平访谈，冲寒至三阳馆便饭。晚归，寒甚，室中炉火极旺，颇慰。补诵《脉诀》。鸿及锺某代卖珊瑚记念三十颗，十八圆，为柴米糊口计，可叹。夜风，抱石卧。

十九日(12 月 27 日) 十二钟起。劳役一切。午后,苟且一餐。就日晴明写白香山《竹》诗,少憩。晚,东西茶肆食馒头炖肉,无味。归,冰雪在地,奇冷侵肌。登徒者忍受可念,小室虽陋,而炉火熏暖,坐卧适宜。当此时际,即安乐窝也。诵《脉诀》。夜深卧。

二十日(12 月 28 日) 十二钟起。劳役一切。午后餐。晴窗日照,写唐李建勋《竹》诗。冰雪不消,天气严寒。晚,拥炉食肉,忽中煤熏,头眩膈逆。卧二刻,少好。强诵《脉诀》,夜卧。

二十一日(12 月 29 日) 十钟起。劳役一切。午后少啜粥,胸膈不爽极矣。穷愁无聊,奈何奈何!天气严寒,冰雪满地,咳唾凝冰,畏冷太甚。气虚神亏,只有苟延待毙。午间,晴窗力疾写唐陈陶七言绝《竹》诗九首,强诵《脉诀》。夜抱石,展转卧眠。

二十二日(12 月 30 日) 十一钟起。劳役一切。午后餐。晴窗日照,写元陈旅《竹》诗。申初,定大理过访,勉陪出游,甚畏严寒。三义轩强听《济公传》数刻。东兴居吃肉饼。晚,冒寒归,敝室尚暖,可自适,不愿出门。补诵《脉诀》,甚吃力。展衾烤石,整理安顿。夜卧。

二十三日(12 月 31 日) 二九。十钟起。劳役一切。午后餐。微风透骨,冰雪不消化,咳唾即冻,寒凉太甚。午间,晴日映案,写元泰不华《竹》诗,少憩。晚,东兴居食,口腹縻费为过。代购面一袋,买煤球,拮据筹措柴米,备供一家坐食。展转穷愁,强诵《脉诀》。夜深,抱石卷曲卧。

二十四日(1913 年 1 月 1 日) 十钟起。劳役一切。午餐。天气晴明。映日案头,写明僧道衍、德祥《题竹诗》。次日为革党辈遵法外夷,定日为元旦新年,目正月曰一月,日为一号。彼党各处高悬旗帜,结彩挂花,庆贺新年,均照东夷之俗,剧为美观,直如儿戏,毫无趣味。而彼辈欣欣自得,不值识者一噱。愚鄙浅谫,何此日天气晴明,不解。又买干煤球八百斤,抽筋三圆。晚,虾米居自饭三千,还欠二圆。归,步大街,总觉冷落索莫,气象黯淡。拥炉烹茶,强诵《脉诀》。

夜三鼓后，抱石卷曲卧。

二十五日(1月2日) 十一钟起，劳役一切。午餐。本日革辈仿夷元旦。第二日，天气仍复无风清朗，费解。四钟许，寒升，隐晦。午窗写杨万里《竹》诗。老杨来，为定转圆，此时心绪焦愁，虽身闲而心劳烦，尚作此无益无谓费资，陪随强为敷衍，亦可慨矣。时少憩，诵《脉诀》及《汤头歌》。心烦贫冗，健忘难记。夜深，抱石卷曲卧。

二十六日(1月3日) 十钟起。劳役一切。午后餐。写明王绂《竹》诗。自中秋望，每日无间，谬书数十字，至是涂鸦秋菊兰梅竹，摘录五册。百日之课，毫无进益，心绪不佳可知。三钟，访定未遇。时际尚代人作周旋计而费资，自觉无谓，奈何！晚，东兴居勉食，縻费，尤无味。归，诵《脉诀》及《汤头歌》，心神不定，记诵甚难。夜深抱石，展转卧。

二十七日(1月4日) 十一钟起。劳役一切。午后餐。午间，明窗写金章宗《牡丹》诗。每日涂抹二三篇，积五本，见书六册，正满百日，毫无长进，徒费笔墨，此关兴致。日坐愁城，加忧困贫迫，心力劳瘁，所以神味无从而得。数十年耽旷，追悔莫及，已矣！晚，出城，酒肆便饭。归，极冷，小室拥炉烹茶，诵《脉诀》，记《汤头歌》。夜深，抱石曲眠。

二十八日(1月5日) 十钟起。劳役一切。午窗就日写唐苍头捧剑《牡丹》诗及郑谷《雪》诗。二钟馀，定大理来，少坐，同步大街。虽晴日无风，冰雪不化，寒凉扑面彻骨。无事可以不出门矣。家居索莫，困穷远胜奔波道路，惟有守死待尽而已。同定至虾米居酒饭，解释小郁。归，诵《脉诀》及理日作俗冗。夜深，抱石曲眠。

二十九日(1月6日) 小寒。十钟起。劳役一切。天气阴暗，寒冷彻骨。午后餐。写梁萧统六言《雪》诗及唐岑参《送武判官归京白雪歌》。乏闷贫愁，无聊之至，终日家人无一相语者，孤处独栖，概可见矣。直此境际，能无伤忾乎？不死不生，幽囚穷毙而已。晚，强赴茶肆就食，縻费。归，诵《脉诀》《汤头歌》，十分不得已也。夜深，抱石卷曲眠。

十二月

腊月朔(1月7日)　十二钟起。劳役一切,忍寒耐冷。天气极阴凉。午后餐。写明僧大秀《雪》诗及金章宗《冬景》诗。申正,定大理过访,陪往虾米居酒饭。七钟,微霰,笼烛进城。归来,补诵《脉诀》《汤头歌》课程,甚劳累,年老心烦,极苦事。夜深,抱石卷曲眠。

初二日(1月8日)　十钟起。劳役一切。午后餐。晴窗写杨万里、唐戎昱《雪》诗。晚诵《脉诀》及《汤头歌》,俗烦不可耐。日坐愁城,穷困待毙,闭门守死而已。夜深,抱石偎暖,卷曲卧。

初三日(1月9日)　九钟起。劳役一切。午前,写骆宾王《云》诗。午餐,煮饽饽。扫地焚香,洗梅花,烹茶,静坐片刻,亦一时之穷适也。照镜镊白须,大半苍皓,老当乱世,只恐难免饥寒,生何以为?速死为幸。街上闲荡片时,茶肆少坐。归,诵《脉诀》。夜抱石眠。

初四日(1月10日)　十钟起。劳役一切,日逐琐屑。午间晴窗净案,写唐段成式《牡丹》诗、唐杨巨源、杨凝《唐昌观玉蕊花》诗。天气晴明,已觉回暖,实苍生之福。余花甲历周。是日贼降。匆匆半世,奔波已老,饥寒渐至,无以为生活计,虽想终老牖下,恐不可得,天乎!何生于斯世,国破家落,拯拔皆无,孽障罪愆,何时解脱耶?午餐,阖家尚食面,亦幸。闲坐小室,煮茗焚香。家蓄梅花含苞将放,置之几案,向日晒照,老干绿条,横斜掩映,颇有画意。向坐静观,殊觉心清,暂释穷迫之苦,强为一时之宽。晚,赴茶肆闲荡。归,诵《脉诀》,聱牙难记,此亦出不得已也。夜深,展衾,偎抱热石,随转卷曲眠。

初五日(1月11日)　十钟起。劳役一切。升火,扫阶除,室内整理,扫地,拂拭几案。夜,风。午前息。午前,晴窗日照明暖,写唐雍陶、秦系《枳壳花》《黄精》诗。洗家蓄去岁自监署成僮携归盆梅,培溉经年,梢头已放六七朵,馀皆缀枝疏落,含苞将开,绰绰有致。花则仍在，人则去矣，可慨。啜茗对赏，不无黯然。再来今日，更不知如何境遇也。晚，诵《脉诀》《汤头歌》，俗厌难耐，强忍。夜深，展衾，抱石卷曲反侧眠。

初六日(1月12日) 十一钟起。劳役一切，太琐屑。午间，即晴窗写唐韩翃《人参》及元张雨、倪瓒《茯苓》诗。午餐后，理屋。昨腹今少止。力作均觉勉强支持，精神困惫，偶想凄凉。诵记《脉诀》《汤头歌》，极腻絮，万不得已也。就日晒盆梅。夜深，抱石卷曲，忍病卧。

初七日(1月13日) 十钟起。劳役一切，躬自整理，率皆残馀，然亦不得轻弃，随手安置，应念物(念)力维艰，取之匪易。午前，晴窗写唐张籍、元稹及夏侯子云《药名》《药圃》，唐毛女正美《赠华山游人》等诗。著鸿买各色果米，备次日熬腊八粥。穷困艰危，尚作此浮费，俗行之事，亦属可笑。晚上街闲荡，茶肆少坐，胡云一阵。归，诵《脉诀》《汤头歌》，思课记药性，尚未能也。灯下看梅影，窗外月钩。夜深，抱石卧。

初八日(1月14日) 十钟起。劳役一切。熬腊八粥供佛，及一家均啖。想去岁今日，携成童在署，尚有二三送贻果粥者，瞬息一年，世事变迁如此，不胜长叹泣下。午前，晴窗写温庭筠等《药》诗，已涂鸦第六本，毫无进益。晚，诵《脉诀》。凄楚。夜抱石眠。

初九日(1月15日) 十钟起。劳役琐屑。午餐。晴窗写唐李白、元虞集、黄石翁《云》诗四页。午后，烹茶，少憩。家蓄盆梅半放数十朵，亦有寒香。小室枯坐，明暖如春，虽贫困交迫，而闲适自放，啸傲自如，远胜奔走图谋。所虑衣食无出，不过忍饥受冷，佛天垂佑鉴悯，或有生机，不致窘亡。总之，国破家倾之际，忝颜苟延，待毙而已，馀不必顾虑，听天由命。人当遭际斯世，忾叹悲愤，殊难为情。吁！可以不论矣。晚，街头闲荡。东兴茶肆少坐，吃肉饼，给小和尚买玻璃片、小灯笼，锦什坊街买蘋婆果二枚，广泰祥取皮衣二件，德兴纸店订仿三本。归，斜月蒙胧，微阴欲雪。诵《脉诀》《汤头歌》，消补之剂，刻下囊将尽罄，无物变卖，年近岁逼，奈何！夜，抱石卧。

初十日(1月16日) 十钟起。劳役一切,琐屑无奈。午窗明暖,小室温煦,写金元好问、元迺贤、元马臻等诗。洗涤家藏乾隆年造旧磁,粗碟五个,惜已失去一半,少憩。四钟馀,出城,虾米居赊酒面吃。归,步大街,极冷落,非有起色形象也。铺面栉比,无人货买。市头买走马灯给保寿孙点玩。诵《脉诀》《汤头歌》。夜深,抱石眠。

十一日(1月17日) 十钟起。劳役种切,日逐无已时也。少隙,则记《脉诀》《汤头歌》,仍时加诵课,恐遗忘也。心力劳瘁,日夜贫愁,亦云至极。每一计及,毫无济生之术,只以坐待困亡,听天由命而已。回忆半生,强忍苦耐,卷曲从权,节俭勤省,又何益焉。罪孽可叹。午窗写元僧清珙《山居》,明廖孔说《石门》诗。早晚买食,两餐殊难。夜深,抱石曲眠。

十二日(1月18日) 十钟起。劳役琐屑,无奈苦心。午窗写宋裘万顷、徐玑,唐赵彦昭、武平一,金刘豫、王绘、马定国,明王绂、沈周等诗六页。五钟,步街。茶肆少坐。老黄送来皮衣二件。晚,诵《脉诀》《汤头歌》,乌药顺气芎芍姜。微风阴。夜深,抱石卷曲眠。

十三日(1月19日) 九钟起。劳役琐屑,逐日无闲,自苦何胜,家人偷惰可知,殊难言也。隐忍已。午餐,勉食市物。晴窗写明张綖、顾璘、高启等《芭蕉》诗,唐王建、钱珝、张籍,宋王十朋、陈与义、苏轼、王安石,元萨都剌等《菖蒲》诸诗,计涂八页,殊废纸也。四钟馀,上街,托老黄代卖翎管朝珠,为糊口一时之计,不得不割爱忍痛,自叹。德兴订日记本。茶肆草晚食。归,诵《脉诀》《汤头歌》,望寒月。夜深,抱石卷曲卧。

十四日(1月20日) 大寒。十钟起。劳役琐屑,抑郁烦懑,何日始能解脱,身心得自适闲静,不愁饥寒?未刻,方早餐。午间,写元陈旅、马臻,宋苏轼,明叶子奇、僧良琦《芭蕉》等诗。早晨,天阴欲雪,午后晴。广化寺方丈清朗送年礼馒头、素菜。时际当此,可谓雪中送炭矣。门外呼卖梅花,买得小梅二株,铜圆十六枚耳。即栽置小瓦盆中,设于案头。新水洗濯嫩条斜枝,上缀蓓蕾数十,初放三五朵,参差偃仰，依傍老干绿枝间，绰有丰致。朝夕晴窗静室，夜月灯下，伴我寂寥，洵可亲近。晚，到茶肆与众胡云一阵。归，诵《脉诀》《汤头歌》，殊出无奈。连日午夜闻钟楼声送，直是前岁携成童侨居广化寺僧舍，回想黯然。夜卧。

望日(1月21日) 九钟起。劳役一切。早晨，天阴微霰，午后晴。连日严寒渐退，少觉晴暖。此小民饥寒苦困，深邀上苍慈悯，众生免受诸多寒苦，得以谋生养命，感甚。午间，写金冯延登，唐陆龟蒙、韦庄，元王恽，明柳应芳、高启，元杨载等及宋僧道潜诗，书九页，涂抹无神，总因心不宁静，时况窘迫，心力交瘁，抑郁愁烦，时刻劳力而然。少隙，诵《脉诀》《汤头歌》，健忘特甚，今后每日新记各剂药名，附录之以便随时看阅，或可少忘。如昨记一条为理气之剂，开郁化痰："四七汤理七情气，半夏厚朴茯苓苏。姜枣煎之舒郁结，痰涎呕痛尽能纾。又有局方名四七，参桂夏草妙更殊。"晚，望月。灯前对小梅。夜，抱石曲眠。

十六日(1月22日) 九钟起。劳役琐屑，逐时无歇，不知何日方得脱释，强忍待死而已矣。老来命薄如此，曷胜浩叹。虽国覆家倾，而谋生无策，家人辈罔知前途，毫无知识，只知坐食，全不计较，是真不知世界上为何如物事也。余前生孽重，今值受之耳，奈何穷迫逼及，只求早得速亡，免挨零碎之苦为幸。午前，晴窗净几，写佩文斋选诗，已涂鸦第七册，毫无进益，心劳日拙，全无精神，信然。诵《脉诀》《汤头歌》，随记录一二方："四磨亦治七情侵，人参乌药及槟沉。浓磨煎服调逆气，实者枳壳易人参。去参加入木香枳，五磨饮子白酒斟。代赭旋覆用人参，半夏甘姜大枣临。"此理气之剂。夜深，抱石眠。

十七日(1月23日) 九钟起。劳役种种，百分忍受。晚年末路，直此穷迫，情何以堪，亦挨磨时日，只候饥寒毙命而已。虽其事势若此，不必加愁，而日逐困郁，贫挨难耐，不若速死之为幸福，真活地狱也。午前，晴窗小室明暖，捡写选诗数首。汉唐山夫人《安世房中歌》，宋方岳，元戴表元，唐王摩诘、白香山及韩偓、钱起，宋朱子七言绝句，计五页，为涂抹第八本初书也，写已逾百日，毫无少益，徒费纸笔耳。诵《脉诀》《汤头歌》，随录记："橘皮竹茹治呕呃，参甘半夏陈皮麦。赤伏再加姜枣煎，方由金匮此加辟。绀珠正气天香散，香附干姜苏叶陈。乌药舒郁兼除痛，气行血活自经匀。"顺气调经剂也。灯下看小梅将放。夜，抱石卧。

十八日(1月24日) 八钟二刻起。天气微阴。劳役一切，殊烦躁难当，又不得不然，不知何日始克解释，能否尚不得逆料，苦哉！近午，即飞雪满空，即透寒凉。小室暖煦，尚可静坐。盆栽小梅蓓蕾甚大，含苞欲放，绰绰有致，睹之颇自心逸，足伴岑寂，此即余良朋密契，朝夕亲近不离，与共相依者也。午间，写唐李青莲、顾况、令狐楚、陈羽、元稹、陆龟蒙、白居易，宋陆游，元贡师泰、揭奚斯、孙蕙兰、僧惟则，金吕中孚，明敖英、桑悦、杨士奇、吴廷晖等星月七言绝句诸诗，共计信手涂鸦十页，亦太费纸片笔墨也。情出无聊，混时而已。少隙，诵《脉诀》《汤头歌》，万分无耐，随录数条，忘可阅看："丁香柿蒂人参姜，呃逆因寒中气戕。济生香蒂仅二味，或加竹橘用皆良。定喘白果与麻黄，款冬半夏白皮桑。苏杏黄芩兼甘草，肺寒隔热喘哮尝。苏子降气橘半归，前胡桂朴草姜依。下虚上盛痰嗽喘，亦有加参贵合机。鳖甲饮子治虐母，甘草蓍术芍芎偶。草果槟榔厚朴增，乌梅姜枣同煎服。健脾参术与陈皮，枳实山查麦孽随。曲糊作丸米饮下，消补兼行胃弱宜。枳术丸亦消兼补，荷叶烧饭上升奇。保和神曲与山查，苓夏陈翘菔子加。曲糊为丸麦汤下，亦可方中用麦芽。太安丸内加白术，消中兼补效堪夸。"三钟，大雪飘扬，陡觉寒甚，冒雪升火，操作一切，殊劳瘁。小室枯坐，穷闷极矣。又张罗晚餐。夜展转心虚，难寐，抱石曲眠。

十九日(1月25日) 九钟起。劳役琐屑。夜雪未止，天尚阴云，午后始渐晴。四钟，复飘一阵，共约二寸许，甚寒。午前，写北周王褒、庾信，梁刘瑗，陈张正见，唐白居易，元陈孚、于石，明李东阳、赵宽等诗，涂抹八页，徒费纸墨耳。申刻，扫雪烹茶，赏小梅，新开四五朵，亦有酸香，绰约有致。是时定大理镇平过访，少谈。冒雪同出城，至虾米居小饮，便饭。晚归，极冷，小室炉火温暖，即祛寒凉，少歇，即诵《脉诀》《汤头歌》，随录一二条：“四物地芍与归芎，血家百病此方通。八珍合入四君子，气血双疗功独崇。再加黄蓍与肉桂，十全大补补方雄。十全除却蓍地草，加粟煎之名胃风。”理血剂中第一方也。初鼓后，灯下录。夜深抱石眠。

二十日(1月26日) 八钟二刻起。劳役琐屑，逐日无已，奈何！雪晴，冷甚，尚滴水成冰，较往年加寒。午间，日照少回暖，小室温煦，适可静坐。小梅初放六七朵，横斜掩映，饶有丰韵。兼发微香，足与羁人伴寂寥也。午间，明窗写唐施肩吾、韩偓、薛能、张谓，宋秦观，元王恽、僧英、吴莱，明桑悦等诗，共六页，笔已秃颖，墨无光华，天寒胶滞，心手不应，呵冻而书。少隙，再诵《脉诀》《汤头歌》，随录一二，以便阅看，庶免忘记：“人生养荣即十全，除却川芎五味联。陈皮远志加姜枣，脾肺气血补方先。防风通圣大黄硝，荆芥麻黄栀芍翘。甘桔芎归膏滑石，薄荷芩术力偏饶。表里交攻阳热盛，外科疡毒总能消。”录后少歇。赴茶肆，与众胡云一阵，聊解穷魔耳。刻下囊空无钱，亦无变卖之物。年近岁逼，何以过度？是有生以来六十年间未经之奇窘景况也。天乎，何绝人生路若是之重耶！呼吁何益，惟有待毙而已。东兴居食饼，还债十二千。德兴纸店装订红格白本八册，仿三本，工价六千三百。聚增换钱三十千。晚，笼烛归。灯下再录《汤头歌》几条：“逍遥散用当归芍，柴苓术草加姜薄。散郁除蒸功最奇，调经八味丹栀著。木香槟榔青陈皮，枳壳柏连棱莪随。大黄黑丑兼香附，芒硝水丸量服之。一切实积能推汤，泻痢食疟用咸宜。十神汤里葛升麻，陈草芎苏白芷加。麻黄赤芍兼香附，时行感冒效堪夸。”夜深，冰雪侵寒，展转穷思，抱石曲眠。

二十一日(1月27日) 九钟起。劳役烦琐，不胜心力烦惫，勉强努力，不知有何益处。穷迫日加，毫无生机，坐待饿毙，尚须延宕残喘，挨磨时日，亦不识有何活头。若得早死一日，免受一日之罪，则受幸福为多矣。当此时际，虽智者亦无如何，惟上苍好生之德，穷黎或有转机，不致殒绝，只有待命而已矣，曷胜浩叹，泫然。时已五九，将及立春，天气反加严寒，节令失序可知。天时人事可鉴，时哉时哉！午间，呵冻写隋无名氏、陈徐陵、梁刘孝绰、元马祖常等《咏日》及《初日》《朝日》诗、大禹《玉牒辞》。午餐后，小室日照明暖，炉火温红，静寂少尘，盆栽小梅已开七八朵，时发微香，置之案头，洵堪对赏。洗盏烹新茶啜，亦足暂释愁窘。“人参败毒茯苓草，枳桔柴前羌独芎。薄荷少许姜三片，时行感冒有奇功。去参名为败毒散，加入消风治亦同。”此治暑湿热，时行三气门中，推此方为第九味，羌活用防风，细辛苍芷与川芎。黄芩生地同甘草，三阳解表益姜葱。阴虚气弱人禁用，加减临时在变通。洁古掣此方以代麻黄，桂枝、青龙各半，羌、防、苍、细、芎、芷各走一经，袪风散寒，为诸路之应兵，加黄芩泻气中之热，生地泻血中之热，甘草调和诸药。又：“大羌活汤即九味，已独知连白术暨。散热培阴表里和，伤寒两感兹堪慰。”羌、独、苍、防、细辛以散寒发表，芩、连、防已、知母、芎、地清里培阴，白术、甘草以固中和表里。此伤寒两感之剂也。补益之剂：“升阳益胃参术蓍，黄连半夏草陈皮。苓泻防风羌独活，柴胡白芍枣姜随。”黄蓍补脾固胃，柴胡、羌独除湿升阳，泽泻、茯苓泻热降浊，加芍药和血敛阴，黄连退阴火，治疗首重脾胃，益胃以升阳为先，此补中上升下渗之药也。鳖甲、天冬、知、芍补水养阴，参、蓍、桂、苓、甘草同卫助阳，桑、栝泻肺热，菀、夏理痰嗽，艽、柴、地骨退热升阳，为表里气血交补之剂。透肌解热，柴胡、秦艽、干葛为要剂，胡骨蒸方中多用之。升麻，升阳。芍药，敛阴和血。太阴，苍术。少阴，细辛。厥阴少阳，川芎。太阳，羌活、稿本。阳明，白芷。此各走一经。羌活，理太阳，游风。独活，理少阴，伏风，兼能去湿除痛。川芎、柴胡，和血升清。暑湿热三气门中推此方为第一。人参败毒散注释也。胃为水谷之海，土为万物之母，四旁有病，皆能传入。已入胃府，则不复传他经矣。木香香附青陈皮，枳壳利气宽肠，牵牛槟榔下气尤速，连柏燥湿清热，稜莪行气破血，此木香槟榔丸注释也。皂角辛咸通寒，专制风木夺门之兵，初中时宜用之。芍药敛阴，枳实泄热，甘草和逆，柴胡散邪。小柴胡汤后四逆散注释也。青柴平肝破滞，朴夏平胃祛痰，苓芩清热利湿，术草补脾调中，草果散太阴积寒，除痰截疟，陈皮理气补脾，清脾饮注释也。初鼓后，无聊幽闷，随漫录之。虽俗便，惟不甚易记者，恐于混合也。夜深抱石卷曲眠。是日记二页。

二十二日(1月28日) 八钟半起。劳役一切，何苦如是。天寒，风起，冰雪在地，均未销化，又复冻。午前，即录魏曹植、晋傅元诗，笔秃墨滞，手僵紧沉，呵冻而书，殊不耐看。又捡《汤头歌》漫录几条，心绪无聊，虽勉强诵记，过及恍惚遗忘，奈何。理血之剂，养血通剂："四物地芍与归芎，血家百病此方通。八珍合入四君子，气血双疗功独崇。再加黄蓍与肉桂，十全大补补方雄。十全除却蓍地草，加粟煎之名胃风。"又补气养血："人参养荣即十全，除却川芎五味联。陈皮远志加姜枣，脾肺气血补方先。"又引血归脾："归脾汤用术参蓍，归草茯神远志随。酸枣木香龙眼肉，煎加姜枣益心脾。怔忡健忘俱可却，肠风崩漏总能(翳)[医]。"又补血宁心："养心汤用草蓍参，二茯芎归柏子寻。夏曲远志兼桂味，再加酸枣总宁心。"又益血伤脉："当归四逆桂枝芍，细辛甘草木通著。再加大枣治阴厥，脉细阳虚由血弱。内有久寒加姜茱，发表温经通脉经。不用附子及干姜，助阳过剂阴反灼。"又膀胱畜血："桃仁承气五般奇，甘草硝黄并桂枝。热结膀胱小腹胀，如狂畜血最相宜。"又胃热吐衄："犀角地黄芍药丹，血升胃热火邪干。斑黄阳毒皆堪治，或益柴芩总伐肝。"又咳嗽痰血："咳血方中呵子收，栝蒌海石山栀投。青黛蜜丸口噙化，咳嗽痰血服之瘳。"又血痔便秘："东垣秦艽白术丸，归尾桃仁枳实攒。地榆泽泻皂角子，糊丸血痔便艰难。仍有苍术防风剂，润血疏风燥湿安。"又便血："槐花散用治肠风，侧柏黑荆枳壳充。为末等分米饮下，宽肠凉血逐风功。"又血淋："小蓟饮子藕蒲黄，木通滑石生地襄。归草黑栀淡竹叶，血淋热结服之良。"又血热妄行："四生丸用三般叶，侧柏艾荷生地协。等分生捣如泥煎，血热妄行止衄慝。”又损伤积血：“复元活血汤柴胡，花粉当归山甲俱。桃仁红花大黄草，损伤淤血酒煎祛。”理血剂歌十三首，附方六，无聊之际，勉强抄录，无奈默识，久则生厌矣。所以颠倒药名，牵合调韵，亦惟治病之范围。作立方规模临症，尚当酌详病源，研究脉理，症脉相同始可斟酌药味。时正三钟。自八钟馀起，午餐外，劳役琐屑，无少歇息。身劳心忧，无时或已。加以隐忍抑郁，状若痴聋，诸以为日食两餐，无所为事，谁知心力交瘁之苦！此生受之魔障也，何日解脱？思之不觉太息。每日弄笔涂抹，以为少隙馀暇，苟延时日，否则鼾睡昏懵，更难挨磨。贫困至此，无法摆脱，只有坐待毙命而已。又捡录《汤头歌》及注释几条：“藿香正气大腹苏，甘桔陈苓术朴俱。夏曲白芷加姜枣，感伤岚瘴并能驱。”又调和六气：“六和藿朴杏砂呈，半夏木瓜赤茯并。术参扁豆同甘草，姜枣煎之六气平。或益香薷或苏叶，伤寒伤暑用须明。”豆瓜祛暑，赤茯行水，此和解剂中二方也。元参二地助肾滋水，麦冬百合保肺安神，芍药当归平肝养血，甘桔贝母清金化痰，牛旁利膈滑痰，杏仁降气润嗽，阿胶糯米补肺，青蒿乌梅敛汗退蒸，柴胡羌独除湿升阳，泽泻茯苓泻热降浊，鳖甲天冬知芍补水养阴，菀夏泻肺热，桑桔理痰喘，蔓荆升葛升清气，黄柏滋肾水，参蓍甘草补中气，石膏解火，细辛润肾行水，香附利气发表，川芎柴胡和血升清，神曲消食，白术补土固中，枳壳利气宽肠，槟榔下气，枳实泄热，腹朴消满，陈夏除痰，藿朴杏砂理气化食，青柴平肝破滞，草果除痰截疟，陈皮理气补脾，防芍泻木益土。力疾随手强录之，总觉絮烦。晚风，幽闷，诵《脉诀》。夜深，抱石曲眠。

二十三日(1月29日) 八钟馀起。劳役琐屑，无奈黯然。数十年有生以来，何幸当此运际！而奉职四十馀年，历事四朝，敬谨勤慎，廉俭自励，幸无过愆。扪心仰对苍穹，庶免愧怍。一旦赋闲，养赡毫无。素乏恒产，仰给官禄以为生活。一家嗷嗷待哺，日渐贫迫，朝不夕谋。仰屋无策，束手直待饥寒，坐毙而已。历世遭际若此，曷胜浩叹。午前录写唐太宗、李益《咏风》诗。午餐后，扫院中风吹堕落竹叶尘埃。少隙，理屋，添炉火，盥面手，烹新茶。浇洗盆梅，半开半含，全放数朵，掩映参差，时发清香，与之相对，足伴羁人寂寥也。诵课《脉诀》《汤头歌》。强赴茶肆，少坐，胡云。晚归，裴徊忧虑。夜深，抱石卷曲眠。

二十四日(1月30日) 九钟馀起。劳役琐屑，无时或释，此何课程？贫穷少人，躬自操作。而家人辈率皆懒惰性成，龌龊任息，惟知坐食靡费，轻重缓急，紊序失当，是非倒置，均不能以言语劝勉，情喻理遣。所行自不情理尤多，当此贫困交迫、汲汲待亡之际，若再不知自励，毫无计画章程，则恐后日难免饥寒。此时只得隐忍太息，听天由命而已。屡言贫困，娓娓不休者，身受难当，万分撘支，已成忧患之痼疾。我生不辰，奈何！午前，晴窗录(唐)宋王阮《姑苏泛月》、元黄庚《月夜次修竹韵》二诗。天晴无风，而连日严寒加劲，失序可知。午后少隙，烹茶赏梅。小室火微，天寒所致。诵《脉诀》《汤头歌》。夜，展转抱石卷曲眠。

二十五日(1月31日) 九钟起。劳役一切，无计奈何，认命挨时，穷困磨折，待毙而已。午间，写唐李群玉、元徐舫《月》诗二页。天气连日加寒，今又刮风，仍复滴水成冰，朝夕冷甚。寂寞无聊，劳累繁冗，少隙而有课程。自苦忍耐，他人毫无所知，只有懒惰坐食，虽贫窘若是，而多另务靡费，就使不直家倾之遇，亦必覆败无遗。况偷窃自私，人人踵行。一草一木，余一人惨淡经营，未有一协助者。数十年节俭整理，而毁于家人辈众，此或前生所负，今世偿还耶？每一思及，不胜忾叹，而不识前途能否了清，此命深恐不能逃遁。诵《脉诀》《汤头歌》理血方。晚，至茶肆。昨剃发。夜深，风寒，展转抱石曲眠。

二十六日(2月1日) 九钟起。劳役琐屑，心烦苦挨，亦不审何日何时方得生死也。人当此世际，遭此穷困，宁非地狱中活受罪孽乎？时已岁聿云暮，俗习饱餐几顿，以应新年，是承平时所为也。直此人贫钱竭，仰屋无策，呼吁不应，通融无路，是亦鄙世之俗情，拼当囊馀，捡点微数，又失去银圆十枚。为家人辈偷窃，无处寻查，忍受之而已。咬牙含泪，再备十馀圆，作阖家过年口腹之需。噫，亦可哀矣。昨定大理过访，同至市上酒肆小饮，又赊饼食数千，贫富不侔也。午前录写唐白乐天、僧无可《风》诗二页。四钟馀，上街，无聊，闲步，中心郁结深矣，可叹。茶肆定购面并还账，给外钱。晚，诵《脉诀》《汤头歌》。夜深，抱石眠。

二十七日(2 月 2 日) 十钟起。劳役烦琐，躁闷无比，强持勉行，加以穷迫忧愁，每事逆悖，抑郁隐忍，心力交瘁，生何以堪！时运遭际如此艰苦，殆即活地狱现相也。午前，录唐骆宾王、明刘基《星》诗二页。鸿仆遂买过年菜蔬。午后倥偬，著上庙市购买盆梅二三棵，水仙四五箭及零星等物，均为虚縻过费。新年俗事，例须大嚼，所需肉面，各样诸物，均著陆续置买调做，以供阖家坐食者享食。倾囊倒箧，竭尽心力，拼挡供给，何若是之孝顺大家？此则为债主冤孽，应填还耶？任命待死而已矣。一日劳役，未少歇。晚，诵《脉诀》《汤头歌》。夜，筹计囊钱无几，恐不敷。抱石眠。

二十八日(2 月 3 日) 九钟起。劳役无少暇，支身躬作。逐日家人辈反得偷闲，悖情背理，相形如是，安能望久长处？恨不速死，或系远离，则残生解脱，庶免苟延拘缚，隐忍抑郁。噫！我生不辰，何苦孽之重也。昨，著鸿仆庙市购物，嘱之再四。每往辄縻费逾数，率心不快。而当此时囊将罄竭，又直年俗，更遭偷窃，自当极力撙节，而反挥霍无当，屡嘱不悛，此所谓钻头不顾尾，有今朝无明日也。余何辜遇此辈也！午前，写明杨慎、许谷风《星》诗，整洁栽种新购盘虬梅花，红白小碧桃，洗晒水仙花，时加修养，多添一层闲课也。晚，出城，到虾米居，还口腹债。步大街，茶肆少坐。归，诵《脉诀》《汤头歌》。夜深卧。

二十九日(2 月 4 日) 立春。九钟起。劳役琐屑，较常加甚。洒扫小室及院中积雪尘埃，整理盆栽梅花，拭案涤炉，捡用笔墨。著鸿仆买肉食菜蔬以供阖家年俗口腹等事。抽筋剥骨，勉凑拼挡，敷衍苟延，此亦平生初历之景况也。今日为宣统五年癸丑立春日，时在酉刻，后日即为元旦。青阳律转，万象更新，虔祝连日，春日煦暖，天地清朗，神灵炳照，重复光明，国家中兴再起，天下仍享太平之福，妖孽尽灭，虎狼潜消，重整纪纲，再兴礼乐，仰荷天心仁慈厚爱，自不久可拭目立待至焉。谨略识之，以证验后来。然以见在又更新岁矣，而难苦艰辛，饥寒深为大患，奈何！诵《脉诀》。夜深，抱石曲眠。

三十日(2月5日) 九钟起。劳役琐屑，躬自操作，极力支持。穷困无聊，拼挡搜括，变卖劫馀物件，以作口腹之需，而囊罄钱竭，后日之衣食更不可设想矣。无分文之来，将何以度日苟延？已竭力支持一年矣，家已荡尽，后来之事无法筹备，只得听天由命而已。今日一家尚能饮酒食肉，勉度岁朝，且不必顾虑，可耳！午间，仍整扫小室院宇，写行草，录选诗，浇花洗梅，静坐啜茗，姑为幽闲之事。隙时诵《脉诀》《汤头歌》。现将理气理血方剂读竟，心绪冗杂，记诵恍惚，此出不得已也。自八月中秋起，日写行草数十字，至今日写讫八册，毫无进益，反觉俗滑，心不静耳。晚识。除夕。匆匆一年矣，如在梦寐中。运际为亘古未有之奇变，虽云天数当然，亦由人事所致。若此劫运不尽，深恐四海分崩，强悍自据，纷扰乱萌，黎庶生灵罔羁灾难。只愿天心慈悯，使天下早得安定，俾生民免受苦难，重荷太平之福，再睹雍熙之世，实天下国家兆庶之庆幸。祷切！孑身孤栖，幽郁穷困，颇忆昔年景况，近又常想相得旧人喜寿等，沧海桑田，电光泡影，令人不禁黯然泣下。今直除夕，尚能一家度岁，椒酒为欢，亦可云幸。明日即癸丑年新正月元旦，更不审又当如何景况也。今日醉饱后，漫识于潜云堂。

天头文字：忆于前年庚戌除夕，图书馆充总办，借居广化寺僧舍。去年辛亥文庙工程处派充监督，移寓太学韩文公祠。除夕均系成僮服役，今转瞬三载，解职赋闲，孑身独处，动须躬作，抑郁忧患，何时已之？回思不禁长叹。三鼓后再识之。

一九一三年日记

一月

宣统五年，岁在癸丑，新正月朔，元旦(2月6日)　天气晴明，春煦和暖。八钟起，叩拜上苍神灵，上下四方诸天佛菩萨，默诵《救苦真经》，愿祝皇太后、皇帝圣寿无疆，天下兆庶重受太平之福，复瞻礼乐衣冠之制，妖氛尽灭，兵火潜消，再整天下。幸切！望甚！晨间，风定尘息。午间，洒扫小室院宇，试新笔，写行草。时际幽郁贫难，一家尚能酒食，吃煮饽饽，度此岁朝，亦云幸焉。晚，仍抱石展转卷曲眠。

初二日(2月7日)　八钟起。劳役琐屑，每日如是。孑身孤栖，不得不然也。洒扫小室，整拭几案，写行草数十字。午窗洗晒水仙、盆栽梅花，碧桃蓓蕾满枝，次第开放，绰绰有致。盘盛木瓜苹婆，时亦发香。茅庐三椽虽陋，而时加扫除，尘埃较少，啜茗静坐，赏花观书，亦医我贫困之一道也。院中手植松竹藤萝牡丹已逾十年矣，每微风，松即有涛声，长已二寻馀。竹约数百竿，青葱摇曳，晴窗月夜，颇有清逸之概，独与幽羁贫迫伴寂寥也。余自去岁三月初归来赋闲，左右无人，动须躬作，更加贫无聊赖，惟亲炙草木而已。听天混时，待命而已焉。夜深，抱石卧。

初三日(2月8日)　九钟起。劳役连日尤甚，扫除院中风堕竹叶及邻家吹来落叶，尘土不胜，加以整理室中几案盆花，烦绪，仆懒惰，可知命矣夫！午前，晴窗写唐、元人《元旦》诗四页，笔为尝用之珠圆玉润，及果然夺得锦标归羊兼毫，皆冗软虚散，不灵使转，久恐手腕生病，此时百物之减坏，苟且均可知。天气风息，反奇寒，水仍冻冰。

晚，诵《汤头歌》祛风剂。夜深，抱石展转卷曲卧。

初四日(2月9日) 九钟起。劳役无已，虽有家人，偷堕自放，毫无人心。直此穷迫艰辛，任其自便，亦不能以善言劝勉，深恐下场难也。天气峭寒冻冰，日光惨淡，不知何兆，盖盛阴也。午间，写行草，新笔冗软滞手。晚，诵《汤头歌》。三鼓后，抱石眠。

初五日(2月10日) 九钟起。劳役琐屑。天气自交春以来，日加寒冷，滴水成冰，微风料峭难禁，日光浅淡，并无云气蒙腾，时序不和，总属非顺，盖及阴盛阳微，气数使然乎？午间，晴窗写行草百数十字，笔软㧙滞，使转费力，殊不能少有进益，徒费纸墨耳。啜茗，看碧桃，案供盆栽蟠干梅花盛开，极茂繁，色香皆浓，此种精神不常得也。四钟馀，步街市，景物萧条，气象索莫，是消败落寂，无铮荣晖爽之概，时势自当如是，消败日加，信如左券，不足为怪，只得待受而已。东兴茶肆少坐。晚，诵《汤头歌》。寒夜，抱石卷曲眠。

初六日(2月11日) 十一钟起。劳役不爽。午窗写行草，洗水仙，出箭苞。诵《歌》。夜深，抱石曲眠。

初七日(2月12日) 九钟起。劳役课作，不胜烦絮，家人等反适闲束手。想当此时际，或应如是悖逆反常耶？吾莫如之何，惟愿早死以脱今世之孽足矣。天气早阴，午晴，少回暖。午窗写元元淮、明李东阳《人日》诗。洗洒水仙，吐苞将放。盆梅盛开。少憩，诵《汤头歌》祛风之剂，啜茗，息坐。晚，赴茶肆，无聊。夜深，抱石展转卷曲眠。

初八日(2月13日) 九钟起。劳役一切，烦絮无奈。早晨阴寒，午后方晴，日光总觉浅淡，亦无风云遮映，或为阳有所蔽而然，当俟验之。午窗写赵孟頫、唐崔日用《人日应制诗》五页，澀涩滞笨，虽日课无间，而已生俗病，实心神不纯静耳。晚，诵《汤头歌》，研究匪易，记诵多恐牵混。夜深，看月钩，展转抱石卷曲眠。

初九日(2月14日) 九钟起。劳役无少暇，老来反若是之苦累，何罪孽之深且重也？不知如何下场。归着只有一仆，已成骄惰，肆无忌惮，不时外出闲荡，家中一切置之不理，呼之罔应。当此世际，无论纪纲，是悖逆倒置，尚得有人理乎？忍之又忍，听命而已。晚，茶肆少坐，胡云。乘月归。诵《汤头歌》。夜深，抱石曲卧。

初十日(2月15日) 九钟起。劳役一切，除两餐无须自炊外，馀均躬自操作。有生以来，初为经历，往者固不必追忆，而后日逆料难免饥寒，人生直此，心有不忧愁郁患者乎？待死而已。午间，风少息。写唐韩昌黎等《人日》诗，洗晒水仙，初开双层三朵，极鲜洁。晚，东兴居吃肉饼。踏月归，诵《汤头歌》，夜深，抱石卷曲卧。

十一日(2月16日) 九钟起。劳役无少暇，此可为强耐认命，自恨平生拘束，动多自缚，循轨固执，委曲将事，直至斯时，何自苦抑若是？礼法情理为自戕之道也，可叹！午前写癸丑年新春、元旦及人日唐宋诸家应制等诗，计一册五十页，为本年第一本。四钟，定大理访，至酒肆饮食便谈。归，诵《汤头歌》。夜深，抱石曲卧。

十二日(2月17日) 九钟起。劳役一切，繁琐无比。午前，写唐王维等《上元灯》诗，次为本年正月第二册。书课初起。所蓄水仙盛开，花头极大，色甚洁白，香盈一室。十馀年来，未常见若是繁蔚也。午后，定大理来约，同车至西单春仙园听刘鸿升剧。晚，长安街饭铺酒饭。初鼓后，各雇人力车归，乏甚，腿疼，旷课。三鼓，抱石曲眠。

十三日(2月18日) 九钟起。劳役整理，洒扫琐屑，均须自累，家人反束手坐视，此世界家政尚能人心情理乎？自恨命薄身贫，直此时苟延待死，何必较论是非也？风尘不息。午间，补写昨日未竟书。洗水仙花。四钟，闲步西四牌楼，剃发。晚，东兴居吃饼，与奎佐领乱谈时事。归，仍腿疼。市肆均未张挂灯彩，去岁今夜即驻兵焚抢东城第一日也。余累年寸积铢累书籍五百套及木器陈设，寄放当铺，一旦罄失，可恨可惜！转瞬一年矣。夜风，又旷课，抱石眠。

十四日(2月19日) 雨水。九钟起。劳役一切。午前，写《上元》诗行草，捡换衣服，著藏费事。二钟，赴虾米居，同景、定叶子戏，负十千。晚归，风寒，食贻馒头，送《汤头》。寒月皎洁，夜半卧。

望日（2月20日） 元夕。九钟起。劳役冗杂，曷胜苦累。午前便餐，无心备众过丰食，殊冷落。写上元灯醎等诗六页。二钟馀，赴虾米居，与定、杨叶子戏，又负十千，可止矣。晚，即扰本居掌酒饭。进城，步大街，冷淡少人，气象索莫，市肆无一悬灯者，观之凄凉特甚，令人悲感。此即就京都数百年由来令节，而一旦休矣。可忾可恨。风寒阴晦，不露月光，黯淡愁云，似是兆象。归，诵《汤头歌》。四鼓，展转抱石曲卧。

十六日（2月21日） 九钟起。劳役一切。喘咳不止，必致肺伤。患病惟自受，无人过问。琐屑均须自理，孤孑苦累可知。连日黯淡阴晦，风尘迷涨，懊闷无比。午前，写《元夕》诗四页。晚，茶肆食饼。闻昨夜枪声，西南方丰台被抢。归，诵《汤头歌》。夜半，抱石卷曲卧。

十七日（2月22日） 九钟起。劳役琐屑，力疾作。一仆病卧，更不能少力作矣。风尘至夜未息。午前，写《元夕》诗数首。烹茶理屋，扫阶落叶。三钟馀，定大理来访，同至虾米居酒饭，食鱼。雇人力车，各归。诵《汤头歌》，写日记。寒风吹凉，夜深，抱石眠。

十八日（2月23日） 九钟起，劳役烦冗，力作无停。日逐营营，亦惟混时。衣食需用，毫无所出，穷困待死而已。风尘息。午前，写行草四页。晚，到茶肆食糖饼。买零物。归，诵祛寒“四神故纸吴茱萸”《汤头歌》，偶忆往事，凄然。夜半后，始抱石曲卧。

十九日（2月24日） 九钟起。劳役躬作，孑然独处。扫除院中风刮尘土、落叶甚繁。午间，录梁武帝、汉邹子馀《春日》诗。赴镇平约，未晤。酒肆自食。归，诵《汤头》。夜深卧。

二十日（2月25日） 九钟起。劳役一切。穷闷无聊，写行草。晚，诵《汤头歌》。夜深，抱石曲眠。

二十一日（2月26日） 九钟起。劳役一切。写行草。午后，雇人力车赴东单麻线胡同，访候前徐国子丞梧生，未遇。路经长安门，避道绕过，睹之愤懑。晚，诵《歌》。夜半，抱石卧。

二十二日(2 月 27 日) 九钟起。劳役一切。午，写行草。晚，茶肆少坐。诵《汤头》疝气歌。三鼓，抱石眠。

二十三日(2 月 28 日) 九钟起。劳役一切。天气渐暖。午前，写唐太宗等《春日》诗。四钟，愁闷，上街散步，茶肆与众胡云。晚归，诵《歌》祛寒之剂，念竟，深夜，展转抱石卷曲卧。

二十四日(3 月 1 日) 九钟起。劳役一切。午前，写选诗四页。四钟，闲步街头，惨淡冷落之象，睹之不胜浩叹。茶肆少坐。晚归，诵《汤头歌》，独对孤檠，倍觉凄凉。夜深，抱石卷曲卧。自正月二十五日至五月二十一日，愁烦懒诞，无心略记，逐日两餐，困卧，扫除落叶，起居服役，均自经理，劳力累心，自叹命苦，惟有坐待饥寒贫窘，待毙而已。卖去皮衣，换房契，卖去书籍，作口食日用费，剜肉补创，情何以堪，将何底止？夜间不寐，尝闻钟声，恍若辛亥际携成僮居广化寺僧舍，耳边只尺间也。每当触忆，不胜感叹，转瞬变迁，一直如此。年来戚故多不通问，人情浇薄，亦可慨矣。世道人心，略尝阅焉。闭门却扫，为此生时之上乘，所幸贫困无聊，苟延待毙就死，无所罣碍。平生循拘礼法，强自拘缚，动辄虚心曲忍，永未伸展，亦殊可笑。从无一知己，盖命定孤奇，意中如愿，一可交成，足矣。

天头文字：正月二十九日，惊蛰。二月十四日，春分，二十九日，清明。三月十五日，谷雨。四月初一日，立夏，十七日，小满。六月十三，四鼓补识。

五月

端阳二十二(6 月 26 日) 十钟起。劳役种种，无已时也。穷困苟延，自叹蹇否，何若是之深耶？每起，录写行草二三页，毫无进益，反生俗滞，强勉混时，难得意趣。自正月初一日至今，惜读过医书旷废遗忘，兹又续温至润燥之剂，失时殊自悔。心绪愁烦，诸事强为而已。已过数月之事，忆及补记。是夜三鼓识。

天头文字：五月十八日，夏至。初二日，芒种。

二十三日(6月27日) 九钟起。劳役一切，清理竹池枯叶，无时不堕藤叶，片刻黄陨即落，十二时无已，扫拾殊烦厌也。今年新篁四五竿，已凌云解箨，青翠照人。午前，自安纱屉。由望日腹胀泄，至今未愈，不思晕，食薄饼而已。连日烦懒不出门，强写行草三四页，心手全不相应。温《汤头歌》。夜半，忽悠睡。

二十四日(6月28日) 九钟起。劳役一切。右臂隐痛，脾虚泄滞，仍不止，心愁烦躁，日逐忍耐，强挨努力。勉写行草百十字。记《脉诀》《汤头歌》。晚，大风雷雨。三鼓后卧。

二十五日(6月29日) 九钟起。劳役一切。晴明。午间，录书后，头目眩晕，昏卧二时。未出门十馀日矣。守困待毙，徒费口食。读泻火剂内三泻方。晚，又听钟声，感触。

二十六日(6月30日) 八钟起。劳役一切。强写字。记《汤头歌》。烦闷，匆匆又挨一日。晚，阴。夜卧。

二十七日(7月1日) 九钟起。劳役种切。强写字。记《汤头歌》。上街，剃发。晚，微雨。三鼓，枯寂，吁卧。

二十八日(7月2日) 八钟起。劳役一切。无聊，写字。午后，上庙市，遇二定、静山，饮茶。晚，背书。夜卧。

二十九日(7月3日) 八钟起。劳役一切。强写字。昏沉，困卧半日。晚，泻火剂读竣，腹泻未止。夜卧。

六月

六月朔(7月4日) 八钟起。劳役一切。强写字。三钟，勉践静山约门马听坐打戏。遇翊庭，上三阳馆酒饭，费一元。初鼓回，再读《汤头》除痰歌，课困，自叹。三更后展转卧。

天头文字：嘉平朔，劳役一切。午前强录袁子才诗四页。四钟，上东街买卤虾小菜，遇士荣，步至四牌楼下矮棚食水角、羊肉，乘人力车东兴居饮茶。南口外遇赵小徒，找冥衣吴某买药回。鸿已飞去，均须自理。晚，看画报，念心时盼，早已正起。夜三鼓抱石卧。

初二日(7月5日)　九钟起。劳役一切。强写字。晚，上东兴居，无聊，归。读《汤头歌》。四鼓后卧。

初三日(7月6日)　九钟起。劳役。写字。赴门马恩玉约，未见面，回。东兴居均会晤，不言爽约，及询去否。此等不信，亦太无味，固不必记之，惟其谬妄可鄙。归，念《歌》。深夜卧。

初四日(7月7日)　九钟起。劳役一切。强写字。本年涂竟第十三册。茶馆晚饭。念《歌》。夜卧。

初五日(7月8日)　小暑。九钟起。劳役一切。藤叶时时黄落阶下，扫除无已，厌烦。夏行秋令，尝西北风，寒热倏变，不正之气可知。晚，少雨，写字，读《汤歌》。展转五鼓卧。

初六日(7月9日)　正午起。劳役一切。强课行草，多生俗病，可惜纸墨。读记《汤头》除痰、收涩、杀虫、痈疡等剂，须熟温。晚，茶肆。一日阴凉，独自无聊，夜卧。

天头文字：初二日，十钟起。劳役极矣！冗扰甚矣！意外之钱流如水，胸间之肝胃痛剧，无一僮仆应门任使，备极操劳，心绪迷惘，困苦万状，至此极矣！即闭门待毙而不能，天乎！四钟，尚涂字三页。午前，双某交契代印。晚，找邢某二次不遇。交霁自往恭送三圆，曲折迭起，更可叹也。三鼓，念心甚殷，抱石卧。鸿函送药。

初七日(7月10日)　七钟起。劳役一切。天阴凉，未出门，强写字，腕笔均不合意，加之目昏手滞，俗病丛生，反不若去岁少有洒脱之趣，似多拘缚。无些微兴味，心绪抑郁愁烦，每日如在梦寐间，瞢瞢不知所以，活地狱不过如是耳。扫竹池落叶无算。十刻工夫，臂殊痛。新篁解箨，竿叶嫩绿，娟翠照窗，新竿三四已展叶凌霄矣。晚，大雨。读《汤头歌》海藏妊娠六合汤及温各剂，甚难记而易忘。夜，雨窗独对孤檠，凄黯特甚，挨时待毙。卧。

初八日(7月11日)　三钟起。劳役一切。连夜阴雨不止，窗暗目昏，强写行草四页，俗滞日生。六钟，食煮饽饽一餐。雨淋漓，甚凉。灯下念《汤头歌》经产门羚羊角散。夜深独对孤檠，雨声滴沥。值此时际，凄凉欲绝。三鼓，拥衾展转闷卧。

天头文字：初三日，十一钟起。劳役一切。午间，街上雇人力车到美斋，赴双介候约，顺路于长安街二次访询李母。四钟，与双绍酒饭，后各雇车归。沿途凉甚。霁交契三张，取回执照，须四星期方可取回原契，苛敛。媳代备蒸食，晚餐。三鼓补涂行草一页。修再致李函。夜静，念心极切，即日必当如愿也。四鼓，力疾记此，抱石睡。昨鸿送药，尚有人心。

初九日(7月12日) 八钟起。晴。劳役一切。扫落叶无已时。强写行草，废纸墨，殊可惜。三钟，出城，门马茶肆听打戏。晚，虾米居自酌，便饭，赊五千。归家，温《汤头》及六合汤歌，统计歌二百首二十门三百馀方。二钟后，展衾就枕。

初十日(7月13日) 七钟起。劳役一切。坐人力车到沙窝居吃饭，未果，徒步归。东兴居赊肉饼，剃发，回。三钟，强写字，《汤头歌》二百首读竟，须熟温，勿易忘也。三鼓后卧。

十一日(7月14日) 九钟起。劳役一切。强写字。午前，日色昏暗，圈绕各色线道。闷卧。五钟馀，上街，门外遇念，未接谈，怅甚。东兴居与玉等胡云，吃馄饨，无聊。初鼓，乘月归。温《汤头歌》及读望梅、固齿、软脚三歌，思不释。夜凉，望卧。

天头文字：初四日，贱降之期。十一钟起。劳役一切。午前后，力疾强录字四页。早晚，媳备大锅馄饨二餐，甚难能也。正拟邮致信函，于午刻忽闻猛来，即时相晤，少叙阔别，相话三时。因出城有事，便着于詹大有处代购兼毫笔，自后只愿永久相处，坚固不移，甘苦供之，忻慰感应，喜出望外也。初鼓，念念念佛，自是苦诣至诚，效果如响。夜，抱石卧。

十二日(7月15日) 九钟起。劳役一切。国子丞堂徐梧生过访叙阔，阅十月矣，坐谈二时许。强写字，俗病横生。勉餐。午后，倦卧，心绪凄遑，情有触著，不胜望念。六钟，上茶馆，痴坐。回，读稀痘神丹三种豆《汤头歌》，始念竟。夜月西沉，卧。

十三日(7月16日) 九钟起。劳役一切。强写字。午倦。四钟，门马听坐腔戏。虾米居赊酒饭。步大街，望月归。温《汤头歌》。直此窘迫，中心怀之，无时或释，何若是深？卧。

十四日(7月17日) 九钟起。劳役一切。强写字。晚，茶肆坐，俗鄙。温《歌》。望星月，夜深困卧。

天头文字：初五日，十二钟起。劳役一切。午后，力疾强录行草四页，俗滞极。四钟，东兴居少坐，胡云。买海棠、红果、馒首、肉、菜，又购圆盘铁炉一个备用，灯下看旧存《点石斋画报》附张徐美若山水。望月钩，夜深，心心念佛，抱石睡卧。霁儿捡得鹅儿不食草，为戒烟灵效秘方，俟须照制试之。

望日(7月18日) 九钟起。劳役一切。强写行草。梳发。申刻，出城，河沿少立，看河内新来游船士女，游人蜂拥阗塞。当此时际，殆近饿殍，苛虐繁兴，身家尚不能保其如何，何意绪闲荡无知之多若是？可叹！温《歌》。夜深卧。

十六日(7月19日) 七钟起。劳役一切，盥洗舀水自为，仆辈高卧袖手，虽有若无，尚须供奉，自由任纵，忍看将来如何，悠游放肆，非可情喻理遣，行为罕见之至。宫门口外，雇皮轮车赴东单麻线胡同，回拜徐丞，未遇，少坐，即归。来去均由西华门内太液池御河桥过，三十馀年未经禁囿者也。仰瞻桥北北海白塔矗立，万佛楼五龙亭巍然辉煌，河水蘋藻，树石交映。团城上承光殿前，苍松古栝，青翠葱郁，石坊为琼岛春阴，沿岸玉石栏干，小桥通焉。桥东西绰楔为金鳌、玉蛛，明相国严分宜书，劲拔古雅，可法可爱。桥阑南西筑墙以蔽障中南海，为革领窃踞，若集灵囿新盖，费巨万，前摄政时何不止之？王公富贵遁迹夷界，以为护符，苟延残喘，值国家不顾，忝然不以为耻辱，偷生苟活，不知肝肺良心何物。吁！难乎其为人矣！草茅谫陋，曷敢雌黄？盖心不自禁，梦压语耳。归家，中心迷惘，胡涂数语。夜深，月照卧。

天头文字：初六日，十钟起。大风。劳役一切。午前后，力疾强录行草五页。心绪不宁，意味毫无，塞责课程不间断耳。何时静研？猛代购来兼毫笔二枝，次日即来工役矣。然多布置，用人如此，殊费苦衷。五钟，到东兴居，与俗辈胡云。德兴取订仿六本。裕丰慎第三次取洋五十圆始如数。买米面五十斤，及粥米。晚回，食馄饨。夜，念佛，抱石眠。

十七日(7月20日)　十钟起。劳役一切。夜间作烧，展转难寐。今日即心神支离，疲惫太甚。平常亦有沉痼，此复加病，何堪！死期迫幸。午后，强写行草。日昨已涂讫《渔》诗，为本年第十四册，徒费笔墨纸张，毫无进益，心力不佳，虚掷日月，挨磨混时，坐困待毙而已。六钟，到东兴居闷坐片时。市上喝馄饨充晚餐。找估衣张，托卖衣服数件。初鼓后回家，温《汤头歌》。心凄楚闷。昨睹大高殿东西绰楔亦系严介溪书，为"孔绥皇祚，弘佑天民"，古雅整圆，洵可楷模，近世无其匹。惜乎字因人掩，亦未见其墨迹石拓。今之执笔者，率以时样，俗薄可鄙。古道关于人心，奈何浅冗之至！吁！可叹！深夜记。

天头文字：初六日，夜间捡点收藏馀存，不知又被何人盗去银圆一包，计一百六十圆，遍觅无见，天乎！余系去产绝命之钱，只为苟延残喘之费。伤此意外之失，何幸运蹇如是！可叹可泣！初七日，十一钟起。风阴。劳役一切。午后，力疾强写行草。四钟，到旧房双某少谈。出城，虾米居酒饭，定送双某菜四碗，费二圆。买粥果等回。夜静，念佛至诚。抱石眠。

十八日(7月21日)　八钟起。劳役一切，琐屑无益，勉强混时。家人袖手，亦太奇矣！吁！午间，力疾涂抹行草六页，目昏腕滞，多添俗病，心神抑郁，毫无兴味，奈何！申初，雇人力车上护国寺，托书王为小和尚。购药，水茶摊歇坐。询喇嘛僧元脱克脱丞相，即在后大殿毘卢佛两旁供象，夫妇二尊。问其冠带，未悉，盖象简幞头，明制也。买鸭蛋，归，分啖家人，少伸诚悃。甚热，回与史匠话。费元买药，可恨。初鼓后，写日记，温《汤头歌》。夜卧。

天头文字：初八日，十钟起。劳役一切。午后，力疾强录诗七页。食腊八粥，为失去银圆，心中懊塞极矣，惟认命，视此贼如何结果耳。五钟，到静听堂配断瘾丸及玉真散二方，费一圆。酒肆酒饭，并买猪蹄、枣儿。买茶叶回，与霁儿话至二钟，闻又偷去《通鉴辑览》等，可恨之至。三钟写日记。念佛，抱石眠。

十九日(7月22日) 九钟起。劳役一切。强写字。午后困，四钟到门马，止演。虾米居少坐，进城，遇魁星垣，少谈。东兴居姑坐，诸人之俗鄙可呕。回家，烦闷极热，微雨，未食，卧。

二十日(7月23日) 大暑。十钟起。劳役一切。天明腹泻委顿，再卧。午餐后，更倦困，睡至四钟，强写日课行草五页，心神惫惘支离。看《国天民报》连日所载，独立各省，浔皖苏湘广徐沪宁，此乱之初始也。以革扰革，以叛斗叛，此自灼见，天道至理。叛逆程德全，报名为三朝元老，虽迹似比拟不伦。岑春煊等辈，猪犬耳，不足齿。乱之作矣，逐渐燎原。将见若辈自残自灭，终期于尽。上天鉴察，分清玉石良莠，以别善恶，报应昭彰，复见天日为幸！三鼓记。

天头文字：初九日，午正起。劳役一切。三钟，力疾强录行草五页。为觅书，又生诸多枝节。意外之琐碎，频频逆来。当此穷迫忧烦，加之种种悖理逆情，抑郁忧愤，艰难辛苦，隐忍曲伏，心力交瘁，气血殆竭，而横生是非，永无安静，惟有仅待毙命而已。天乎！余何罪孽之深且重耶？不出门，念佛，夜深抱石卧。

二十一日(7月24日) 十钟起。劳役一切，勉强写字，俗病丛生，日作课程，反无寸进，心气交困耳。四钟，到龙泉居听坐打戏，遇静山等。晚回，热甚，未食，少温《汤头歌》。夜半卧。

二十二日(7月25日) 九钟起。劳役一切。午餐。强写字，沈昏特甚，心气极亏，死期殆近矣。三钟，白日晴天，一阵暴雨。四钟，上龙泉居听剧。六钟，与全茂亭等进城，复在东兴居卖茶，少饮二盂。遇某，心厌之。找估衣张问卖衣事。染房取药水。买澄沙包。回，啜粥。酷暑热甚，迷惘，少温《汤头》。腹泄。夜深，展转卧。

天头文字：初十日，十钟起。劳役一切。午间，力疾强录子才袁枚诗，共六十二页，为本年第三十五册。鄙俗至极，心神昏乱，意绪颓败，难以进益。四钟，东兴居与俗辈胡云。买药及市食回。晚餐后，看小说，寂寞忧愁，胸膈郁塞，家无僮仆，每须自理。值此时际，生平未有，亦可忾叹。斜月照窗，念佛不已。夜深，抱石眠。

二十三日(7月26日)　十钟起。劳役一切。强写字。午餐，倭瓜馅煮饽饽。心绪烦闷，困卧。看报，前叛张謇为叛党击毙。查謇为翁常熟所取士，状元及第。翁尝自悔，误取非人，名之二竖子，其一文廷式也，均拒绝不见。叛乱肇祸，伊为巨首，翁先见如神。巧党类包藏祸心，昭然作孽，背叛君父等辈，转瞬即遭凶死，曾未闻有寿善终者。若或使之然者，天道昭彰，报应不爽，试观若辈后来之下场头。刻下数省自立，正是以逆攻逆，以叛乱叛，一时必不能平解，伤亡亦不能少，此自天道好还之理，定不可易。又见报载，议员冯自由、易宗夔等十一人，晚间耍钱，被侦探检厅抄获，如牵缚狗豕。该员等亲具书名画押，永不再犯，切结由厅始行释放。议员权体最重，且勿论其品行，遭此小惩，亦可耻甚焉，尚忝然数黑论黄，似无足轻重者，真人头畜鸣者也。议员自待如是，彼政府之视议员如是，制度无章之如是，民国治事之如是，亦太可嗤焉。将欲理天下四海，可乎？六钟，上东兴居少坐，直将雨，奔回，剃发赵小徒呼欲借伞，甚殷。遇李，又未接谈，耿耿。初鼓后，雷雨一阵。小和尚炕上嬉笑半时。温《歌》。热甚，夜深卧。

天头文字：十一日，十钟起。大风不息。劳役一切。午间，力疾强录袁子才诗六页。心神不定，意趣毫无，不过苟延残喘，耐时鬼混而已。值此贫迫艰辛，困苦万状，万金家业荡然无馀，衣食常需，一文皆无，只候毙命而已。家不计画，野战无度，目睹身受，何以堪挨？时仰天命而已矣。早晚餐，均勉强。夜静念佛，独对孤檠，抱石卧。

二十四日(7月27日)　十钟起。劳役一切。强写字。午后，困卧，头目昏晕，酷暑热甚。五钟有馀，蔡璞如来访，少谈，并贻还前公债票二圆七角有奇。晚，到东兴少坐，再找张卖衣，又未果。变钱难极。归餐，勉强。温方歌。穷迫无聊之至。夜深卧。

天头文字：十二日，十钟起。风息，甚寒。劳役一切。午间，力疾强录袁诗七页。四钟馀，找赵小徒剃发。静听堂取鹅不食草烟药及玉真散，均配成。锦什坊街买潮烟。购《老残游纪》四本，六十枚。东兴居饮茶，并及老道再买馒头，乘月归。晚餐，炖猪肉，甚饱。小室极暖，看新书。夜深，念佛，抱石眠。

二十五日（7 月 28 日） 中伏。十钟起。劳役一切。强写字，俗病日增，无法脱除，心烦手滞，目昏神惫。连日酷热特甚，加以穷愁隐疾，迷惘眩晕，平生初受此等罪孽，何时逃却？思之黯然。五钟，东兴居与承禹臣等胡谈。归，少温方歌。三鼓后卧。

二十六日（7 月 29 日） 十钟起。劳役一切。强写字。午餐黑面饼。烦闷穷愁，日居地狱中也。困睡二时。晚，茶馆与某谈，可厌。问卖衣，又未果。买药回，温《歌》。热甚，夜卧。

天头文字：十三日十钟起，天气酷寒，滴水成冰。劳役一切。午间，呵冻力疾强录子才《董贤玉玺歌》七页。初服鹅不食草丸药，看《老残游记》，小说俗浅，其言数一说，亦未见理要。天寒，不出门，托山西妇代赎棉夹衣六件，本利十三圆。猛已十日未见来，奈何！胸膈郁闷，孤寂无聊。寒月照窗，夜阑清独，念佛抱石眠。

二十七日（7 月 30 日） 九钟起。劳役一切。挥汗强写字，卖去大车一辆，十五圆，可忾。午热甚，困卧。四钟，上街。赵小徒为剃发。东兴居胡云一阵。晚，自携面食归，勉餐。少温《歌》《诀》。夜雨，展转难寐，连日颇想少时相得之某某，天将明方睡。

二十八日（7 月 31 日） 十钟起。劳役一切。强写字，第十五册涂讫，无味无神，多生俗病，徒费笔墨，心绪无聊，奈何！午间困惫，少睡，搜捡同治十二三年所写行草诗册，四十年来瞬息一梦耳，惟尚不知觉否。人生几何，又直此家国变故，困难至极，无法谋生，坐待自毙而已。亘千万年未有之奇祸，奔波大半生，而老年适当其际，造命曷若是之罪孽重耶？实令人悲愤忾叹不平之至。日夜阴雨，加之异常酷热，枯寂无人，穷愁凄楚，忧郁无比，生何为也？近想少时相得某某均故已，而现今并无一人可与共事、同心相契好者，亦由命定耳。晚，少温《歌》。二鼓后，灯下挥汗，雨窗记之。三更，展转反侧，强卧。

二十九日(8月1日) 十钟起。劳役一切。夜大雨，连阴未晴，室内阴暗，懊闷愁烦，倍常无聊。午前，强写四十年前所书诗三首，另册为补日课，勉强之至。夜间，屡思旧交、曩日之契好，展转瞢腾。午后困卧，少温《歌》。微晴，扫竹池。夜深，强睡。

天头文字：十四日，十钟起。天气严寒。劳役一切。虽晴明无风，滴水成冰，早晚犹甚。午间，力疾呵冻强录诗八页，看《老残游记》小说讫，甚无味焉。未出门，寒月满阶，清凉彻骨，孑身孤寂，独对一檠，忧愁郁愤，凄凉岑寂，无一人可谈，无一事之顺心。当此穷困，益形委顿。心心念佛。夜深，抱石眠。四钟至六钟，大雨倾盆，水深尺馀，屋皆漏，懊甚。

七月

七月朔(8月2日) 十钟起。劳役一切。连阴雨，懊烦寂默极矣。愁肠贫困，更觉难堪。午间，录高仁峒《心印经偈》十首，昏卧一时。五钟，又复大雷雨。八钟后，连倾不止，房已淋漏，焦心难过。如此时际，困苦无告。及日谋升斗拉人力车众辈数十万等，必多挨饿者，殊深可怜，默祷即时放晴，若等力求糊口，实荷好生之德。三鼓，雨窗识之。少温《歌》，心绪幽郁不解，展转迷惘，强卧。

天头文字：望，十钟起。天气回暖。劳役一切。午前后，力疾强写行草八页，墨凝笔滞，意扰腕直，使转均不如心，反生俗病，奈何！看戊戌等年在仓日书《灵飞经》，虽不佳，今写则不及也。水仙花盛开。四钟，上东兴居胡云。闻白玉佐领事费周章。买市物回。早餐煮饽饽。皓月当空，清光朗澈，小室烹茗，静坐观书。夜深，三星当中，念佛，抱石眠。

初二日(8月3日) 十钟起。劳役一切。日夜大雨，连阴雨已四昼夜矣，房屋皆漏，西邻后檐坍塌，伤折大竹数十竿，殊可惜也。当此穷迫万状，衣食维艰之际，何有馀钱修葺此意外之工？雨仍不止，略不放晴，尚未卜何处尚有坍塌。小民日求升斗，车夫数十万人，日谋口食，均被停搁，无路赊借，噫！天公自有好生之德，尤应拯众生于水火困难之中，况直此朝夕死生之时，早得放晴，俾得各寻口食生计，以延残喘，苟混生命，皆自上天鉴佑，垂悯无辜。而叛逆等辈，反得养荣处优，欣喜自得。维持世道，盖不若是之反常悖顺也。善恶虽曰有报，以见在诸恶，不知报应何时。拘束自缚，竞业勉励，不敢少有逸放，期近于善者，亦不知报在何时。吁！难言矣！懊闷欲绝，语无伦次，随漫记之。午前强录高云溪偈十首，目昏窗暗，无片时止。温《歌》。夜半，力疾卧。

天头文字：戒雅片瘾神效方：鹅儿不食草五钱，白术炭、东洋参、黄蓍(蜜炙)、北枸杞、白茯苓、广橘红、法半夏、大枣仁、当归、洋烟灰，以上均三钱，焦杜仲四钱，炒断丝，香附二钱，龙骨，煅二钱，桂心二钱，生姜汁四两，红糖二两，每瘾吸烟多少，即照数服，或熬膏，或蜜丸，均可，一月即可除净矣。

初三日(8月4日) 十钟起。劳役一切。强写行草五页。午间天晴，欣幸无涯。漏屋倒壁之所已多，而农田被淹者亦不少，惟冀晴明多日，霖雨以时，使小民得苏困苦，实荷上苍无边仁爱矣。酉刻，到东兴居胡云，即晚餐饼回。小赵慰问。初鼓，闻钟楼声点，直送耳际，宛如前岁携成僮寓居广化寺僧寮时也，曷胜感慨。昨晚玉簪初放一朵，带雨摘置水盂，今开二朵，均香盈一室，足伴岑寂，色泽香清，洵称名花，此为秋意之先声也。连日颇想少时相契某等，皆物故矣。后虽阅千万人，无与比伦。甚矣，人才之难得也！二鼓后，少温《汤头歌》，看《三希堂法帖》苏、赵字。夜深，展转强卧。

天头文字：玉真散方，治跌打损伤，极神效，出《外科大成》。生白附子六两，天麻，生南星，防风，白芷，羌活，以上均五钱，研末，酒便冲服。落马仙方，传自醇邸，极神效，活人甚多。真三七二钱，杜仲二钱，川贝母，赤芍，甜瓜子，广皮，地骨皮，枳壳，以上均一钱，全当归二钱，红花一钱五，五加皮一钱五，乳香没药各二钱，童便一盅，老酒四两，对服。

初四日(8月5日) 十钟起。劳役一切。强写行草七页。食家种玉米，极壮大鲜甜。雇张喜清理被压竹竿，捡移邻房后檐颓壁砖土，此为无妄之来，甚懊烦也。拔刈后院青草及芰棘榛。五钟，到东兴，给路小老道大棒子一枚。出城，虾米居赊酒饭六千，与杨公辅等胡谈，听隔壁唱戏。回，遇老李，言木厂舒某致话。又至茶肆，与小丑文焕臣言戏事。老道代买灯笼，持同秀某。归，二鼓后潮热，食董四墓桃一枚。少温方歌，须用心勿遗。夜深，展转勉强睡。三更后，万籁无声，独对孤檠，倍深凄黯，而追往昔，忆及所与二三相得者，不胜感怀，即时行药，信非虚言。室中玉簪清香，伴我岑寂，情何以堪耶！

天头文字：十六日，十钟起。劳役一切。午间，力疾强写行草八页。四钟，上街，广泰祥取回旧染灰色茧䌷，改做衫一件，工料费一圆八角。东兴居胡云。晚，老虎洞口外酒肆食包子、苏鱼、兔脯，酒饭，及带花生、蚕豆、煮枣等，买油肉回。皓月当空，清朗如昼。小室炉暖烹茶，看《夜谭随录》小说，岑寂孤孑，念佛。夜深，抱石眠。

初五日(8月6日) 十钟起。劳役一切。强写高仁峒《心印经偈》五十首讫，系由敝箧捡出，为光绪十二年丙戌三月，署国学当月官值宿所录，瞬息殆今已二十八年矣，曷胜感叹！高云溪前住持白云观，今已化去数年。流阴若是之速，尘事真如一场梦耳，倍觉黯然。四钟，又有来看房者，又不知如何，腻烦之至。上街，东兴居苦腻，与众胡云，何无稍雅之辈，俗鄙太甚。点灯时，第三次找张估衣间卖衣，又未遇。德兴纸铺定打纸锞等，共八刀半，以备上坟祭扫。付银圆三枚，此即卖车之钱，贫困拮据至此，不死何待？回家，无饭，勉食早间张喜买来致美斋小烧饼五六个作晚餐，不饱，少温《歌》。四鼓卧。

天头文字：十七日，十钟起。劳役一切。午间力疾强写达摩图、袁子才诗五页，腕拙笔滞，使转不灵，俗病频增，风神毫无，未卜功至何时始得脱俗入化耶？难矣！小斋晴暖少尘，水仙花盛开，盆梅吐蕊，烹茶看书，虽家蓬荜，门无剥啄，贫穷无聊，并无债负，安贫听天，亦难能也。未出门，身心较静，初鼓，月光满院，清皎朗彻，念佛，夜深抱石眠。

初六日(8月7日) 十一钟起。劳役一切。午间，力疾录李鹰青《盘山杂诗》八首六页。东邻存某送小白莲一盆，绰约有致，置院中，扫竹池及阶下落叶，刈除蒿草。五钟，到东兴居与某胡云。晚，笼烛再找张某卖去新蓝单夹袍，二件十三圆，曷胜叹惋。为糊口若此，将来罄净，亦不免饿死而已，运际时事，天乎！回，餐市饼，不甚充饥。连日酷暑潮热，加以贫闷无聊，夜不能寐，而无梦想转机，谋生日拙，腾挪毫无，日逐苦魔，挨穷受困，活地狱盖如是焉，能得早死，即享幸福也。若得长命，将拭目以观乱党辈下场结果如何。二鼓后，少温方歌。独向孤檠，寂寞凄楚。夜深展转卧。

天头文字：十八日，十钟起。劳役一切。午间，力疾强录袁子才诗。自十一至本日，共写六十二页，癸丑年第三十六册。午后，懒倦少憩，未出门。晚，风寒，拥炉看《夜谭随录·三李明》。独对孤檠，倍觉岑寂，而终日朝夕亦不过孑身独默，别无可言者，可以休矣！心神极不快，念佛。二鼓后，展衾抱石曲眠。

初七日(8月8日) 立秋，午时。六钟起。清晨细雨如毛。劳役一切。夜彻瞢腾，早看小白莲花及勤娘子，曩在太学，小庖某健壮精神，前年曾诣住宿公所请安，言话许久，已在某部当役。详审其形体身势，似拟重喜，不易得也。惜在署中，未曾招致役使，后当再为用也，数夜屡梦相从，亦或有所思想而致之与？姑俟某来，当忆通州监督西仓时，斛金斗万，精神充健，丰姿壮伟，气体丰足，身势英特，较比喜寿有过之无不及，洵千百万人无与匹俦。人材之难得，暨遇合交投，殆有前定与？审之无疑。强写字。晚上茶肆，与众胡云。鸿僮东邻乞来秋海棠二盆，家种秋葵盛开，晚颓败甚。初鼓后，即困卧。

天头文字：十九日，十钟起。劳役一切。午间，力疾强录袁子才著作《嘉靖四年酒》及《新燕篇》二诗五页。扫院中积雪。四钟，上东兴居胡云。就托购面一袋，约四十斤，备年食，即给老道王四二人节规，约五千馀，共费三圆。晚餐糖饼，炒豆芽，菜粉，七枚。买苹果二，胰皂，又羊肉半斤，十三枚。摸黑回小室，甚暖，饮茶，孤坐念佛。夜深抱石眠。

初八日(8月9日) 九钟起。劳役一切。连日酷暑潮热。午前，录鹰青李锴《盘山杂诗》五律二十首，惟恨不能往游。午后，迷惘倦怠，颇忆往事，此心病也。四钟，到虾米居，邂逅文仲恭同砚，近三十年未面矣，极谈八刻馀始别，而余饮食不爽，因话多也。进城，缓步大街，至东兴，渴，著老道再烹茶，饮三碗。归，热甚，心躁而梦想神驰，仍追驻其健壮精神，如在左右，展转天明方蒙茏少睡，此心魔生，情绪瞀乱，暮气将至，更思往日双鱼，尤似追恨不已。惜乎，失时错过，及际难得。五更许，又梦严阎住，种种魔生矣。夜，挥汗漫记之。一灯荧然，孤寂难堪。天明，强睡。

天头文字：二十日，十钟起。劳役一切。午间，力疾强录子才《挂冠》一卷二诗八页。早餐自煮饽饽，饱食，甚难能也。后晌调和胶粉，饰涂棉履三双，殊费事事。晚餐，炸煮饽饽，豆汁，又甚饱，未出门。著西妇取小肉棒六个，分啗家人，亦云诚矣。孑身孤栖，念佛默佑。夜深，抱石眠。

初九日(8月10日) 十钟起。劳役一切。热甚。午前，强写旧七言绝句诗十首，共五页。动辄仍想小庖不已，何孽情之深耶！抑将辞世，或因追忆已往之事。四钟，上街，直赵小徒为剃发。到东兴居，与玉小佐领洁卿等胡云一阵，著老道买酱肉、糖。晚，食饼暨水饭，无味，不饱。买桃，未果。回三条东巷西口，时已掌灯后。目力迟钝，步履蹒跚，由后挨肩而过，猛然遇之交臂，未得询问，或非会合之时，尚须俟际，怏怅极念不置。二鼓后，湿热尤甚。展衾僵卧，万绪千愁，萦怀莫释，独对孤檠，思想百端，自知魔障总难脱略。夜间迷惘，又复梦魂颠倒，挥汗力疾识之。夜深，展转卧。

天头文字：二十一日，十钟起。劳役一切。午间，力疾强写行草六页。五钟，上街买代屉小蒸笼，定馒头十五斤及糖一圆，还广泰祥做皮衣一圆。东兴居费茶，与恩翊庭崇、锡三忠子延等俗辈胡云。归，晚餐。连日左胁下隐痛，卧则尤甚，胸膈闷塞，神气支离，天气昏暗，不知主何事。灯下捡看小说，枯坐念佛。夜深，抱石长吁眠。

初十日(8月11日) 十钟起。劳役一切。阴暗，未见日光。午间，强写字《心印经偈》及杂诗，录戊子旧书五十页，计为本年癸丑第十六册。徒费笔墨，毫无进益，意趣无味，混时而已。五钟，东兴居遇恩沐臣，极谈。点灯时回，晚餐肉包。二鼓后，修捡函方，致朴某治疝药方，思即日通猛达交，必得效验，此极妙至灵，有应之机关也。三鼓后，天气凉爽，展衾就寝，展转不能熟睡，蒙胧迷梦，极想小庖，仿佛如在左右，而精神健壮，霭然婉顺，大有过人之势，而膊擘壮劲可握，更非他人可及于万一，惟时事未便，姑暂忍待，俟时再即招致。天将明始睡，连夜未能好睡，颇疲惫。记后强卧。

天头文字：二十二日，十钟起。劳役一切。午前，录子才《于蔿于》诗七页，扫积雪上败叶堕枝。午间，小斋枯坐，阒寂幽闲，鸡声午鸣，恍若置身村落蓬户竹篱中，殊增静感。四钟，上茶肆，借与忠某《老残》小说，与众胡云。买盐酱等菜费一圆。晚，食煮饽饽。昨食柿，夜腹泻，今未愈。看《金瓶梅》。夜深，念佛礼星。抱石曲眠。

十一日(8月12日) 十钟起。劳役一切。夜雨，阴晴互换。午前，写同治十二年所录诗，殆今已四十年矣。回忆往事，曷胜太息。五钟，到东兴居胡云一阵。晚，自买饼饵归餐，又复潮热难当。玉簪开，极盛，案供数朵，香盈一室，洵花中仙品也。思访遇人而在迩，未得所欲，仍俟机，惟万勿再误交臂，时时念之，亦良苦。夜深，独向孤檠，倍觉怏怅，蒙胧屡梦，心不自禁。五鼓，展转迷昏，强睡。

天头文字：二十三日，九钟起。劳役一切。午间，力疾强写子才

《戒石铭》七页，扫落叶，少憩。四钟，东兴居胡云。晚，老虎洞口酒铺食稣鱼白肉汤，饭无味，不饱。买茶叶，赊肘棒十，二十枚，买虾米、脂油、蜂糕、炒胡萝菔酱，街上糖摊甚多，备祭灶也。初鼓后，无聊枯坐，捡看《太平广记·报应门》，念佛。夜深抱石眠。

十二日(8月13日) 九钟起。劳役一切。强写字。天气晴明，暂收潮蒸，似新秋乍得清爽也。午间，龚和来，面言庙工现修窑琉璃仍系四公柜厂，款已订准一万圆，即著龚和知会复兴舒某等来，须极力说项始克成，事后再续记。四钟馀，绕径思访人，未便遇。门马听坐打戏。虾米居又赊酒饭。进城，见老李，代致东兴少坐。回食藕。月色清朗，夜深又梦健臂者，悠悠展转睡。

十三日(8月14日) 十钟起。劳役一切。天气高晴。午间，强写字。三钟，绕道访念，又未即见。时刻思之无已，缘耶？孽耶？龙泉居与沐臣约，听坐腔，看文正之戏。进城，东兴食卤面，费钱无味。托秀某买烟，价廉。晚食李某送来藕。三鼓后，明月照窗，蟋蟀阶鸣，秋意景况，倍觉凄寂。夜间，猛想壮庖，极热，强眠。

天头文字：二十四日，九钟二刻起。劳役一切。午前后，力疾强录子才《落花》诗十页。一日风尘不息，扫阶前吹来败叶尘土。连日胸间郁塞，左胁下隐痛，加以泄泻，躁闷委顿，恐后贱恙日加，不可救药，幸哉！天寒疏懒，不出门，看《太平广记·定数》若干条。晚食薯蓣、白粥。枯坐岑寂，夜深念佛，抱石眠。

十四日(8月15日) 九钟起。劳役一切。午前，铺垫。李约来，面托向永德等厂询问工程之前，言再见候信，时不可失矣，须竭力为之。写字，同静山听正之剧，雨为吉，大快。夜卧。

望日(8月16日) 十钟起。喜识生平欣遇，初经第一大慰，心注之，诚感相应，快事也，谨志。昨晚六钟馀，同岫静山平外门马看剧，归偶值雨，龙泉少避，微止，即进城。此时际实有神灵感应造就，虽转瞬呼吸之间，不爽毫发，洵奇遇也。行至瓮城中猛见，数年来无时或释，极有前因，心怀刻念之。某遇于道，呼语之，甚亲近熟驯，询其年岁，属戊子，少余三轮，家只一母，别无昆弟，对面观其丰神洁特，精气充足，言语婉顺，心性聪明。相谈约二刻馀，订期会晤，结此数年以来梦想心驰情义相得之知己，实荷神灵感应，不负诚求之切衷，自成三生之缘，幸粗识梗概，后再续记。苦人欣遇，乐志。午前，劳役一切。录同治十二年旧记诗。十四日早晨曾写明范凤翼有“猛来一夜”句，盖神谶也。数年朝夕想望之殷，一旦得少伸积悰，倾心握手，略叙怀抱，洵为平生之快事，亦由神灵鉴佑，成就遇合。惟愿早日相聚，依倚如腹心手足，三生之缘幸也。龚和来。晚东兴居少坐，与恩沐臣等胡谈。市食物归，独对孤[檠]，倍觉凄其。夜四鼓，展转卧。

天头文字：二十五日，九钟起。劳役一切。胸膈闷塞，四肢寒酸，气体不舒，饮食无味。岁聿云暮，凄凉岑寂，有生以来，初历是境，苦况谁知？自叹而已。午前后，力疾强录袁子才诗，自十九至今日，共涂五十页，本年第三十七册。天寒畏冷，加以腹泄，未出门。看《太平广记》及类联。夜深，念佛，灯下写日记。笔坏，极矣无聊！抱石眠。

十六日(8月17日)　一钟起。劳役一切。一日阴暗。早晚雨。寂寞孤凄，强写旧诗四页。上街未果。极想谋生之道，直此穷迫万难之时，设法尚须代筹所处，追悔已往，殊自恨失计，只惟祷天念佛垂悯，即赐矜全，生世感戴。灯下记。夜四鼓卧。

天头文字：二十六日，十钟起。晴寒。劳役一切。连日腹泄口苦，饮食无味，胸膈堵塞，左胁隐痛，心气烦躁，懒惰委顿。老来困苦，加以诸疾，而家人庸愚，度日无方，身经目睹，情何以堪？只有听命由天，待毙而已。午前及灯下，支病强录子才诗，涂抹十九页，未出门，颓唐特甚，黯淡凄凉，不胜忧悒。看小说，念佛。夜深，抱石曲眠。

十七日(8月18日)　十钟起。劳役一切。扫阶除，强写字。天气阴暗，雨后乍凉，秋意渐至。三钟馀，到龙泉居听坐打戏，未果。玉某言无实荒谬。遇魁星垣等，茶谈远眺，河堤两岸，绿柳浓荫，河内小船缓泛，少有画意。五钟馀，进城，东兴居少坐，与恩沐臣胡云。见赵小徒，话。市饼饵回，勉强作晚餐。前日重蒙神佑，愚衷幸获通诚，自是万千之快，而连日十二时中无少或释于怀，较之比前，眷念靡切。惟冀少申积愫，得以畅叙衷情，而能义契相孚，倾心吐胆，比以金石，历久不变。更求垂佑，早得相聚，终身亲切，永远相依，福缘共之，实为此生不虚度也。祷切望切。三鼓识，展转卧。

天头文字：二十七日，九钟起。劳役一切。午前后，力疾强录子才《遣怀》诗十二页，笔秃墨滞，俗病丛生，心神不静，研思无方，徒劳何益？亦惟苟混时日而已。四肢酸寒，不思饮食，无精打彩，苦耐支持，毫无生趣，奈何！五钟，到东兴居胡云，品香定买猪肉十馀斤，为做年菜，勉强塞责。早送馒首百十个。晚，看彭文敬公诗，枯坐念佛。夜深，抱石曲眠。

十八日(8月19日) 十钟起。劳役一切。西邻补葺后檐。午间，强写字。早餐，市食不饱。三钟，成衣铺候同少坐，即遇微谈，即订晚间同和之约，遂于宫门口东巷雇人力车，到后门桥找铺垫李向永德厂严某说项，此事不可少松，所关甚重。日日祷念，盼望鉴佑即成，以延馀生者也。与李言廿一二见。五钟馀，雇人力车上四牌楼同和，专待同人，久候，到遂同饮，一切拘谨规模，迥出人右，而丰采精神，超特出群。畅叙至二鼓，雇人力车让前至宫门口。归家遇窄巷，极力扶掖，见其机警可人，一路同步话归，再为订期会晤。赴彼西邻，怏怏均不忍别。天怜佑，早得相聚，少表三元微意。夜三鼓，粗记。

天头文字：二十八日，十钟起。少暖。劳役一切。午前后，力疾挣命，强涂子才《赴淮渡江吟》九页。连日心神黯淡，琐屑萦纠，糜费不已，殊可叹惜。心力交瘁，平生亦可云极。四钟馀，上街剃发，多费不直。东兴居定大馒首十个，买羊肉七斤及补猪肉，共价六圆。买年糕等物费无数，只为口腹，过年劫耳。夜深念佛，抱石卷曲眠。

十九日(8月20日) 十钟起。劳役一切。午前，强写字，俗滞已极，须清心静念，凝神集思，方能脱俗入雅。更当玩味法帖，久之得会神髓，始有进益。噫！亦难矣！申初，赴龙泉居听坐打戏，惟小麻可，馀无足取。邂逅福善全等诸太守。五钟馀，到虾米居酒饭，未餐，竟燥甚，陡起风雷阴云，亟奔进城回家。三鼓，月高云散，阶前仰望星月，皎洁清凉，渐侵肌肤。流火授衣，转瞬间耳。夜月当空，松竹荫院，寂寥无声，独有蟋蟀阶鸣，孤对一灯，秋意凄其，心神黯淡，倍想同心，恨不时刻相聚，慰此岑寂。值此时际，较未倾吐以前更深，怀念尤切于十二时思不释也。天怜痴固，早得聚处，祷切望切！夜深卧。

天头文字：二十九，十钟起。劳役一切。午前后，力疾强写行草六页。四钟馀到街，一日风甚寒。东兴居无聊饮茶，胡云。广泰祥胡云一阵。文德公买小红风帽，小和尚戴。及买手巾褡裢、洋蜡等，对过买洋粉、海带等物。买金银年糕二方。回，晚餐炖肉。鸿倩山西妇送来果食。独对孤檠，感忾无既，家妇不安，孽深！看《春泉闻见录》。夜静念佛，抱石卷曲眠。

二十日（8 月 21 日）　九钟起。劳役一切。强写字。午后餐。四钟，到东兴居，与俗辈胡云。天气极热。六钟馀，宫门口外雇人力皮车到东四牌楼六条胡同路南复兴厂访舒商，值出未面，订在次日来。回时，沿路电灯大亮，至宫门口外街上食烧饼、馄饨当晚餐。为谋生活路，躬自奔驰，亦觉良苦心诚，惟求佛天默佑，成全此事，得到酬金，以谋生理，以救贫困，生世感颂，永远不忘。回家，由旧极想前日二鼓时携我同心归来景况，未见才二日，已似有半月矣。怀念之情，时不能释，每凝心注想，即似望见丰采，更模其神，语音宛在左右，只恳垂佑，即日相聚共处，生幸祷切！明月在天，夜深卧。

天头文字：除夕，十一（日）钟起。劳役一切。今历一年矣。强录袁子才诗，为癸丑第三十八册。计自元旦至除夕，日课数百字，并未一日间断，共约写十万六千有奇字，毫无进益，混时挨磨而已。四钟，东兴居胡云，买布小褂。晚餐馒首为过节，匆匆苟延，又一年矣。伊于胡底？自叹自怜，自恨自慨。夜二鼓，礼叩上下四方，念佛。抱石早卧。

二十一日（8 月 22 日）　十钟起。劳役一切。午前，龚和来言大成殿黄瓦瓮齐盖，即日恭请神牌还御矣，永远奉安，世代崇祀，不胜欣祝之至。复兴舒商来面言工事,托彼转商各厂筹办。二钟馀,去复修函,著龚和送达。廿六七日,候彼回信,并知铺垫李明日面候。二钟后方餐。强写曩日同治十二年癸酉所书明诗五十页,为本年癸丑涂抹第十七册。查癸酉至癸丑四十一年矣,直如一梦,瞬息间耳,曷胜叹惋,浮生虚度,奔波半生,又当世界大变,事业全失,贫穷困难,坐以待毙之际,倍觉凄黯。五钟,东兴居吃肉。托秀买物。初鼓回。欣遇同心请安,少谈,怏怅别。此见第三日若隔旬。天怜佑早相聚处。夜深卧。

二十二日(8月23日) 十钟起。劳役一切。扫阶落叶。夜雨秋景,极凉。午间,强录同治十二年岁次癸酉所写杂诗,至今宣统癸丑,已四十一年矣。光阴如是之速,直似转瞬梦寐间耳。国基板荡,家业凋零,无计谋生,贫困待毙,我生不辰。当此运际,老将就木,逢此浩劫,回忆曩往,不胜今昔之感,能不仰天痛哭流涕者乎?自前岁大变,至今忝颜在世,苟延残喘,吁可叹息!出门欣遇同心,彼此问答谈话,偕步至宫门口,余赴剃头铺,强忍暂别,随订少刻再会。同心怏怏上街,彼此均不欲片刻少离,见诸形色,虽似有千万言,不能申叙而代想。闲默无依,甚萦时念。天佑即相处,祷切!茶饭回。念卧。

二十三日(8月24日) 处暑。十钟起。劳役一切。时见勤娘子花未卸,秋渐凉矣。强写录明人诗六页,俗病频添,心绪多愁,意趣无聊,盖可知也。又加心戚之忧,时萦于怀,念念难释,只有吁祷佛天垂佑鉴诚,矜赐成全,惠以多金,俾得同心谋生相处,永远安益,洵为接骨金丹。日夜默祝,即早成就,如荷再生,世世感戴。佛天弘仁,厚惠无已时也。四钟,到东兴居与众胡云。换圆,雇皮车,上厚门找铺垫李,未面。据王某云,已见永德严俟四柜会筹即回信,遂于厚门外雇人力车到羊肉胡同小铺吃锅贴及坛子肉,颇佳,甚饱。雇人力车回宫门口买果,想心第此刻作何排遣也,代觉寂默。三鼓月上,独对孤檠,略记。展转卧。

二十四(8月25日) 十钟起。劳役一切。午间,强写旧书七页，俗滞不堪，虽欲澄心不得，少静则思心，第实所谓刻刻在念，时难暂忘，惟日日默祷早得相聚，互慰怀思之诚而释眷注之殷，是深有厚望焉。四钟，上东兴居少坐，胡云，皆俗鄙可厌无知之辈。六钟，步至羊肉胡同小饭铺食锅贴，少饮酒。当时极想心第同桌饮食也。四牌楼电灯亮，雇皮车顺马行，颇忆十八日二鼓携心第同乘归家之况。至宫门口，步回。食芡实数百粒。盎供新开双层玉簪几朵，洁白纯素，香满一室，真仙品也。领略幽芳，伴我岑寂。夜阑月上，虫鸣盈耳，心第量已睡矣。粗写日记，展转勉强卧。

二十五日(8月26日) 十钟起。劳役一切。午前后，强写旧录四十年前所书诗七页，俗病丛生，虽较以前差可，而进益殊难。心目腕力日加颓唐，更加贫困无聊，愁烦苦累，无丝毫愉悦之情，多难量忧郁之患。心绪冗败，意趣皆灰，不能澄心静默，玩索研求，徒事涂抹，究竟不得化滞祛固，脱俗入微，终不入风雅可观之境。蹉跎半生，已老惫矣。神气日销，难期振作，深悔已往，虽奔驰宦场，暇隙少有课功，虚费时日，殊可追惜。今则挨时强度，游戏苟延，更不求闻达也。五钟，到东兴居，与众胡云。值晚风雨，奔回。食倭瓜、饽饽。想同心此刻作何，念念不释。初鼓，雨后独坐，写记。夜，展转卧。早间看坟人狼儿妇来，或为补交地租。原备扫基纸镪纸需，后世能得永远敬守不替，虽使式微，亦不致临时筹措，自能传之久长。何意连年均被家中孽妇攫取，前闻某年往索。呜呼！家有此等败坏无良之妇，自知宿世冤孽，惟此生何时已也？其种种迥出人理，破败拆毁，盗卖窃取，非人心所行者，四十馀年以来如一日。余孽宿因何若是之深且重耶？且余不死，或宿债尚未偿清。日在愁城，渐次饥莩矣，加以家人辈毫无心肝，苦累日增，诉告何人？只有上苍鉴悯，早赐生全，俾得此世稍纾苦衷，而申积郁。孑然一身，知己何人？能不痛哉！望一同心聚处，大幸。三鼓，不寐再记。

二十六日(8月27日) 十一钟起。劳役一切。扫落叶。池中牡丹盖被雨水浸湿，叶半脱落。梨叶亦然。一日阴暗。晚，淋雨乍凉，秋意渐深。岑凄楚寂，难为情也。食东邻公领孙葡萄。午后，强写旧诗七页，坏甚。五钟馀，上东兴居，与众胡云，少坐，取仿本回。想心第不已，独对孤檠，倍怀念。夜深，展转卧。

二十七日(8月28日) 十钟起。劳役一切。无聊，扫落叶。强写行草五页。一日阴晦，甚寒凉，极似晚秋时。四钟馀，强忍无耐，持伞雇人力上厚门，再找铺垫李询问厂商等如何回信。沿路身衣单寒，奔驰鄙事，亦可慨叹。据前路闪灼反复，再定日会面，市侩难与也。回东兴饭，不饱，价昂。夜想心第不已，天其悯之。闻钟卧。

二十八日(8月29日) 九钟起。劳役一切。强写字。着鸿买锅贴，食全家。龚和来，着再订舒商。四钟，到茶肆胡云。新秋极凉，受寒，懊烦愁困，至难忍受，苦已极矣，已病。早归，强食剩饵。夜，独向孤灯，岑寂黯然。默念心第，时刻不释。展转苦挨卧。

二十九日(8月30日) 十钟起。劳役一切。强写同治十二年癸酉旧录明诗一册五十页，为本年宣统癸丑第十八册。四钟，到茶肆胡云。晚，凉似深秋，孑身孤栖，贫困交迫，幽郁无聊，生何以为？更念同心，刻怀不释，死恐不瞑目也，凄楚至极。夜深卧。

三十日(8月31日) 九钟起。劳役一切。强写日课。二钟馀，雇人力车上六条，找舒辅臣，值出，再订一二日见。到厚门桥，见李某，初三再会，可叹。回东兴少坐。念心第，夜深卧。

八月

八月朔(9月1日) 午正起。劳役一切。午后，强写字。三钟馀，抱小和尚。赴陈医寓看病，未见。东兴居胡云。琪卉堂购药方，有姜附，但能不呕止泻，亦可少宽心注。连日诸多烦絮，更兼奔波候信，奸商辈任意枝梧，百分忍耐，穷途无告，贫困交迫，心神摇摇无定，身体倦惫，日似梦寐，直此时际景况，生何以为？实不若速死之为快也。苟延残喘，挨时混事，亦将伊于胡底？更不堪设想，尤不必忧患设想也。天乎！余生何辜，遭际若此？平生拘束自缚，动须循理，强忍受曲，宁自负无负人，数十年来自苦，谁知行好事、充好人又何益耶？夜深，孑身独对孤檠，愁闷待毙，自叹而已。刻怀同心，念念不释。风送钟声，夜强卧。

初二日(9月2日)　十钟起。劳役一切。午后，力疾强写行草五页。心气不伸，加以隐痛，意绪无聊，俗滞不堪。着鸿当小表一枚，五圆，暂为度日。自觉可怜，不胜叹息。龚和来话良久，再令往定舒商四厂商，均互相推诿，延宕赖混，固不足较，直可视若辈为畜产。惟前倩人求托，余则竭力代为关说营画，罔不利益，今则反覆无信，是真小人之尤。奔询数次，支吾不见，此等伎量，更令人不免动气。所以百分强忍者，惟冀事当济益，少延残喘，只望天鉴苦衷，默佑即成，祷切望切！噫！贫之为病如此，不觉泫然长叹。晚，东兴少坐，胡云。市食回。念心当心，夜孤对青灯，秋景凄凉，曷胜感怀。强卧。

初三日(9月3日)　十一钟起。劳役一切。本日为上丁。孔教会及教育部举行祭礼，谅已恭请神牌还御，以安高位，以妥神灵，永远尊奉，世世无替，此诚天下四海生民之莫大之庆幸也。心祝久矣，至是安焉。午前，舒商来函，言厂人三处均不认可应酬，延宕支离，赖混无信，是早居奸心，立意反覆。中间李某亦复庸拙，代彼等支吾，惜哉！旷日推诿，徒费唇舌车费，奸商市侩等诸畜产固不足齿，余因贫迫遭此辈舞弄，可为叹息。嗣后不必论议矣，识之可笑。三钟，又上厚门，找铺垫李问信，并见王某言密云垦地事，即着龚和往见吴侄说项。买熏鱼，雇人力车带市食回。灯下补录字，念心不已。夜深孤凄无聊，强卧。

初四日(9月4日)　七钟起。劳役一切。看勤娘子花。午前，力疾强写《桂》诗行草七页，俗滞。饭后，假寐。四钟，龚和来。往访吴侄，未遇。须于休息在家，言于初七日再往一面，尚如多延，仍往返二十馀里，奔波果有益乎？着和先致王、李外函，询舒商待回信，此亦有若无之虚想。吁嗟！天未鉴佑苦衷，肫专之诚，殷望切乎？贫迫临身，困苦万状，何以为生？速死是幸。连日心胸郁塞，头目眩晕，强打精神，颓唐挨忍，自是受罪之境界也。惟自恨去岁七、八、九三个月为厂商等，专赴部设法关说九次，均得要领，复有中李频面许，今屡追问，事欲返覆，可恶之至。上街食市物。念心不已。夜深卧。

初五日(9月5日) 午正起。劳役一切。强写字，徒费纸墨，心绪愁烦，抑郁万状。四钟，步街头吃炸糕。东兴居二钟老闲话，到老张处取回夹坎肩。路遇恩某，买新炒栗子，摘家种桃四枚，甚甜，长僮植也，已十年矣。睹物不胜触怀，今昔想念之感叹。双层玉簪尚盛开数朵，晚置案，甚香。枯坐小斋，念心不已。夜深，展转强卧。

初六日(9月6日) 午正起。劳役一切。连日愁绪无聊，贫困索寞，意兴凄凉，懒散委顿，不死不生，活受罪也。饭后，强写字，全非章法，俗鄙不堪，恐难进境，不得宁静故耳。四钟，信步东大街四牌楼北路剃发，尚可。复步回东兴居，遇沐臣，胡谈二刻。访估衣，未见。归餐扁食。又虚度一日矣。夜对孤檠，极想同心不已。展转长吁，强卧。

初七日(9月7日) 十钟起。劳役一切。强写行草四页，心绪愁闷至极，涂抹废纸，难堪。三钟，上砖塔胡同，访恩沐臣，少谈即诊伊儿媳脉微弱甚，用逍遥散方，加天冬、黄蓍、元参、熟地、香附，未知有验否。五钟，到东兴居胡云。买月饼，街上遇茹子和，立谈一时。回家晚餐，候龚和信。夜深，念心不已。听蟋蟀鸣，卧。

初八日(9月8日) 白露。十一钟起。劳役一切。连日愁烦至极。午后，强写行草四页。意兴毫无，胡涂。二钟三刻，雇人力车到厚门，找铺垫李再询信，屡次支吾，而各厂奸商更非人类，惜哉！十馀次躬往，去岁赴教育部九次，竭力关说，代彼辈画策，皆为徒劳。惟此事有生即须记之莫忘，可笑余之诚笃信实，为若辈奸诈小人市侩所诳。呜呼！可以休矣。后须警戒。闲荡护国寺，回东兴居。曲食孤伶，念心不已。夜深卧。

初九日(9月9日) 八钟起。劳役一切。烦闷忧郁，至此已极。偶一设想，何以为贫迫？待毙而已。午前，强写字，不堪。一日阴雨晦暗，秋景凄凉，最感伤也。四钟，访估衣李，托找舒说项，观彼神色，亦必淡漠敷衍，不用徒费唇舌也。人心诈伪反覆，信义何为？自矢欠识耳。此望直诸不论。东兴居少坐胡云。回广化寺，僧送中秋礼馒首等，晚餐即食之。着鸿找张卖衣。独对孤檠，黯然念心不已。夜深卧。

初十日(9月10日) 十钟起。劳役一切。午间，强写字，殊少兴味，意绪焦。贫困之极，囊之充好人、作好事，屈己从人，谨慎拘缚，不敢少有放逸，于今穷迫待毙，毫无救济，苦挨何为耶？四钟，茶肆少坐。街头食烤肉少许。回，向灯枯坐，念心不已。夜深卧。人生直此运际，苦难贫窭，已至极矣。国破家倾，固无生理，尚欲苟延残喘，挨苦混时，不生不死之时，不知何待？直度日如年。生当斯世，罪罟曷深！向来廉厚自持者，至此倍加贫困。人世若是，生何以为？天倘鉴诸，分别善恶，须早为之处置，庶世界尚可辨别良莠，使善者速得生理，幸焉！三鼓后，不寐再识。忆自有生以来，至今六十馀年，三遭大乱，迭次仆踬，而经营奔波，殆无虚日。而眷属家人等辈，均丰衣足食，罔知节俭。数十年偷窃盗卖，至今已罄，所馀者仅老屋三十间，旧书千馀卷。遂服敝衣数十件，其一切各种物件无算，均被盗卖尽竭，荡然无少存。此自系前世债孽，今取偿也。老命一条，待毙而已。四鼓，不能睡，又志。

天头文字：自被奸商等辈所愚，虽因贫迫之致，究由操守不坚，信义过切，反为誆弄，事固无足较。然此后生生世世不愿与市侩辈相交际也。谨志勿忘。捡藏家种秋葵苞子数枚。玉簪已谢矣，双层者尚有开朵。

十一日(9月11日) 十一钟起。劳役一切。强写行草，本年癸丑日课第十九册，录《桂花》诗，涂讫。四钟馀，上街吃烤羊肉，囫囵，东兴居还账，给老道王二等节钱，皆卖物资也。遇沐臣，胡云一阵，回家。囊已将竭，自后无物可卖，又将何以糊口度日？平生直此亦难矣！吁天何为！有来看房者。孤檠独向，只念心不释。夜深，昏月蒙暗，凄卧。

十二日(9月12日) 十二钟起。劳役一切。强写《松》诗行草五页，废纸墨，混时。五钟，信步至羊肉胡同锅贴铺吃炖肉、白饭，费六千。价似混算，不值。四牌楼买月饼数个，雇人力胶皮车至宫门口，四枚。东兴居饮茶，三杯。乘月懒步回家，仍躁渴，再烹新茶，独对枯檠，愁闷至极，囊已将空，不知明日如何。噫！念心不已。夜深卧。

天头文字：阶砌自生秋海棠三五株，均著蕊将放，娇艳绰约有趣。明月当午，夜阑露凉，松阴竹影交荫满阶，蛩鸣砌下，风送钟声，小斋枯坐，独对孤檠，怀人无已，倍深思望。贫迫忧患，时加日增。故交契好，迥如陌路。直此秋景黯澹，益觉凄凉。幽寂岑寥若是极，何辜受此罪？三鼓后，不寐识。

十三日(9月13日) 午正起。劳役一切。扫风吹落叶。二钟，早餐，力疾强写行草，不堪极矣。四钟馀，定镇平来访，谈良久，同至东兴居吃肉饼。三盛隆买蘋婆果五枚，踏月归。鸿买石榴五个，问找取张某卖物价四次，尚未到手，需钱甚亟。直此亦可叹矣。明月当空，松阴满院，夜对孤灯，倍深凄恻，念心不已。强卧。

天头文字：秋月皎洁，夜阑人静，小斋枯坐，只伴青灯，松竹影定，一院蛩鸣，际此岑寂，倍益凄凉。厚载钟声，风送到耳，恍如向居广化寺僧舍时也。倏尔变迁至此，闻声感触，殊不禁悲惋之至。向之僮仆云散星流，穷孑一身，备受(幸)[辛]苦，加以贫困幽郁，苟延残喘，何以生为？同心一人能速聚处，祷甚！四鼓，泣识。

十四日(9月14日) 午正起。劳役一切。扫落叶，强写字，卖去染鼠皮褂十二圆，为节俗费，已十去其八，可伤。五钟，步东街，遇额统领，立谈。路东铺剃发。掌灯时，四牌楼西路南小屋食白肉饭、贴饼，饱，十枚，廉。二枚雇人力车回宫门口。东兴居少饮茶，还肉账，锦什坊街口果摊十馀，给衣张工。闻心暂归家，日内还，念心不已。明月清皎。夜卧。

中秋望日(9月15日) 午正起,劳役一切。拾阶前落叶,强写行草三页。值定大理镇平过访,少谈,闻有立宪信,未卜果否。天下苍生均期望为厚幸焉,不胜欣抃之至,敬俟天心除乱,以安良善而转生途,祷切!感切!又确闻徐丞梧生有荐充帝师一位,即日或见明文。三钟,同出阜成门,至万福居野茶馆听八角鼓曲,无味,勉陪而已。进城,步大街,绕葡萄园,各归。食市物及早间炖肉作为过节。回忆数年前中秋节,阖家同庆,虽不繁盛,较之今日穷困忧愁、寂寞凄凉,殆若天渊。今昔之感,能无悲惋太息乎?初鼓后,孤灯对向,录日记,所幸无债到家剥啄,惟极怀念,同心相默契,未得同处,一诉思衷深切耳。夜阑卧。

天头文字:月食八钟,蚀甚。雷雨,九钟二刻。日内燥热。晚,着鸿买苹果二个,费六枚。分给小和尚一个。

十六日(9月16日) 十钟起。劳役一切。扫拾落叶,强写行草六页。自去岁壬子八月既望起,至今癸丑八月既望,整一周年矣,每日涂抹行草数页,每册五十页,统计已写二十八册,每册约书二千八百字,共计六万有奇。而一日未尝间断,毫无进益,反生诸多拘滞俗鄙之病,虽多亦奚为?总之,心绪瞀杂,不能专纯研索,虽久习而心拙手滑,恐俗病未易脱化也,难矣哉!兼以无法谋生,仰屋无策,愁烦郁困,贫无聊赖,四壁空空,无物折变,衣食需用,渺茫无望,人生际此,亦可谓罪孽至极矣。只冀速死,庶免重劫,故坐以待毙,苦难甚焉。五钟,东兴居吃葱饼,无味,冤钱。买栗回。写日记,惟念心不已。凄凉,夜深卧。

天头文字:阶砌自生秋海棠三四小株移植盆中,供之案头,花蕊初放一二朵,娇艳绰约,碧叶扶疏可爱。明月夜静,伴我寂寥。玉簪尚放一二朵,置小室甚香,幽洁无比。

十七日(9月17日) 九钟起。劳役一切。拾院中落叶,经年无已时也,可厌。午后餐,强写行草,徒费纸墨。贫困艰辛,抑郁无聊,已至极处。头目眩晕,心胸拥塞,疾病日增,奈何不速死早清孽债耶?

天乎！善恶何为者！五钟，街头吃烤羊肉。东兴居少坐，回。摘玉簪二朵供水盂。独对孤檠，秋色凄凉，极想心契不已。夜深卧。

十八日(9月18日) 十一钟起。劳役一切。夜间雨，一日阴暗。拾黄叶，强写行草七页，殊费纸笔。观《佩文斋书画谱》及《西湖拾遗》小说。四钟馀，赴平外虾米居，还节账，就便酒饭，费二圆，虚耗。上灯进城，步大街归。悠悠忽忽，又活一日矣。生计毫无，囊空如洗，愁闷忧困，时难或释，罪孽若此，何不速死为幸？夜深，念心不已。迷惘卧。

天头文字：偶于敝箧捡出，同治七年戊辰岁，至今四十六年，默心农所画山水数小幅，笔墨古雅，格式苍润，洵非时下之能及，可以宝而存之，以作楷模。书画扇数十柄及可观之书画无算，均被妻仆等辈盗卖罄尽，所馀破烂狼藉，数十年经营集腋，遭此家人毁竟，睹之不禁泣下。十八日夜四鼓，未死人识。

十九日(9月19日) 十钟起。劳役一切。夜雨一日，秋风甚凉，须加棉。景色倍觉凄其，略扫落叶。午后餐，力疾强写行草《松》诗五十页竣，为癸丑本年第二十册，徒费纸墨，意味毫无，守困挨时，待毙而已。近觉心胸塞痛，头目眩晕，病势已成，速死为幸。五钟，强到茶肆，买栗子、花糕，三角。回，凄凉已甚。怀念同心。夜深卧。

二十日(9月20日) 十二钟起。劳役一切。夜风一日，申刻息，甚凉。午后餐，捡同治癸酉至今四十一年所写诗字，强录三页。灯下又录四页。三钟馀，定大理镇平来访，少谈，同出城。秋色凄凉，殊感忾。虾米居酒饭，看叶子戏。上灯进城，各归。补写字，捡旧诗。午后，有人来[看]房者，未卜如何，焦灼。孤檠独向，幽凄无比，惟念同心不已。夜深强卧。

二十一日(9月21日) 十钟起。劳役一切。午前餐。午后风息。力疾强写同治己卯抄录七言绝句、杂诗二十六首十三页，俗鄙拙滞极矣，毫无活泼使转之态，心绪不佳，逐日忧悒愁闷，无少意兴，徒费纸墨，混时而已。晚，扫落叶及竹池。食菜包。到东兴居胡云，买花糕、栗子。九钟回，独对孤檠，念心不已。月上，夜阑卧。

二十二日(9月22日) 九钟起。劳役一切。扫落叶无已时。午前餐。强录同治戊寅等年旧书宋元七言绝句、杂诗十四首七页，并于故纸堆内捡出金刘豫杂诗《冬季》一首，此二十年来不复记忆，并无书捡查，一旦获见为快。浇盆蓄松焦，玉簪尚开一朵。东兴居遇沐臣，便话数刻回。大丁来言地事，气闷。独坐，念心不已。夜深卧。

天头文字：西北望老茔地，据约四十馀亩，祖坟明堂十亩馀，另数族晚大丁讼已数年，今始改卖为典矣。宛平县贿断胡行，暗无天日之际，可叹恨。实存陈元孝诗："其毒愈甚文愈高，请君记取孔雀毛。"阅历之言。二十三夜四鼓识。

二十三日(9月23日) 十二钟起。劳役一切。午后餐。强写戊寅等年旧录诗字十四首二十七页，目力近觉迷钝，眼镜已浅。五钟，上街，东兴居少饮茶，剥栗子，食馀给老道。回家冷寂，追忆庚戌、辛亥二年间携成僮等在庙在署充总办监督时，恍如日昨，实若霄壤，不无今昔之感。夜对孤檠，倍形凄惨，惟念心不已。强卧。

天头文字：叶横山云："好摹仿古人者，窃之似则优孟衣冠，窃之不似则画虎类狗，与其假人馀焰，妄自称尊，孰若甘作偏裨自领一队？"此自论诗也。若书画须有别。《随缘诗话》三。

二十四日(9月24日) 秋分。十一钟起。劳役一切。午餐黑饼。强写曩录宋元人七言绝句诗十四首七页。天气澄静，地气沉凝，正秋色肃穆，而景际清凉，羁愁抑郁，贫困无聊。当此时候，倍觉黯淡凄楚。回忆向往，已似霄壤，能不感触伤怀耶？二钟，老杨来。定镇平虾米居候，遂往晤谈酒饭。回，夜深，独对孤檠，寂寥特甚。极念同心。勉睡。

二十五日(9月25日) 十二钟起。劳役一切。午后餐，杂合面汤。强写四十年前旧录宋元金等七言绝句诗，自二十至二十五日钞九十九首，五十页，为本年第二十一册。虽日逐涂抹，并无间断，已逾一年，毫不见长，反添俗病，是心绪无聊，勉强混时，待毙而已。西间小雨。扫落叶，剪藏秋葵苞子，着张喜买锅贴、包子。夜静，念心不已。三鼓卧。

二十六日(9月26日) 十一钟起。劳役一切。午后餐，强写戊寅等年旧录宋元等诗。四钟，值新简毓庆宫行走，赏二品衔，朝马，前国子丞徐梧生来拜，接谈许久，得所矣。上街，东兴居少坐，剃发。市上吃烤肉一斤，解馋。取袍褂二件，本日当单绸衫二件，六圆，可叹。晚回，看《随园诗话》。穷迫极矣，何以生为？夜阑，只念同心不已。展转卧。

二十七日(9月27日) 七钟起。劳役一切。扫落叶。午前，现买早餐。强写旧诗十八首九页。三钟，上护国寺王书摊阅杜七律《客至》。遇林轩少游。食炸糕，雇人力车回。少歇，又上东兴居吃肉饼。遇沐臣，谈，各执灯归。买茶叶、栗子、梨等。二鼓，记日课，颇困怠。勉看《随园诗话》。独对孤[檠]，益觉幽凄，念心不已。夜深卧。

天头文字：舍南舍北皆春水，但见群鸥日日来。花径不曾缘客扫，蓬门今始为君开。盘飧市远无兼味，樽酒家贫只旧醅。(我)[肯]与邻翁相对饮，隔篱呼取尽馀杯。

二十八日(9月28日) 十钟起。劳役一切。午前，强写旧录十二首六页。三钟，冠带，雇车赴麻线胡同毓庆宫行走徐师傅梧生寓，回拜晤谈，三刻回家，点灯矣。饭后枯坐，念心不已。夜卧。

二十九日(9月29日) 七钟起。劳役一切。九钟，恭诣八家岗前茔地各墓，叩拜焚化纸镪，瞻视松柏郁蔚，曷胜忻慰。三钟回，虾米居饭。到家，灯下写字二页。念心不已。夜卧。

九月

九月朔(9月30日) 九钟起。劳役一切。扫落叶。天气躁热，大树间尚有蝉鸣。午间，强写字七页。昨在茔地，数计光绪三十年甲辰新栽老茔西面马尾松，正东西共十一棵，其东茔九棵，东面松阡百株，均青翠湛蔚，约高八尺。至白杨五株，垂柳三棵，杏数株，亦丈许矣。谨志之。二钟，有人看房，当面少谈。四钟，上东兴居，与俗胡云。买肉食归。饮酒剖蟹，看《随园诗话》。独对孤檠，倍觉惆怅，念心不已。夜深卧。

初二日(10 月 1 日) 十钟起。劳役一切。午前，写字二页。当鸳鸯缎袍褂二件，三圆。一钟，雇人力车诣西直门外柏翔庵姑母等墓前叩拜，焚送楮镪。回，在高粱桥边买极大萝菔三。到家，定大理来访，同陪至虾米居酒饭，赊七千。三更，写旧录十页。夜深，念心不已。强卧。

初三日(10 月 2 日) 八钟起。劳役一切。夜未熟眠。扫柏子落叶。午前，力疾写光绪元年戊寅等岁旧录七言绝句百首五十页，为宣统癸丑年涂抹第二十二册，徒费笔墨，毫无进益，奈何！四钟馀，到东兴居，遇沐臣，胡云一阵。雇人力车，至四牌楼买贴饼，即食煮饽饽、白肉，复成各归。极倦凄闷，念心不已。夜，早卧。

初四日(10 月 3 日) 十钟起。劳役一切。午刻雨，一日阴晦，极凉，屋中幽暗。强写袁芗亭《赘言》诗十页，目力腕间均不如心，老悖已临，加以贫迫，无法谋生，日坐愁城，只有待毙。人之一生，何若是之不幸也，虽苟延残喘，亦须衣食，毫无所得，无法计画，不死何为？夜间寒凉，独对孤檠，凄然长叹，幽郁不胜。极想同心不已。三鼓，强卧。

初五日(10 月 4 日) 九钟起。劳役一切。扫落叶。午间，力疾强写行草十页，心手不相使，愁绪无聊，全无兴趣，挨时而已。室内甚寒，加以秋雨乍凉，更觉幽凄。三钟，上街，食炸糕。东兴居遇沐臣，少谈。(卖)[买]市食回。独对孤檠，倍深凄恻。夜展转念心不已，强卧。

初六日(10 月 5 日) 十钟起。劳役一切。阴雨，极凉。午间，力疾强写袁芗亭《赘言》诗十九首竣，涂十一页，俗滞不堪，徒费纸墨。四钟，觅服棉衣。上东兴居少坐，买食炒栗，分给老道德兴。买万年枝墨二两一块，买馒首三，冒小雨回。遇赵徒，话。晚餐甚多，穷嚼而已。独向孤檠，凄凉万分。当此秋雨阴黯，愁闷寂寥，已不堪回首，前路尤不敢设想。天欲亡人，何不亟速早毙，免受忧惶。夜雨，极念不已。强卧。

初七日(10 月 6 日) 十钟起。劳役一切。午后晴，扫落叶。力疾强写袁芗亭《踟蹰行》十一页，有感触焉。彼直盛世承平，尚多仰屋之叹。况当际此国家凌替，贫迫待毙之时，能不伤怀叹息者乎？句中有“不效伪君子，甘为烂好人”，甚合鄙怀。四钟馀，东兴居与俗辈胡云。赊肉食千五百。回，晚餐。夜深，枯坐，极念心不已。强卧。

初八日(10 月 7 日) 八钟起。劳役一切。午前，力疾强录袁芗亭《赘言》《踟蹰行》二诗已竣，共四十八页，本年涂抹第二十三册。除阶下草，扫竹池及落叶，捡取藏存银圆三枚，均被狼辈盗去尽数，不留一枚，最可恶也。当夹袄、坎肩，三圆，以做朝夕买食糊口之用。物已罄矣，无件典卖，尚不得死，奈何！东兴居吃肉饼，后恐难。望月，念心不已。夜卧。

初九日(10 月 8 日) 九钟起。劳役一切。午前，强写红豆邨人袁芗亭《九日写兴》《猛雨》《怀人》诗六页。扫落叶、竹池。四钟馀，到东兴茶肆少坐，胡云。回，晚餐，饼极多，穷嚼。看《缀白裘·儿孙福》。一日阴晦甚凉，加以岑寂穷愁，逾觉凄恻。夜深，念心不已。强卧。

初十日(10 月 9 日) 寒露，十钟起。劳役一切。隐晦无日，甚凉，须加绵也。强写袁诗九页。扫落叶。五钟，上茶肆，与沐臣等胡云。晚回，捡看《宋四家诗选》。独对孤檠，穷愁烦闷，念心不已。夜卧。

十一日(10 月 10 日) 十一钟起。劳役一切。一日阴雨淋漓，秋色凄凉。午后，灯下力疾强录袁芗亭诗十页。剪除阶下薜荔蔓枝败叶。晚食羊肉火锅，穷解馋牢耳。窗外雨声滴响，松竹洗净。独对孤檠，羁人秋雨，凄惨欲绝，惟怀想同心，芳契益深。夜雨大卧。

天头文字：九月十一日，由党辈投票举名曰正副总统为袁世凯、黎元洪受任也，均是自作自受。选举愚众，不值嗤鄙，历万古未有之奇逆，而竟以儿戏为之，欺谁乎？惟彼辈技量仅此耳。连日阴晦，不见日光。是日，朝夕竟雨，天其有鉴诸？初鼓后，雨窗灯下识。

十二日(10月11日) 九钟起。劳役一切。雨晴，天气清朗，松竹湛碧，秋日澄静，为一年最洁爽时。午前后，力疾录芗亭诗十二页。四钟，茶肆少坐，隔壁赊油、肉六千。回，晚餐市食。院内望月，皎洁清寒，虽神爽而穷迫忧愁，更觉凄楚。夜深，念心不已，强卧。

十三日(10月12日) 八钟起。劳役一切。拾落叶。午前，强写行草十页。费纸笔墨，无聊混时，苟延挨忍，待死而已。沐发濯足。五钟，上东兴居胡云。德兴订取仿本，赊六千。回家吃煮饽饽。夜望月澄静皎洁，殊觉凄凉感叹。念心不已，三鼓后卧。

十四日(10月13日) 十钟起。劳役一切。强写袁芗亭诗十四页一本竣，共六十二页，为第二十四册，废纸。早晴，午雨，申止，戌雨，七钟馀又晴。明月高悬，晚凉，升炉。愁闷甚，念心不已。夜深卧。

天头文字：受彼任日，男女往观者阗塞无算，不知具何肺肠。人心世道，概可知也。礼义廉耻，殆不必论矣。欲天下安，得乎？是日，驾四马车，闻于西长安门外，陡然折轴，吉耶？兆耶？感应耶？儆示耶？当拭目观将来。七十二都统均以夷服贺，恋禄苟容，信乎甚矣，何为人也！

望日(10月14日) 十钟起。劳役一切。午前，强写行草七页。早风晴，午阴雨，申晴，酉雨。扫落叶。四钟，上东兴居。晚雨，回，自买赊市食。秋雨凄凉，穷迫愁烦。夜深，念心不已。三鼓卧。

十六日(10月15日) 八钟起。劳役一切。午前，强写行草九页。天气晴明，微风无尘。二钟，步出西直门外高粱桥，倚虹堂题匾："云楣星鄂"。南河岸为船坞，墙下柳阴树边磐石上憩坐。一时许，于柳阴隙中望西北诸山，显晦明暗，日光掩映，轮廓分明，宛然画图。坐磐石，临碧水，秋色澄净，寂无人声，河边小舟三四，停泊北岸树丛中，竹篱茅舍，观之豁爽胸襟，山川依旧，人事全非，不胜感叹。步石路，至虾米居酒饭。进瓮城，则皓魄高悬矣。踏月归，想偕同心游，念甚。夜卧。

天头文字：既望四鼓，并前记之。夜三鼓矣，明月高悬，天无纤云，蔚蓝净洁，照如白昼。松阴竹影，掩映满院。加以雨后新晴，苍翠欲滴，阶前徘徊，仰望秋月正圆，清朗至极，尘滓全消。日间秋郊领略山光水影，尤觉荡豁襟怀，羁人得此时遇，倍常忻慰。小斋独对孤檠，万籁无声，怀我芳兰，惟有念佛。念心不已。既望识。

十七日(10月16日) 八钟起。劳役一切。扫拾落叶，强写行草。二钟，路雇人车上庙市王书摊，少坐，买《唐诗格言》二套。鸿去买稣鱼、年糕等，及粗菊四五棵，浪费一圆。庙外买木瓜一，鸥波四。乘胶皮车回，到东兴居，饮茶。归家吃窝窝头。明月东升，念心不已。夜卧。

十八日(10月17日) 十钟起。劳役一切。扫落叶。强写行草。四钟，东兴居遇沐臣，胡云。晚，同餐饼菜，赊三千，又赊酱肉二千七，买大柿六。回家，分啖。托秀某求外科方。匆匆一日，念心不已。夜深卧。

十九日(10月18日) 九钟起。劳役一切。早阴，午晴。强写行草十一页。三钟馀，上街吃炸糕。东兴居少坐，胡云。小赵为剃头。买蒸饼，还德兴订仿六本价五千八百。回家，饮酒食鱼，吃窝窝头，看《格言联璧》、杜工部《秋兴》八首。独对孤灯，凄凉太甚，念心不已。夜卧。

二十日(10月19日) 九钟起。劳役一切。扫落叶，阴晴不定。晚风甚凉，殊凄黯。午前后，力疾强涂行草十页。四钟，到东兴居，遇静山，胡云。回屋内，搬进粗菊六盆。极念心不已。夜深卧。

二十一日(10月20日) 十钟起。劳役一切。一日风寒甚，吹落西邻败叶满院。午前后，力疾强写红豆村人诗十一页，一本讫，共六十二页，为第二十五册，殊费纸墨。四钟馀，穿绵袄。上东兴居胡云，买市食回。晚餐窝窝头、粥。独对孤檠，念心不已。夜三鼓，愁卧。

二十二日(10月21日) 十一钟起。劳役一切。扫院中落叶，秀某送来跌伤方。午后，力疾录袁香亭诗四页。上街，到估衣张处。东兴居遇二恩，贻食黄饼、馄饨，吃两碗，买包子回。阴天黑暗，室中笼小火，尚暖。茶几上设将开白玉楼菊一盆。极想同心不已。夜三鼓卧。

二十三日(10月22日) 十钟起。劳役一切。扫落叶，晒菊。午前，强录袁香亭诗六页，观王觉斯《拟山园帖》，捡藏牡丹子及血见愁草。四钟，到东兴居，耐时胡云。晚，即食荞面，并还清前账，另买食物归。着鸿张处取回棉夹褂二件。独坐凄凉，念心不已。夜深卧。

二十四日(10月23日) 九钟起。劳役一切。拾落叶。午前后，强写行草八页。当棉夹单褂三件七圆，与亲家坐谈。四钟，上茶肆，与沐臣等胡云。晚，吃饼，费二千。买葫芦。回家，念心不已。夜卧。

二十五日(10月24日) 霜降。十钟起。劳役一切。扫落叶，风未刻息。午前后，力疾强写行草十一页，滞甚。四钟馀，无聊，到老虎洞口饮酒吃饭，包子可，费钱二千五。锦什坊街内买咸秦椒四枚。东兴居喝春某茶一杯。归家，独对孤檠，殊忧闷烦郁。极念心不已。夜三鼓，展转卧。

二十六日(10月25日) 十一钟起。劳役一切。午后，力疾强写行草十页。心绪迷惘，茫茫无知，虽每日勉涂数百字，毫无进益。心拙手滞，反生诸多俗病，徒费笔墨纸张，次不过穷迫忧愁，强忍挨时，苟延残息，将至饥寒困苦，无法谋生，早得毙命，了此劫账，是为幸矣！人生斯世，已无味甚焉。悖逆之时，虽曰无常，将有返正当阳，再睹四海承平，人享安居乐业有日。然予已逾花甲，恐不及身受目睹矣。夕曛，扫院中落叶。晚餐，煮饽饽，穷嚼贱啖甚多，苦相已成形矣。小室拥炉烹茶，观初放白菊，写日记，独对孤檠，倍深凄楚。偶一追思已往,不胜今昔之感慨。今日动止,直是身在梦中。恍恍惚惚,待死而已。未出门,极念心不已。夜深卧。

二十七日(10月26日) 十钟起。劳役一切。扫院中落叶。午餐,赊一间楼肉二千馀,分啖众口。午后,力疾写袁芗亭诗十一页,录讫五十页,为本年第二十六册。鸿忽庙市费十馀千买来粗菊十馀棵。五钟,到瓮城购瓦盆十馀个,雇人送来虾米居酒饭,六千。赊买青秦椒二枚,共浪费若干,非自为之也。天渐寒矣,御冬无策,奈何!独向孤檠,念心不已,夜深展转卧。

二十八日(10月27日) 十钟起。劳役一切。拾落叶。天晴,理菊。午前后,力疾写红豆村人诗七页。四钟,赴石老娘胡同回拜蔡璞如,相谈一时。步街至东兴居饮茶回。买市食。念心不已。夜深卧。

二十九日(10月28日) 十钟起。劳役一切。扫院中落叶。午前后,力疾写行草九页。天晴暖,理菊。五钟,步街,东兴居饮茶,胡买市食回。晚餐极多,穷嚼。独向孤檠,叹息,念心不已。夜卧。

十月

十月朔(10月29日) 十钟起。劳役一切。扫落叶。午前后,力疾强写行草七页。浇菊。三钟馀,平外门马听坐唱戏。虾米居酒饭,赊五千,买鸥波茶叶。东兴少坐。回,夜深独处,念心。强卧。

初二日(10月30日) 十钟起。劳役一切。扫满院落叶,浇菊,均放矣。力疾强写行草七页,重滞生俗。四钟馀,无聊,东兴居少坐,胡云。买市食回。匆匆又活一日。夜深,愁闷,念心不已。强卧。

初三日(10月31日) 九钟起。劳役一切。扫落叶,晒菊。午前后,力疾强写行草九页。三钟馀,上街吃炸糕。东兴居饮茶,与英荦臣等胡云。回家,灯下看菊。念心不已。夜深展转卧。

初四日(11月1日) 九钟起。劳役一切。扫落叶,整菊。午前后,力疾摘录红豆村人杂诗五十页讫,本年涂抹第二十七册。四钟,东兴居赊饼、菜，一千六百。回家，独对孤檠，念心不已。夜卧。

初五日(11月2日) 十钟起。劳役一切。阴雨，扫阶上落叶甚多。午前后，强录红豆杂诗十页。浇菊，均开。剪斋前霜叶柿十馀枝，约百个。晚，雨窗枯坐，殊凄凉，念心不已。夜卧。

初六日(11月3日) 十钟起。劳役一切。阴晦。扫院中落叶甚多。午前后，力疾强录行草七页。四钟，上东兴居胡云，吃饼回。晚餐市食。挪搬菊盆，捡收柿子。独向孤灯，烦闷，念心不已，卧。

初七日(11月4日) 十钟起。劳役一切。晴明，扫落叶甚多。午前后，力疾写行草九页。晒菊，盛开。四钟馀，无聊，到东兴居胡云。初鼓，买市食回。独对孤檠，闷极。闻李顺来。念心不已。夜深卧。

初八日(11月5日) 九钟起。劳役一切。扫落叶数次，移菊，受细雨。自巳至酉，力疾强录袁诗十六页。一日阴雨凄凉，万分幽楚。晚，独对孤檠，无一人可语者，贫迫愁烦。夜深念心，强卧。

初九日(11月6日) 九钟起。劳役一切。午后晴，扫落叶，摘柿子。菊花盛开。强写红豆村人诗，共五十页，为本年第二十八册，涂讫。四钟，上东兴居胡云。晚回独坐，穷愁交集。念心，夜深卧。

初十日(11月7日) 九钟起。劳役一切。午晴。媳秀为扫满院落叶，并运培土。强录红豆村人诗十页。四钟，上街，食炸糕。东兴居胡云。晚，镇平约酒肆饮食。回，望斜月惆怅，念心不已。夜卧。

十一日(11月8日) 立冬。九钟起。劳役一切。浇菊。午前，强写行草及灯下共三页。午刻，定大理镇平来约游八里庄，遂买肉菜，挈往同乘，望秋郊苍凉，景色黯淡，不胜昔日之感。至万顺居酒肆，与铺掌崔某饮良乡酒食，大锅利便，某伺候甚殷，胡云半日。晚，进城归，上灯矣。天晴，日间培壅竹池，包藏牡丹，为御冬计。穷迫奈何。望月念心，卧。

十二日(11月9日) 十钟起。劳役一切。扫落叶，浇菊。午间，晴窗力疾强写行草七页，俗滞太甚，须极力变法救弊，殊不易为。

四钟，西岔剃头，饮赵小徒茶。东兴居胡云，赊食肉饼二个，一千六百。买小烧饼，踏月回。独坐，看《读史漫录》。穷迫已极。夜深念心，强卧。

十三日（11月10日） 九钟起。劳役一切。扫院中落叶，晒菊。午前后，力疾强写行草九页，俗滞多病，徒费纸墨，此亦不得已之作，特为挨时苟混，待死而已。两餐抽筋饭，一枕黑甜乡，人生无谓极矣，况贫迫无聊者乎！四钟，茶肆胡云。晚回，郁悒穷困。望月念心，夜卧。

十四日（11月11日） 九钟起。劳役一切。扫落叶。晒菊。午前后，力疾录红豆村人诗九页，自笑三章与余有同情也。李顺、老史来。四钟，三茶肆与英杰臣话，乘月归。穷迫至极，念心，夜卧。

天头文字：白璧不可为，容容多厚福。分明百尺井，努力担雪填。人胆巨如斗，我心小如钱。势难驱举族，同吹伍员箫。安能齐众口，共甘颜子瓢？云峰既转夏，人面先变秋。才智半天下，救穷各无谋。十四日二鼓漫录。

望日（11月12日） 九钟起。劳役一切。一日风寒，满院落叶。午前后至申正，力疾强录红豆村人诗十一页，涂讫五十页，为本年第二十九册。晚，对孤檠，凄凉太甚，不死何为？念心，夜卧。

十六日（11月13日） 十一钟起，劳役一切。一日风，晚息。午后，强写字九页。本日只有铜圆二枚，当棉袄、马褂三圆，备糊口，穷迫至此，何生？东兴居赊面，一千五百。夜对寒月，不胜长叹，只念心不死耳。强卧。

十七日（11月14日） 十一钟起。劳役一切。扫落叶，菊殆残。午刻至申正，力疾强录袁诗九页，笔秃矣。东兴居曲食饼及偿共七千。乘月买梨膏回。独向孤檠，凄凉穷迫，念心不已。夜卧。

十八日（11月15日） 十一钟起。劳役一切。扫落叶将净，菊近残。囊已空。午后，力疾强写字七页，俗滞。四钟，到东兴居胡云。晚买市食回，心绪愁闷。天气逐加寒冷。独对孤檠，凄甚，念心，卧。

天头文字：囊馀二文。平生创历也，素昔之周恤假贷于人，烂充好人又何益哉。直此时事，虽苟延残息，亦不可得。明月在天炳照，余奈何修积至此？然不能不记。香山诗云：“君不见，元元皇帝道德五千言，不言药不言仙，不言白日升青天。”可以警发聋聩。(《读史漫录》九卷)十八日三鼓，明月当空，录识。

十九日(11月16日) 十一钟起。劳役一切。拾落叶。天晴暖。午后，力疾强写行草六页，俗滞太甚。四钟，无聊，到东兴居胡云。晚买市食回。独对孤檠，倍深凄黯，穷困极矣。念心，卧。

天头文字：延至本月二十三日，典卖皆无，囊橐空竭，朝夕衣食均不能保，饥寒临迫，无法支持。垂暮之年，值此时况，别无周援，尚能苟延于世，待何为焉？平昔历充好人，诸多屈己拯人，妄费资财，至此有何益耶？家资为眷属毁费，二三僮仆窃盗，诸物罄净，荡然无馀。天之欲绝人也如此！是夜三鼓，叹息识之。

二十日(11月17日) 九钟起。劳役一切。一日风，落叶满院。午前后，力疾强写行草十一页，俗病牵缠难脱，奈何！五钟馀，东兴居胡云。晚，买市食餐，归向孤檠，甚凄恻，典卖皆无，惟念心，卧。

二十一日(11月18日) 九钟起。劳役一切。天气晴暖。午前后，强录红豆村人诗，第八册讫，本年第三十册。扫院中落叶及东小屋积尘。晚，东兴吃肉饼。德兴赊订仿六本，五千八百。独坐，念心，卧。

二十二日(11月19日) 九钟起。劳役一切。拾落叶，晴暖。午前后，力疾录胡德琳书巢诗八页。四钟，上东兴居胡云。晚，买市食回。匆匆又苟挨一日，觉活在斯世甚无味焉。夜深，念心，卧。

二十三日(11月20日) 十钟起。劳役一切。天阴，微风。午后，力疾强涂行草六页。典卖皆无，贫迫日甚，朝不夕谋，忧心如焚。暮年直此，不死何待？茶肆胡云。夜对孤檠，曷胜叹息。念心，卧。

天头文字：千辛万苦二十馀年，一人经营房舍十馀间，一旦为贫迫无告，衣食殆缺，忍痛典质七百二十金，人生强达亦当叹忾。冬至月朔，雪厚严寒，身无皮衣，而均被他人窃当，并别者皮衣，皆为代赎，情何以堪！家中外债私赊甚夥，不知何以至此。自有司之者，吁！家不能不倾覆也。余生斯世，何罪孽之深耶？可哭。晦日三鼓，不寐识。

二十四日(11月21日) 十钟起。劳役一切。晴暖。午正，双某来看房，坐谈一时。四钟，力疾强写字八页，坏极。东兴居胡云。一间楼赊脂油二斤及肉八千三百。晚对孤灯，异常焦迫，夜深念心不已，强卧。

二十五日(11月22日) 十钟起，劳役一切。天气晴暖。转塔，日扫落叶。午后，力疾强写字八页，可惜纸墨。四钟，东兴居胡云。晚赊面一千二百，不直。昏黑回，不爽，殆病，早死幸甚。独坐，念心，夜卧。

二十六日(11月23日) 小雪。十一钟起。劳役一切。午后，力疾强写行草六页，心绪愁杂，万分难过，何有进益，俗极。四钟馀，赴慈因寺，访双介侯，面订典房事，可成延残喘计也。天乎！夜深，念心不已，卧。

二十七日(11月24日) 十一钟起。劳役一切。阴凉。午后，力疾强写行草三章，心惰笔软，点画坏甚。二钟，双介侯来订准东院房舍，典卖千元。贫迫，不俟善价矣。可叹！找史匠。夜，念心，卧。

二十八日(11月25日) 十一钟起。劳役一切。早晴，晚阴。午后，力疾强写行草五页。意绪凄然，俗病丛生。四钟，上东兴居胡云，赊饭一千馀，买纸回。灯下粗拟装修单字据，可慨。夜深念心，强卧。

二十九日(11月26日) 十一钟起。劳役一切。夜雪，早晴，松竹尚挂。午后，力疾写录胡书巢诗，五十页讫，第三十一册。史匠来往二次，商赎房契，备写典字。晚，慈因寺访双某，商借典银事。夜餐。念心，强卧。

三十日(11月27日) 十一钟起。劳役一切。寒冻，挪水缸。

午间，力疾强录何南园诗五页。史匠往返三次。四钟，双介侯来，送支洋银五百圆，即将赎回房契二张，附字交伊，房去矣。念心，卧。

天头文字：晦日，赎回房契贰张，白字叁张，原借银壹百两，二分利，共二十七个月，五十四两，通付银洋二百五圆，如数付给。直此时际，不胜感叹。贫迫艰窘极矣，奈何！余欠人债如此还清，人欠余者，并无利息，何竟无一人还回分厘？世道人心可知。三十日，灯下忾识。

十一月

冬至月朔（11 月 28 日） 十钟起。劳役一切。天晚甚寒。午间，力疾强写何诗五页。现赎他当皮袄二，可叹。四钟，赵徒剃发。东兴居吃肉饼，还清账，买梨膏药回。连日计算，胃痛，时念心，夜卧。

天头文字：自冬月朔日起，身衣口食及琐屑縻费，皆系典房价钱，而动支犹多，意外浪掷，此钱之艰辛，忍痛惨淡万状，始得暂作糊口，自不待言。若再漫无节制，则转瞬罄竭，必成饿莩。天乎！可伤可叹，代他人漫无规模，任意耗费，而临时千辛万苦，典卖之钱，填此无名洞壑，能不痛乎？初十初鼓泣识。

初二日（11 月 29 日） 十钟起。劳役一切。天气阴凉。午间，强写字五页。代人偿债三十圆，难言，不胜太息。赎皮马褂、蓝表，十六圆。晚，茶肆胡云。遇庆内询谆。买市食回，独对孤檠，感忾念心。夜卧。

初三日（11 月 30 日） 十钟起。劳役一切。阴寒微雪。午间强写行草五页，凝滞。四钟馀，锦什坊街铁门买洋褡裢十七尺，田夥手捡，少谈，即交广黄。吃烤肉回。双某来谈。夜展转念心盛，强卧。

初四日（12 月 1 日） 十钟起。劳役一切。无风自寒。午间，力疾强写字五页。四钟，自持旧细皮袄交送广泰祥，换做布面。茶肆少坐。一间楼赊丸子肉二千五百。回，食火锅，穷嚼。夜深念心，独卧。

初五日（12 月 2 日） 十钟起。劳役一切。午前后，力疾强写字五页，墨凝呵冻。四钟，冲风冒寒，雇人力车往巽寻人求心得。回，买蒸食晚餐。灯下写信函，思亟寄释，刻怀念心，夜卧。

天头文字：章邮庆恒、庆元哨门西，初八日大峪田裔来款饭，当面言定本月内送到煤八千斤，并垫脚价，其抽分须俟明年四月方可取偿。此二十年来未得一文归还，自后惟愿长久如是。家有底煤，不致冻寒，斯(足不)[不足]深求也。谨识之，时事亦不易得也。初八日二鼓识于潜云堂。

初六日(12月3日) 十一钟起，劳役一切。天气严寒。午间，力疾强写行草六页，呵冻墨凝。四钟，冒风雇人力车赴邮局，交送信函，二日到，一千二百。回买猪蹄二。东兴居吃馒头，胡云。夜深，念心，卧。

初七日(12月4日) 十一钟起。劳役一切。风息，仍寒。扫落叶。午，力疾强写字五页。四钟，到估衣铺，皮袄做错，另改，可恶。东兴居与俗胡云，买糖回。初鼓后，拟写装修单，伤感。夜深，念心，卧。

初八日(12月5日) 十钟起。劳役一切。扫落叶。午前后，因物心胸逆，迷惘不知所以，种种意外，催迫老命而已，尚力疾写字六页，何苦！四钟馀，渺茫雇胶车，锅贴铺吃礶肉。回，夜深念心，卧。

初九日(12月6日) 十一钟起。劳役一切。午间，力疾录南园何士颙诗，五十页，本年第三十三册。买木板。四钟馀，无聊，到茶馆，托秀某回觅柜器，意外生枝耗钱，可叹。赊食肉饼。回，念心，夜卧。

天头文字：十月间，已至水穷山尽之时，朝不谋夕，典质皆罄，盗卖搜刮无遗。余均置不能问，只有束手待毙而已。幸遇救，忍痛曲就，将房典出，除还利债二百馀圆，所有账欠均了清。外将剩三四百圆，以作谋升斗糊口计，何意无妄填沟壑者，均系代偿历负，亦属冤业，辛苦何堪！又加以肆意用气，自专独断，绝无一言商酌，余艰苦隐忍，惟有心泣长叹而已。苦命如此，幸早毕命为逃生。十一三鼓粗识。

初十日(12月7日) 十一钟起。劳役一切。天气严寒。夜间心虚展转。午后，力疾迷惘，强录陆应宿筱云诗七页。四钟馀，秀某来言买回物价加倍，无故心血钱填洞壑，可哭，胃疼。夜，念心，抱石。

十一日(12月8日) 十钟起。劳役一切。天色暗淡。午刻，访秀某，询买回木器，面交心血银二十圆。复雇人力车赴木器黄铺，求代存，无地，须露曝。值房秀某去，又求于伊家空屋中暂放，仍花月租十二千。此等事，余何辜罪业万状耶？买市食回，作早餐。三钟，力疾涂诗三页。四钟，镇平访询药味。晚，心气壅塞，疼痛难禁。千辛万苦，自泣。夜，念心，卧。

十二日(12月9日) 九钟起。劳役一切。午间，力疾强写字五页。四钟馀，到估衣铺求借片地不成。东兴居少坐，携秀某代雇来回人力车，同至锅贴铺酒饭酬劳，恶心，仍托月租房十千存放木器。罪孽深重，天乎！鸿手糊后院棚，四圆。敬谨交付，馀作甚多，均须豫备。若余之事奉祖宗，亦不过如是。种种心力交瘁，尚不能得少一悯恤之感，可叹。自后誓不言。夜，念心，卧。

十三日(12月10日) 十一钟起。劳役一切。午间，强涂字四页。迷惘昏瞢，心手两开。三钟，送估衣铺皮袄工料三圆。虾米居定公约调停事，感领奇变不测悉当之命矣，夫复何言！夜，念心，卧。

十四日(12月11日) 十钟起。劳役一切。午间，强写字五页。三钟，赴定镇平寓，面谢调停高谊。晚，东兴居强餐。买梨归。又糊东院棚，三圆。老史抹墙碎修。连日渺茫縻费。夜，念心，卧。

望日(12月12日) 十钟起。劳役一切。一日夜风寒甚。午间，力疾强涂字六页。家人及史匠等为倾覆愚娱，挪移上房零碎诸物，狼藉满院，日未停手，抹墙草葺种种。夜，念心，抱石卧。

天头文字：德宗景皇帝永远奉安山陵，天下民臣稍具良心者，靡不吁颂欣慰。十六日夜敬记。

十六日(12月13日) 十钟起。劳役一切。风息晴明。午间，力疾强涂字五页。三钟，上街，赵徒为剃发。虾米居食火锅，还账二圆，买糕、橘、茶物，踏月归。夜，与霁话，丑刻始睡。念心，抱石温卧。

十七日(12月14日) 十二钟起。劳役一切。天气严寒加厉。午后，力疾强涂六页。搬移各物，狼藉可伤。申，勉到茶肆找秀某，运回木柜，周折费钱。东兴居强餐，无味，不值。心胸塞闷。夜，念心，抱石卧。

十八日(12月15日) 十钟起。劳役一切。夜日大雪盈尺，寒甚。力疾强录陆应宿崑圃筱云诗，五十页，本年第三十三册，呵冻僵涂。搬移狼藉，已将就绪，值时为幸，费钱过多。念心，抱石卧。

十九日(12月16日) 十钟起。劳役一切。雪晴。支病强录湄君诗七页。买回大柜，暂置潜云西壁。苦心伤钱，迴出事理，乱置旧书，再清理也。连日钱流如水，可惜。苦劳极。夜，念心，抱石卧。

天头文字：宣统五年癸丑十一月廿四日晚，自置三条胡同住房十六间，典与双介侯，居住八年为期，典价洋钱一千圆，修理一百圆。贴身红契一张，跟随旗红契一张，乾隆老红契一张，白字八张，自立字据一张，装修单一纸随粘，当面交清，补收典价五百圆。中人郭二画押。呜呼！房产去属他人矣！未卜八年届期能赎回耶？可叹可伤。是夜三鼓谨识于潜云堂。

二十日(12月17日) 十一钟起。劳役一切。雪后寒甚。午间，力疾强录陆建诗五页，笔秃墨滞意惘。濯足。四钟，东兴居见秀某致谢。老虎洞酒铺独酌，食馒首饭。归，室暖煦。夜，念心，抱石卧。

二十一日(12月18日) 十钟起。劳役一切。天气严寒。午间，强写字六页。试研万年枝墨。三钟，访双某，未见。还，一间楼赊肉二圆，冤。东兴居清欠。买小灯，市食回。连日钱流如水。念心，抱石卧。

二十二日(12月19日) 十钟起。劳役一切。寒甚。午前后，力疾强写字六页。双某来谈，面同看各屋。扫除洁净，为人作嫁。

晚,东兴居胡云。买市食回。遇赵徒,话。家食素迫,可恨。念心,抱石卧。

二十三日(12月20日) 十二钟起。劳役一切。冰雪侵寒,冷甚。午前后,力疾呵冻,强录字七页。双仆来言事。连日俗冗纠缠,心绪烦闷至极,加以虚縻无度,钱流如水,可惜可畏。拥炉,念心,抱石卧。

二十四日(12月21日) 十一钟起。劳役一切。午日,稍回暖。力疾强录字七页。德义窑田某为卸送煤末数千斤,十馀年来,甚难能也。四钟,茶肆胡云。晚归,枯坐。夜闻钟。念心,抱石强卧。

二十五日(12月22日) 冬至。十钟起。劳役一切。少暖。午间,力疾呵冻,强写行草七页。二钟,赴裕丰慎持兑条,取双某昨寄洋银五百圆,未能如数,暂取三百五十圆,馀俟再取,而银票乱杂,是所固然,(认)[忍]之而已。回来收讫。晚到酒铺餐肉饭,买回春丹、糟糕,还仿纸墨账。后门回,送太太、奶奶、鸿、羔得、喜元。自本月初一至今日,已费去整四百圆矣,可畏。极念心,抱石卧。

二十六日(12月23日) 十钟起。劳役一切。午间,强录湄君陆建诗,五十页,为本年第三十四册,写讫。四钟,上街,赵徒为剃发,代买木柴六十斤,还清肉账。茶馆胡云买市食,卸煤二千五百。念心,夜卧。

二十七日(12月24日) 十钟起。劳役一切。午间,强录袁子才诗七页,笔冗墨滞,意绪烦杂,挨混时日而已。隔截嘉禾月洞门将来可否赎回旧房?还虾米居账,便酒饭诸债皆清。念心,夜卧。

二十八日(12月25日) 十钟起。劳役一切。午前后,力疾咬齿录涂诗七页。四钟,茶肆强食,闹甚,冤钱三千。裕丰慎取圆,冗杂百数,支吾再取,可鄙。史匠借八圆,可恶之至。肝气痛。念心,抱石卧。

二十九日(12月26日) 九钟起,劳役一切。午前后,力疾涂字七页。鸿昨未归。三钟,来函辞工。晚交彼家药欠银赏圆等,尽心焉矣。惟家无一仆,历来未经,亦可伤忾。酒肆食。秀代买药,人车费。夜,念心,卧。

天头文字:鸿仆二十八日潜去,次日申来函辞工长往。十馀年畜养,衣食赐恤无算,而盗窃种种财物,尤不可胜算。狼子野行,虽慈悲佛,亦不能救治,尚在隐忍优容。彼自去,是诚天夺其魄,不待驱逐。若或使之然者,其罪擢发难数。尚念服役数年,姑从宽贷,更赐典房圆渥霖,令彼小谋升斗,以尽主仆之情。若有人心,良夜扪之可耳。冬至月二十九日夜子初,忾识。

《中国近现代稀见史料丛刊》已出书目

第一辑

莫友芝日记
汪荣宝日记
翁曾翰日记
邓华熙日记
贺葆真日记
徐兆玮杂著七种
白雨斋诗话
俞樾函札辑证
清民两代金石书画史
扶桑十旬记(外三种)

第二辑

翁斌孙日记
张佩纶日记
吴兔床日记
赵元成日记(外一种)
1934—1935中缅边界调查日记
十八国游历日记
潘德舆家书与日记(外四种)
翁同爵家书系年考
张祥河奏折
爱日精庐文稿
沈信卿先生文集
联语粹编
近代珍稀集句诗文集

第三辑

孟宪彝日记
潘道根日记
蟫庐日记(外五种)
王癸避难日志　辛卯年日记
嘉业堂藏书日记抄
吴大澂书信四种
赵尊岳集
贺培新集
珠泉草庐师友录　珠泉草庐文录
校辑民权素诗话廿一种

第四辑

江瀚日记
英轺日记两种
胡嗣瑗日记
王振声日记
黄秉义日记
粟奉之日记
王承传日记
唐烜日记
王锺霖日记(外一种)
翁同龢家书诠释
甲午日本汉诗选录
达亭老人遗稿

第五辑

袁昶日记
吉城日记
有泰日记
额勒和布日记
孟心史日记·吴慈培日记
孙毓汶日记信稿奏折（外一种）
高等考试锁闱日录
东游考察学校记
翁同书手札系年考
辜鸿铭信札辑证
郭则沄自订年谱
庚子事变史料四种（外一种）
《申报》所见晚清书院课题课案汇录
近现代"忆语"汇编

第六辑

江标日记
高心夔日记
何宗逊日记
黄尊三日记
周腾虎日记
沈锡庆日记
潘钟瑞日记
吴云函札辑释
新见近现代名贤尺牍五种
稀见淮安史料四种
杨懋建集
叶恭绰全集
孙凤云集
贺又新张度诗文集
王东培笔记二种